BAD BOY

SJD PETERSON

BAD BOY

SJD PETERSON

Publié par
DREAMSPINNER PRESS

5032 Capital Circle SW, Suite 2, PMB# 279, Tallahassee, FL 32305-7886 USA
www.dreamspinnerpress.com

Bad Boy
Copyright de l'édition française © 2016 Dreamspinner Press.
Titre original : BAMF
© 2014 SJD Peterson.
Première édition : juillet 2014
Traduit de l'anglais par Pauline Tardieu-Collinet.

Illustration de la couverture :
© 2014 Reese Dante.
http://www.reesedante.com
Les éléments de la couverture ne sont utilisés qu'à des fins d'illustration et toute personne qui y est représentée est un modèle

Édition e-book en français : 978-1-63533-139-4
Édition imprimée en français : 978-1-63533-138-7
Première édition française : octobre 2016
v 1.0

Édité aux Etats-Unis d'Amérique.

À Scott. Merci pour tes excellentes répliques.

I

RIDLEY CORBIN se voyait comme le protecteur des faibles : son enfance l'avait prédestiné à endosser ce rôle. C'était un gamin étrange avec de mauvaises dents et des cheveux roux carotte, qui pesait cinq kilos de moins et mesurait six centimètres de moins que l'autre nabot de la classe ; c'était un avorton, pas bien beau, et presque chaque jour au cours des trois années qu'il avait passées à l'école primaire Gates, il avait été malmené par ses camarades.

À cette époque, il s'était souvent agenouillé au bord de son lit pour demander à Dieu un petit frère ou une petite sœur. Il aurait été ravi d'avoir un compagnon, même s'ils avaient dû rester jouer près de maman. Mais apparemment, quelque chose s'était mal passé lors de sa propre naissance, et ils avaient dû retirer la boîte à bébé du ventre de maman. Toutefois, ses prières ne furent pas vaines : il eut un chiot.

L'été entre le CE2 et le CM1, Ridley reçut le plus beau cadeau après un petit frère ou une petite sœur. Brock Hanners emménagea dans la maison voisine et, comme ils étaient les deux seuls enfants de l'impasse, Ridley avait tout de suite cru que Brock voudrait jouer avec lui. Il se trompait.

Brock était immense. Enfin, il paraissait immense aux yeux du gamin efflanqué. À son grand désespoir, Brock se mit à le maltraiter lui aussi. Il lui volait son vélo, lui prenait ses jouets ; un jour, il détruisit sa boîte de nuit. Il ne s'agissait que de quelques chaises et de vieilles couvertures, et Ridley en était le seul occupant, mais tout de même, elle était à lui. Il pensait trouver un ami, et il était encore plus malheureux maintenant que Brock avait emménagé dans la maison voisine. Comme si ça ne suffisait pas de se faire embêter à l'école, le cauchemar se poursuivait à la maison.

Et pourtant, Ridley était intelligent – ce qui n'était pas le cas de Brock. Ce dernier avait redoublé plusieurs fois ; cela expliquait qu'il soit plus grand que tous les autres. Alors, à la rentrée des classes en septembre, les deux petits voisins firent un marché : Ridley ferait les devoirs de Brock et Brock protégerait Ridley. Il s'était trouvé un garde du corps personnel. Ce n'était pas la panacée, mais il put acquérir de bonnes méthodes de travail à force d'étudier pour deux, et éviter un bon paquet d'ennuis.

Brock déménagea quand ils étaient en première. Ridley s'était fait arranger les dents, ses cheveux étaient passés d'un roux clownesque à un joli châtain discret et surtout, il avait grandi. Il était toujours chétif, mais atteignait le mètre quatre-vingt et se débrouillait comme un chef au billard.

La solution de facilité aurait été de devenir comme ces gamins qui, parce qu'ils ont été malmenés toute leur enfance, ont l'impression qu'ils doivent passer du côté des agresseurs. Au lieu de cela, Ridley se mit à ressembler à Brock, pour le côté protecteur – sauf qu'il le faisait sans rien recevoir en échange et avec davantage d'intelligence. Car bien sûr, au fond de lui, il n'avait rien en commun avec son ancien voisin : il n'avait jamais cherché à profiter de quiconque et n'avait jamais redoublé, mais il endossa comme lui le rôle de défenseur.

Il réagit donc tout naturellement lorsqu'il entendit dans la bibliothèque, depuis l'allée voisine de celle où il se trouvait, la voix railleuse de Kyle Bouche.

— Hey, le geek ! Trouve-moi un livre sur Gustave Courbet.

Il détestait ce type... Kyle était la star de l'université de Slater. Il était quaterback dans l'équipe de football, président de l'association des étudiants, président de sa fraternité, etc., etc. Rien n'intéressait moins Ridley que tous les événements de la vie du campus. Il traçait sa route sans fréquenter grand monde et il travaillait dur pour obtenir une bonne moyenne. S'il était au courant des détails des activités de Kyle, c'était uniquement parce que celui-ci ne cessait de s'en vanter. Mais pour Ridley, Kyle était sans aucun doute un parfait abruti.

Ridley s'approcha et découvrit dans l'allée Kyle et Alex Firestone. Il était sur le point d'intervenir pour apprendre les bonnes manières à cet idiot, mais s'arrêta net lorsque Alex se retourna d'un air furieux vers son interlocuteur.

— Tu n'as qu'à regarder sur le catalogue informatisé comme tout le monde, rétorqua-t-il, et il se remit à trier les livres dans son chariot.

Les mains de Ridley se resserrèrent sur l'exemplaire de *De sang-froid* de Truman Capote qu'il venait de prendre en rayon ; Kyle s'approcha d'Alex. Il bombait la poitrine avec l'intention manifeste d'impressionner l'assistant-bibliothécaire. Ridley bouillait intérieurement et n'avait qu'une envie : fracasser la tête de Kyle contre le mur. Ce petit coq ridicule ne savait pas à qui il avait affaire. Ridley était le protecteur des faibles, et avec Alex c'était une histoire personnelle. Si Kyle osait poser ne serait-ce qu'un doigt sur Alex, il se retrouverait effectivement avec du sang froid à s'enlever du visage. Ridley se mordit les lèvres pour ne pas sourire du jeu de mots.

— Je ne suis pas sûr que tu aies bien compris à qui tu t'adresses, grogna Kyle.

Ridley dut se retenir de bondir lorsque Kyle se pencha vers Alex par-dessus le chariot. Kyle lui tournait le dos, mais il vit nettement le regard de défi que lui lança Alex.

— Je sais très bien qui tu es. Tu es le gars qui va aller sur un ordinateur et ouvrir le catalogue pour chercher son livre comme tout le monde, rétorqua Alex sans flancher.

Alex travaillait à la bibliothèque et bien que Ridley, qui étudiait la mécanique et travaillait la plupart du temps en atelier ou sur ordinateur, n'ait pas vraiment besoin de s'y rendre, il fréquentait souvent ce lieu. Pour faire court, Alex Firestone était la star de tous ses rêves érotiques. Non, il n'était pas là pour le harceler. Il n'avait juste pas encore eu le courage d'aborder ce jeune homme sexy qui le faisait fantasmer. Bon, certes, cela faisait maintenant six mois qu'il rôdait autour de lui pour l'observer, mais mince, c'était Alex Firestone !

Alex et lui étaient à peu près de la même taille, environ un mètre quatre-vingt, et bien que ses chemises et pantalons soient souvent un peu grand pour lui, Ridley devinait sans effort son impressionnante musculature sous le tissu. Il avait également les plus beaux yeux bleu métal que Ridley ait jamais vus. Sans oublier ses boucles blondes et rebelles et ses incroyables fossettes. Il portait des lunettes à épaisses montures noires et avait une collection de nœuds papillon des plus adorables. Alex donnait tout son sens au mot *mignon*.

Mlle Fenton surgit derrière Ridley.

— Que puis-je faire pour vous, jeune homme ? demanda-t-elle à Kyle sur un ton sec.

Alex ne cilla pas et ne quitta pas Kyle des yeux lorsque la bibliothécaire vint se poster près d'eux, les mains sur ses larges hanches. Il savait sans doute que Kyle était un trouillard et qu'il l'attaquerait en fourbe plus tard s'il baissait les yeux ce jour-là. Car en plus d'être adorable, Alex était futé – combinaison que Ridley trouvait plus qu'attirante. Les faux génies comme Kyle Bouche, malgré leurs postures et leur grande gueule, jouaient rarement fair-play. Ridley connaissait bien les spécimens de cette espèce et espérait que cet imbécile à l'ego surdimensionné serait suffisamment stupide pour tenter une attaque. Il avait bien envie d'une bonne bagarre d'autant plus si cela lui permettait de marquer quelques points auprès d'Alex.

— Je vous ai demandé ce que je pouvais faire pour vous, jeune homme ? demanda de nouveau Mlle Fenton en s'approchant plus près. Oh, Kyle, je ne t'avais pas reconnu. Comment vas-tu, mon garçon ?

Sa colère s'évanouit dès qu'elle l'identifia, et elle adopta un ton doucereux insupportable. Pendant un long moment de tension, Kyle resta immobile, tout comme Alex ; puis, le premier se tourna vers Mlle Fenton, un sourire hypocrite plaqué sur le visage.

— Très bien, Mlle Fenton. Waouh, vous êtes resplendissante, Mlle Fenton. Serait-ce votre nouvelle coupe de cheveux ?

La Mlle Fenton en question devait avoir cent ans, ou en tout cas les faisait largement. C'était une vieille fille aussi large que haute, qui avait la réputation d'être une mégère acariâtre et colérique – ce dont Ridley avait déjà fait l'expérience. Le compliment de Kyle était donc à l'image de l'homme tout entier – hypocrite.

— Oh, quel charmeur ! dit-elle en pouffant. Alors, dites-moi tout, que puis-je pour vous ?

Kyle la prit par le bras et ils s'éloignèrent.

— Ma belle, vous m'avez déjà beaucoup aidé en faisant revenir un sourire sur mes lèvres. Mais si vous pouviez m'indiquer l'endroit où je pourrais trouver un ouvrage sur Gustave Courbet, je vous en serais très reconnaissant.

Ridley secoua la tête d'un air désolé en entendant Mlle Fenton se remettre à ricaner bêtement en proposant à Kyle de l'emmener jusqu'au bon rayon. Les momies mal lunées âgées de plus de cent ans ne devraient jamais, jamais rire, et personne ne devrait essayer de provoquer chez elles cette réaction. Ridley frissonna. C'était… écœurant. Kyle était peut-être un horrible gars sans intérêt, mais il était aussi bon acteur. Ridley n'aurait jamais réussi à convaincre cette vieille chouette, mais apparemment Kyle n'avait que faire de la nature de ses interlocuteurs tant qu'il parvenait à ses fins. Il était du genre à coucher avec cette momie sur pattes si cela lui permettait d'obtenir ce qu'il convoitait. Cela faisait froid dans le dos.

Alex ne quitta pas des yeux les deux acolytes jusqu'à ce qu'ils sortent de son champ de vision, puis il se remit au travail. Ridley l'observa finir de mettre en rayon les derniers livres de son chariot. Il était stupéfait : non seulement cet homme était mignon, intelligent et avait le plus joli petit cul de la Terre, mais en plus il était courageux. Il n'était manifestement pas du genre à céder devant les menaces, même s'il n'avait a priori pas le dessus. Décidément, il gagnait sur tous les tableaux.

Lorsque Alex croisa le regard de Ridley, il lui sourit en haussant les épaules. Ridley lui répondit par un petit mouvement de tête. Il était à deux doigts de lui proposer de sortir, de lui dire bonjour ou quelques mots, n'importe quoi, mais il avait la bouche sèche et ne put faire sortir aucun son de sa gorge serrée. Il était comme un écolier timide qui aurait avalé sa langue, et rien qu'à cause d'un seul regard d'Alex. Comme un imbécile, il avait encore une fois raté une occasion en or de lier le contact.

Extrêmement frustré, Ridley se dirigea vers la zone de travail, son livre sous le bras. Il balaya l'espace du regard ; la plupart des tables étaient occupées par des étudiants plongés dans leurs bouquins.

Brittney leva les yeux et papillonna des sourcils.

— Salut, Ridley, chuchota-t-elle en lui faisant signe.

Il retint un soupir. Il ignorait le nom de famille de Brittney, bien qu'elle le lui ait dit à plusieurs reprises, et il n'en avait rien à faire. Il lui adressa un salut courtois et poursuivit son chemin. Il entretenait des relations cordiales avec la plupart des gens, mais préférait éviter cette jeune fille. Elle était mignonne et plutôt studieuse, mais ennuyeuse comme la mort. Elle tripotait sans cesse ses cheveux de poupée et faisait des bulles avec son chewing-gum tout en parlant, parlant, sans jamais s'arrêter. Il avait plusieurs fois perdu le fil de ses conversations à trois cents à l'heure en se demandant à quel moment elle ferait une pause pour reprendre sa respiration. Mais apparemment, cela ne lui était nécessaire qu'au bout de plusieurs heures.

Il choisit une table aussi loin possible de Brittney, ouvrit son livre et commença à le feuilleter sans le lire, préférant conserver un œil sur Alex. Il surprit le regard soupçonneux d'un étudiant assis un peu plus loin. Il lui sourit et lui fit signe, mais l'étudiant détourna prestement le regard. Cela lui arrivait tout le temps. Dès que les gens voyaient les tatouages qui lui recouvraient les bras et les piercings qu'il avait sur le visage, ils le prenaient pour un voyou. Ou peut-être détonnait-il dans cet environnement puisqu'il venait toujours sans sac à dos, sans cahier ni stylo, au lieu de prétendre faire des recherches ou ses devoirs. Il se contentait de prendre un livre au hasard qu'il feuilletait sans jamais en lire un mot et de regarder Alex. Quand il y pensait, il se disait qu'il avait effectivement un comportement louche...

Il se trouvait toujours au même endroit une heure plus tard quand Alex enfila son manteau et se dirigea vers l'entrée principale. Cette fois-ci, il ne s'était pas contenté de l'observer ; il avait aussi eu une conversation intérieure sérieuse avec le poltron qu'il avait dans le ventre et qu'il avait plutôt tendance à ignorer. Après les années difficiles à l'école primaire, Ridley avait vraiment pris confiance en lui. Sa sexualité n'avait jamais été un problème pour lui et il n'avait jamais craint d'aborder un homme auparavant. Sa seule excuse était qu'il s'agissait d'Alex Firestone, le mec le plus incroyablement fantastique qu'il ait jamais croisé de toute sa vie. Et pourtant, Ridley eut la force de se calmer, d'avaler un bonbon à la menthe pour apaiser sa gorge sèche et de partir à la poursuite d'Alex.

— Salut Alex !

Alex s'arrêta sur les marches de pierre devant la bibliothèque et se tourna vers Ridley d'un air méfiant.

— Tu t'appelles bien Alex, non ? demanda Ridley en souriant.

Il n'avait aucun doute sur son nom, mais rien d'autre ne lui vint à l'esprit et à vrai dire il était déjà très fier d'avoir prononcé autant de mots, étant donné l'état de son estomac et l'envie de vomir causée par le stress.

— Oui, répondit Alex d'un ton hésitant. Je te connais ?

— Ridley Corbin, se présenta-t-il en lui tendant la main.

Dès que la main d'Alex entra en contact avec la sienne, il sentit comme des étincelles. Lorsque Alex lui serra la main, l'étincelle prit feu et Ridley fut envahi par une chaleur torride.

— Je te connais ? demanda-t-il de nouveau.

— Non, nous ne nous sommes jamais rencontrés. Je t'ai remarqué plusieurs fois sur le campus et je me suis renseigné pour trouver ton nom.

Il s'abstint de préciser qu'il l'avait observé plusieurs centaines de fois, il n'était pas question de l'effrayer... Il avait tellement lutté pour trouver le courage de l'approcher qu'il ne tenait pas à le faire fuir en courant et déposer une main courante contre lui. Il fit de son mieux pour lui adresser un sourire charmant, peu sûr de son succès. Il vit les yeux d'Alex s'attarder sur sa bouche et espéra qu'il avait remarqué l'anneau en argent sur sa lèvre inférieure, et non pas un reste de nourriture coincé entre ses dents.

— Ce n'était pas la peine d'employer des moyens détournés, tu pouvais juste me poser la question.

Le sourire d'Alex devint plus vicieux.

— Tu sais, une de ces nombreuses fois où tu es venu à la bibliothèque.

OK, il s'était fait pincer... Mais Alex l'examina de la tête aux pieds, et Ridley y vit un signe encourageant qui l'aida à se détendre. Alex était intrigué, et peut-être intéressé.

— J'allais justement manger un morceau. Ça te dit de te joindre à moi ? proposa Ridley.

— Merci pour l'invitation, mais j'ai un truc à régler, répondit Alex en haussant les épaules.

Ridley aurait adoré passer un peu de temps avec Alex pour apprendre à le connaître, mais il ne voulait pas insister et prendre le risque de paraître désespéré.

— OK, une autre fois peut-être ?

— Bien sûr, répondit Alex.

Il semblait sincère, mais lui tourna le dos aussitôt.

— À la prochaine, lui lança-t-il par-dessus l'épaule.

Alex descendit les marches en regardant ses pieds tandis que Ridley cherchait désespérément quelque chose à ajouter. Il ne voulait pas le laisser filer si vite.

— Attends, lui cria-t-il en se précipitant pour le rattraper. J'ai vu que Kyle ne te laissait pas tranquille. Si jamais tu as des soucis avec cet abruti, n'hésite pas à m'en parler, d'accord ?

— Merci. Si j'ai besoin d'un chevalier en armure étincelante, je t'appelle, dit-il avec un clin d'œil.

— Je te laisse mon numéro.

Ridley commença à fouiller dans ses poches. *Vite, vite...*

— Tu as un stylo ?

Alex en sortit un de la poche de son manteau et le tendit à Ridley, qui continuait à chercher dans ses poches un carnet qui aurait apparu comme par magie au cours des deux secondes précédentes. Sans réfléchir, il saisit la main d'Alex, nota son numéro dans sa paume, puis entrouvrit son manteau pour remettre le stylo dans la poche de sa chemise.

— À très bientôt, Alex, dit-il avec toute l'assurance qu'il avait pu rassembler.

Alex l'observa avec une expression étrange sur le visage. Ridley aurait tout donné pour lire dans ses pensées. Il devait mener une véritable lutte afin de ne pas trembler sous l'œil affûté de son interlocuteur, mais il parvenait à tenir le coup. Quand Alex hocha la tête en souriant, ce fut un immense soulagement.

— Oui, à très bientôt.

Ridley resta sur place, sans doute à regarder comme un idiot Alex qui s'éloignait. Ses fesses fermes se balançaient à chaque pas et Ridley ne parvenait pas à en détacher son regard. Il aimait sa façon de bouger, cette démarche arrogante qui l'hypnotisait, et il sentit bientôt une sensation de chaleur s'installer dans son entrejambe. Il n'avait pas couché depuis longtemps et avait passé des heures à fantasmer sur Alex, si bien qu'il en était arrivé au stade où la plus petite brise le faisait bander.

Alex disparut dans la foule au coin du bâtiment. Ridley fourra ses mains dans ses poches et prit la direction opposée. Il marchait en sifflotant et en évitant les regards, toujours conscient du désir qui le tenaillait. On ne peut pas ignorer bien longtemps les besoins de son corps, et il commençait à en avoir assez de passer ses nuits sans autre compagnie que l'image d'Alex, un tube de lubrifiant et sa main droite.

Sa dernière relation physique avec un homme remontait à bien plus de six mois – car cela faisait six mois qu'il espionnait, ou suivait, Alex. Il était arrivé à Slater plus d'un an auparavant, après avoir obtenu une bourse. Slater était une petite ville située au nord du Michigan qui n'offrait pas grand-chose de plus que sa minuscule université. Il avait été extrêmement déçu de constater la pauvreté du lieu côté vie nocturne. Les associations étudiantes et les compétitions sportives n'avaient jamais constitué à ses yeux des divertissements dignes de ce nom. Le club le plus proche était à plus de quarante kilomètres, qui en paraissaient quatre milles en hiver.

Avant de quitter la maison, il s'était habitué à une vie sexuelle bien remplie. Il s'était toujours montré insatiable et là, il lui fallait au minimum une bonne pipe. Le fait de fantasmer nuit et jour sur Alex rendait sa frustration encore plus difficilement tolérable. Il devait trouver un moyen de convaincre ce jeune homme sexy de sortir avec lui, et surtout le mettre dans son lit.

II

Ridley s'était peu à peu rendu compte que son désir pour Alex virait à l'obsession et que l'habitude qu'il avait prise de le suivre sans cesse devenait quelque peu inquiétante. Il n'avait pas vraiment envie de devenir ce genre de personne ; aussi, il s'efforça de garder ses distances avec la bibliothèque pendant une semaine après avoir donné son numéro à Alex – ce qui ne fut pas simple. Toutefois, cette prise de conscience ne l'empêcha pas de céder à une nouvelle obsession : regarder son téléphone toutes les cinq minutes.

Considérant que sept jours d'abstinence étaient suffisants, Ridley retourna à la bibliothèque. La vraie raison était qu'il n'en pouvait plus. Il mourait d'envie de revoir Alex et n'aurait pas tenu un jour de plus. Armé de sa nouvelle coupe de cheveux – cheveux très courts sur les côtés et crête iroquoise – et la barbe soigneusement rasée – ce qui lui avait coûté dix dollars –, il poussa la porte de la bibliothèque et chercha du regard l'objet de ses fantasmes. Il avait également remplacé le piercing barbell noir qu'il portait sur l'arcade sourcilière par un nouvel anneau en argent assorti à ceux qu'il portait aux oreilles. Il avait un sacré style – c'était du moins son avis. Il espérait juste qu'Alex le partagerait. Il avait claqué beaucoup d'argent pour l'impressionner.

Il repéra Alex accoudé à l'accueil. Il lui tournait le dos, mais Ridley reconnut immédiatement la touffe de boucles blondes. Son cœur se mit à battre la chamade lorsqu'il prit conscience de ce qu'il portait. Jusqu'alors, il n'avait pu que deviner qu'Alex avait un corps ferme et musclé ; étant donné qu'il ne portait que des vêtements larges, il ne pouvait en être sûr à cent pour cent. Mais en voyant ce jour-là les muscles de ses cuisses et ses petites fesses rondes moulées dans son jean, il n'eut plus aucun doute. Son T-shirt bleu rentré dans son pantalon révélait de larges épaules et une taille fine. Cet homme était plus que beau : c'était un véritable dieu ! Et Ridley resta immobile dans l'entrée, le sexe en érection, ne prêtant aucune attention aux regards méfiants que lui lançaient les gens qui s'écartaient pour passer loin de lui.

Ridley sortit sa chemise de son pantalon désormais trop étroit et s'approcha d'Alex.

— Tiens, salut ! lança-t-il en feignant la surprise.

— Salut... Ridley ? C'est bien ça ?

C'était ridicule, mais il fut immensément heureux qu'Alex ait retenu son prénom. Il sourit tout en tentant de garder son calme, comme si cette rencontre n'était pas l'événement de sa journée. Dans sa tête, une voix criait *Ouais ! Ouais ! Alex Firestone se souvient de mon nom !* C'était pathétique.

— C'est bien ça ! Tu vas bien ? répondit-il avec nonchalance.

Il ne savait pas de quoi il avait l'air, mais il parvenait au moins à conserver une voix ferme.

— Oui, oui. J'allais t'appeler, mais en rentrant chez moi je me suis rendu compte que ton numéro s'était effacé. Je t'ai cherché.

— Sérieux ?

Il avait réagi avec un peu trop d'empressement. Il tenta de cacher son émotion en s'appuyant négligemment sur le comptoir, mais son stratagème tomba à l'eau lorsque ses traîtres de genoux se dérobèrent sous lui et qu'il faillit tomber par terre.

— Oh là ! s'écria Alex en le retenant par le bras. Tout va bien ?

Ridley songea brièvement à inventer qu'il avait des problèmes d'hypoglycémie, qu'il n'avait pas mangé ou qu'il souffrait d'une maladie rare qui lui causait des excitations soudaines, mais avant même d'avoir déterminé quel mensonge choisir, il s'entendit prononcer des mots qu'il aurait voulu ne jamais entendre.

— Ça va. Je ne suis pas dans mon assiette quand tu es dans les parages.

Quoi ? Mais il avait donc perdu la tête ? Ridley s'éloigna brusquement d'Alex, s'appuya sur le comptoir et enfouit son visage dans ses mains, honteux comme jamais.

— Excuse-moi, je ne voulais pas dire ça à voix haute, avoua-t-il.

— C'était plutôt mignon, rétorqua Alex en souriant.

Ridley le regarda du coin de l'œil.

— Tu sais remonter le moral à un mec au fond du trou, marmonna-t-il d'un ton plein d'ironie.

— Ben quoi ? C'est vrai, c'était mignon.

Alex éclata de rire, et il se produisit ce que Ridley considérait jusqu'alors comme impossible : il devint encore mille fois plus sexy.

— Mignon ?

Ridley haussa les sourcils.

— Tu vas devoir te faire pardonner ces paroles, tu sais ?

— Si tu t'attends à ce que je te propose ma propre virilité pour remplacer celle que tu as perdue, désolé, mais je l'aie perdue il y a bien longtemps à coups de remarques – et il mima les guillemets – *mignonnes*.

— Je crois que tu vas devoir accepter de dîner avec moi alors, poursuivit Ridley avec davantage d'assurance, puisque tu m'as dépouillé de ma virilité.

— Voilà pour toi ! s'exclama une petite rousse en remettant à Alex une grande enveloppe en papier kraft.

— Merci, Amanda, dit-il en prenant l'enveloppe avec le sourire.

Il cala l'objet sous son bras et se tourna vers Ridley.

— C'est d'accord. Quand ?

Il lui fallut presque une minute pour comprendre ce qui lui arrivait. Il resta un moment bouche bée comme un cerf pris dans des phares. Il battait des records dans la catégorie hurluberlu. Heureusement, Amanda lui offrit une distraction bienvenue.

— Alex, pourrais-tu me remplacer samedi ? J'ai un rendez-vous.

— Quelqu'un que je connais ?

Ils discutèrent un moment au sujet de leurs horaires et d'un certain Kevin qu'Alex ne semblait pas porter dans son cœur, mais Ridley ne les écoutait pas vraiment. Il était à peu près sûr d'avoir entendu Alex accepter sa proposition et profitait de ce moment de répit pour reprendre son souffle, faire ralentir les battements de son cœur et oublier l'idée de se lancer dans une danse de la victoire effrénée. Il s'était suffisamment ridiculisé. Il se voyait déjà se trémoussant sans aucun sens du rythme et imaginait Alex s'enfuir en courant ou s'écrouler de rire.

— Tu as besoin d'un renseignement ?

— Euh, non, tout va bien, répondit Ridley à Amanda – sa réponse s'était fait un peu attendre, mais il avait réussi à se raccrocher à la conversation à temps lorsque Amanda lui avait lancé un regard surpris.

— OK, marmonna-t-elle. À plus tard, Alex.

Alex lui adressa un petit signe de la main et se tourna vers Ridley.

— Alors, quand ?

— Inutile d'attendre, saisissons l'instant présent, dit-il d'une voix douce et ferme.

— Ah bon ? Alex rit en regardant sa montre. Mais il n'est que neuf heures du matin !

— Il doit bien être midi quelque part dans le monde. En plus, ajouta-t-il en haussant les épaules, je n'ai jamais été du genre à respecter les règles.

— Vraiment ?

Alex avait les yeux brillants, comme s'il se moquait de Ridley, mais juste un peu, gentiment.

— J'ai des choses à faire ce matin. Et si nous nous retrouvions à deux heures au pub dans la grand-rue ?

— Ça marche ! À tout à l'heure !

Ridley marcha tout droit jusqu'à la porte. Il fallait qu'il sorte de là ; il était trop heureux, il ne pouvait plus se contenir. Il s'arrêta la main sur la porte et jeta un coup d'œil en arrière. Appuyé sur le comptoir, Alex l'observait. Ridley lui fit signe et sortit du bâtiment, avec l'impression à nouveau que l'objet de ses désirs riait. Était-ce bon signe ou non, il n'en savait rien. Peu importait. Il avait obtenu un rendez-vous et ne disposait que de cinq heures pour reprendre ses esprits et repêcher sa virilité.

Il lui fallut tout le temps qu'il avait à sa disposition pour se faire beau. Il avait les cheveux les plus difficiles à coiffer au monde. Et pourtant, puisque les côtés étaient rasés et qu'il était allé chez une coiffeuse le matin même, cela aurait dû être un jeu d'enfant. Après une longue douche bien chaude dont une partie fut consacrée à l'épilation, il se retrouva plongé en pleine lutte avec tous les produits capillaires qui lui avaient été fournis. Il essaya encore et encore, mais rien n'y fit. Sa crête était en berne. Après le troisième lavage, il commença à se demander si tous les produits, la chaleur du séchoir et le fer à lisser n'allaient pas finir par le laisser complètement chauve. Il se décida à appeler Rae, sa meilleure amie, à la rescousse.

— Je suis là ! Que se passe-t-il ? demanda-t-elle en guise de salutations en passant la porte.

— Au secours l'implora Ridley en levant vers elle un tube de gel bleu et un spray.

— Ridley ! Tu plaisantes, j'espère ? Tu avais l'air complètement paniqué au téléphone, grogna-t-elle en jetant les produits à terre. Je croyais qu'il y avait un vrai problème.

— C'est le cas. Regarde ce désastre, rétorqua-t-il en montrant du doigt sa chevelure. J'ai un rendez-vous dans moins d'une heure.

— Tu m'as fait courir jusqu'ici pour un problème capillaire ? s'indigna-t-elle en lui donnant une tape sur le bras.

— Allez, arrête de me martyriser et aide-moi, marmonna-t-il en se laissant tomber dans son fauteuil. Et pas la peine d'être aussi théâtrale. On dirait que tu as dû traverser la ville alors que tu viens de l'autre côté du bâtiment.

— Et tu ne t'es pas dit que j'avais peut-être quelque chose d'important à faire, remarqua-t-elle en levant les yeux au ciel.

— Non. Allez, coiffe-moi.

— Peux-tu me rappeler pourquoi tu es mon meilleur ami ? lui demanda-t-elle en commençant à enduire ses cheveux d'une matière visqueuse.

— Afin que tu puisses réussir ton examen de math.

— Ah, c'est vrai, s'esclaffa-t-elle. Alors, laisse-moi deviner, tu as un rendez-vous avec le petit geek sexy ?

— Qu'est-ce qui te fait penser ça ? demanda-t-il d'un air faussement innocent.

— Tu m'en parles depuis des mois et je ne crois pas que tu te mettrais dans un tel état au sujet de tes cheveux pour qui que ce soit d'autre.

— Cause toujours.

Mais il ne pouvait pas mentir à Rae. Elle l'avait écouté parler d'Alex au moins un millier de fois, et il ne se sentait ni coupable ni honteux. Lui aussi l'avait écoutée radoter pendant des heures sur un étudiant qu'elle voyait en cours d'économie. Ils faisaient match nul.

— Voilà ! s'exclama Rae au bout d'une minute à peine.

— Impossible !

Il bondit de sa chaise et courut jusqu'au miroir. Comment pouvait-elle être aussi rapide ? Le résultat était parfait.

— Et maintenant, les vêtements.

— Les vêtements ?

Ridley baissa les yeux sur le T-shirt noir et le jean qu'il portait, puis regarda Rae, interloqué.

— Oh non ! Je ne suis pas bien comme ça, c'est ça ? l'interrogea-t-il en sentant la panique monter depuis son estomac.

— Heureusement que je suis là, lui rappela-t-elle en prenant des vêtements dans le placard. Parlons de mon salaire.

Lorsque vingt minutes plus tard Ridley se glissa dans un box du Jake's, il avait oublié tout ce qu'il devait à Rae. L'accompagner à une représentation du ballet *Roméo et Juliette* serait un cauchemar, mais cela valait le coup. Il devait bien reconnaître qu'il détestait les ballets, mais il aurait été capable d'endurer bien pire que deux heures de mecs bondissant en collant qui leur moulait le paquet s'il s'agissait de lui faire plaisir. Non

13

seulement elle avait réussi sa coiffure, mais elle l'avait habillé de la tête aux pieds, lui évitant ainsi un autre désastre.

Il était calme, détendu, sûr de lui. Il se sentait bien dans sa peau et sirotait tranquillement sa pinte de bière lorsque tout à coup, il le vit, Alex, qui se dirigeait vers l'entrée du pub. Son pouls s'accéléra subitement et il faillit s'étouffer avec sa bière. Il avait choisi sa place à la perfection, car le temps qu'Alex le repère et atteigne le box, il s'était remis de ses émotions et avait essuyé le liquide qui lui coulait sur le menton. Il ne pouvait rien faire contre les battements rapides de son cœur ni contre le stress qui montait en lui, mais au moins sa voix était-elle ferme.

— Salut Alex.

— Salut, répliqua celui-ci avec un sourire en se glissant dans le box et en faisant signe à un serveur. Ça va depuis tout à l'heure ?

Non, absolument pas, ce fut un désastre complet.

— Ça va. Et toi, bonne journée ?

— Oui, journée productive, répondit-il avec un clin d'œil. Une pinte de Guinness, s'il vous plaît, commanda-t-il au serveur.

— Tout de suite. Vous êtes prêt pour la deuxième ? demanda le serveur à Ridley en montrant la chope presque vide.

Ridley but le reste cul sec et lui rendit la chope.

— Merci pour l'invitation, dit Alex en observant les lieux. J'avais bien l'intention de tester cet endroit. C'est cool.

— Tu veux dire que c'est la première fois que tu viens ici ? demanda Ridley, sincèrement stupéfait.

Le Jake's était le seul lieu en ville où l'on pouvait prendre une bière, jouer au billard ou juste traîner. Enfin, il y avait aussi l'église presbytérienne, la poste et l'épicerie bio, mais Ridley n'imaginait pas Alex dans l'un de ces endroits. En revanche, le pub semblait lui correspondre et il était difficile de croire qu'il n'y avait jamais mis les pieds.

— Oui, répondit Alex après avoir remercié le serveur pour les bières. Je ne sors pas beaucoup.

— Eh bien, je suis d'autant plus flatté que tu aies accepté mon invitation.

Ridley leva son verre, ils trinquèrent et avalèrent tous deux une grande gorgée de bière. Ridley ne pouvait s'empêcher de regarder la gorge d'Alex et sa pomme d'Adam qui montait et descendait quand il buvait. Il l'imaginait avalant d'autres choses que de la bière, plus dures, plus intimes… Il ressentit le chatouillement familier qui venait lui titiller l'entrejambe ; il

14

savait bien qu'il avait intérêt à réprimer ces pensées s'il ne voulait pas se retrouver encore une fois dans une situation gênante, cette fois-ci avec une tache suspecte sur l'avant du jean.

— Qu'est-ce que tu fais pour t'amuser ? demanda Ridley afin de se changer les idées, tout en espérant qu'il ne répondrait pas *Baiser*, ou il se retrouverait avec le jean trempé.

— Entre mon job à la bibliothèque et les cours, je n'ai pas beaucoup de temps libre.

— Il faut prendre le temps de se détendre.

— Je crois que j'ai besoin de faire une pause, expliqua-t-il en évacuant le sujet d'un geste de la main. Je veux dire, d'arrêter un peu de faire la fête.

— Trop de folies au club d'échecs ? le taquina Ridley.

— Tu n'as pas idée, marmonna Alex.

Pendant une fraction de seconde, une lueur de regret passa dans le regard d'Alex qui continuait à sourire avec une apparente insouciance. Ridley se demanda si la personne qu'il avait en face de lui était davantage qu'un simple étudiant mignon qui travaillait à la bibliothèque. D'où venait cette impression, il n'en savait rien, mais étonnamment, ce regard fugitif fit comprendre à Ridley qu'il n'avait pas juste envie de coucher avec ce garçon : il voulait tout connaître de lui, y compris la cause de cette tristesse cachée.

— Qu'est-ce que tu étudies ? enchaîna Ridley tout en passant négligemment le doigt sur la condensation de sa chope.

— Finances et comptabilité. Ça te surprend ?

Ridley ne put s'empêcher de rire en secouant la tête.

— Non, pas vraiment.

Cela ne le surprenait même pas du tout étant donné l'apparence d'Alex, même s'il se rendait compte qu'il ne fallait pas se fier à son aspect extérieur.

— Et toi ? Laisse-moi deviner.

Alex se mit à l'observer en tapotant du bout des doigts sur la table, et Ridley fit de son mieux pour rester impassible le temps de cet examen – ce qui ne fut pas aisé. Il aimait sentir le regard d'Alex se poser sur lui, il aimait contempler son visage pensif. Il continua à boire sa bière, sans quitter du regard les yeux de son camarade.

— Je sais ! Tu veux devenir constructeur de fusées.

De la bière lui ressortit par les narines quand il éclata de rire alors qu'il était en train de boire. Ridley posa sa chope et attrapa une serviette.

— T'es bête, marmonna-t-il en essuyant la bière et la morve.

— C'était drôle, commenta Alex. J'en conclus que je me suis trompé, ajouta-t-il d'un air suffisant.

— Eh oui. J'étudie la mécanique.

Ridley lança sa serviette à Alex qui l'intercepta en plein vol sans effort.

— Bons réflexes impressionnants, commenta Ridley.

— Tu es peut-être surpris qu'un geek soit aussi doué avec ses mains qu'avec son cerveau ? remarqua Alex en posant la serviette en boule dans un coin.

— L'espoir fait vivre, murmura Ridley, sarcastique, le nez dans sa chope.

À vrai dire, il se disait justement qu'un geek sexy et doué de ses mains était tout simplement une créature de rêve. Si en plus il s'avérait aventurier au lit, on toucherait à la perfection ! C'était ce dont il rêvait, mais plus il regardait Alex, plus Ridley était convaincu qu'il n'aurait aucune difficulté à faire des compromis et à se plier aux exigences de cet homme diablement sexy. Il serait même sans doute capable d'apprendre à aimer pénétrer Alex plutôt que l'inverse.

— Je t'offre une autre bière ? proposa-t-il à Alex en désignant sa chope vide.

— OK, répondit-il en poussant la chope vers lui.

Au cours des heures qui suivirent, la bière coula à flots dans une atmosphère joyeuse et détendue. Tout ce que Ridley apprit au sujet d'Alex fut qu'il avait vingt-quatre ans et n'aimait parler ni de lui, ni de sa famille, ni de son passé. Ridley espéra faire venir les confidences autour d'une partie de billards et, si cela ne fonctionnait pas, il aurait au moins le plaisir de passer la soirée à regarder Alex se pencher sur la table.

— Tu veux casser ? proposa Ridley en disposant les boules.

— Oui. Je te préviens, je suis nul au billard quand je suis sobre. Après avoir bu… annonça Alex en haussant les épaules.

— Ne t'inquiète pas, je vais y aller mollo, l'interrompit Ridley en lui lançant un clin d'œil.

Alex enduisit de craie sa queue de billard. Dès qu'il était entré dans le pub, Ridley avait commencé à durcir, mais lorsque son partenaire de jeu se pencha sur la table pour son premier coup, son jean devint carrément trop serré. Il n'avait jamais été amateur de jeans skinny, mais à voir Alex dans l'un de ces modèles, il commençait à changer d'avis. C'était une super mode finalement…

Alex se prépara à casser le paquet, les biceps bandés. La boule blanche envoya les autres aux quatre coins de la table, dont une dans l'une des poches.

— Regarde ça ! J'en ai mis une, s'écria Alex le sourire aux lèvres.

— Tu as quelles boules ?

— Les pleines, répondit Alex tout en examinant sur la table les différentes possibilités qui s'offraient à lui.

Il se mit en position et, avant de jouer, leva les yeux vers Ridley.

— Et avant que tu ne poses la question, oui, j'ai les boules pleines.

Ridley se trouva bien incapable de répliquer par un autre jeu de mots, obnubilé qu'il était par la profondeur du regard de son partenaire et par les images salaces qui lui venaient à l'esprit. Son érection frottait contre la couture de son jean. Il réprima un grognement.

— Tu te les imagines, n'est-ce pas ? lui lança Alex avant de jouer.

— Oui.

Ridley était hypnotisé par Alex, par la façon dont il caressait la queue de billard tout en examinant la table, par ses petits balancements d'un pied sur l'autre qui faisaient remuer ses incroyables fesses, la manie qu'il avait de se mordre la lèvre lorsqu'il se concentrait sur le jeu, si bien qu'il ne se rendit pas compte qu'il était en train de gagner la partie.

— Boule noire dans la poche du coin ! annonça Alex en désignant la poche en question.

— Mais… tu ne m'avais pas dit que tu étais nul au billard ? protesta Ridley.

— J'ai dit que j'étais nul quand j'étais sobre, lui fit-il remarquer, mais après quelques bières je suis plus détendu, et là, j'assure.

Et comme pour prouver ce qu'il venait de dire, il frappa la blanche qui rebondit sur la bande avant d'envoyer la boule noire dans la poche prévue. Alex afficha un sourire resplendissant et alla chercher le triangle.

— On la joue en trois manches ?

Ah bon, tu veux jouer à ce petit jeu ?

— Ça marche.

Ridley s'en sortit assez bien lors de la partie suivante, ce qui était d'autant plus louable qu'Alex ne lui facilitait pas les choses. Ce filou profitait de chaque excuse pour se frotter contre lui sans jamais s'abstenir de lui lancer un sourire complice et coquin. La pire provocation, qui envoyait directement comme des décharges dans le sexe de Ridley, était la façon qu'avait Alex de se toucher. Dès que Ridley le regardait, il frottait la paume de ses mains soit sur l'impressionnant renflement à l'avant de son jean, soit sur son torse. Il osa même se frictionner les fesses des deux mains en commandant d'autres bières. Ridley avait l'impression de perdre la tête. Comment pouvait-il se concentrer sur le jeu alors qu'il ne désirait rien d'autre que de déchirer les vêtements de son partenaire et l'allonger sur la table de billard ? Faire claquer des boules sur de la peau tendue plutôt que sur le revêtement de la table, caresser la queue d'Alex au lieu d'une queue de billard. Il était dans tous ses états, mais gagna la partie malgré tout. Eh oui, Alex avait raté la boule noire… Bien fait pour lui, ça lui apprendrait à être aussi allumeur.

Ridley descendit la moitié de sa bière, savourant la sensation de fraîcheur dans sa gorge sèche, avant de s'approcher d'Alex. Celui-ci sentait la bière, les épices, la sueur, ainsi qu'un parfum particulier qui fit battre plus vite le cœur de Ridley. Il désirait explorer et toucher chaque partie du corps de cet homme auquel il était accro. Enhardi par l'attitude d'Alex, il osa aller lui chuchoter quelques mots à l'oreille.

— Je te propose de nous arrêter sur ce match nul et d'aller célébrer nos victoires respectives chez moi.

Alex retint sa respiration et appuya ses fesses sur le bas du ventre de Ridley, qui ne put réprimer un gémissement sourd avant de se reculer.

— Et si l'on pariait sur la dernière partie ? suggéra-t-il avec un sourire plein de sous-entendus.

Ridley n'était pas convaincu. La tension sexuelle était grandissante entre eux, et il avait parfaitement compris qu'ils allaient finir au lit. Il n'avait plus envie de jouer. Il était prêt à passer à l'étape suivante – et même plus que prêt. Pourtant, la lueur étrange qu'il perçut dans le regard d'Alex le poussa à entrer dans son manège, par curiosité.

— Je suis partant, tu m'as eu. Quels sont les enjeux ?

Alex se mit à enduire sa queue de craie bleue. Il parcourut du regard les environs ; personne ne prêtait attention aux deux hommes. Il s'approcha de Ridley.

— J'aime t'avoir ! grogna-t-il.

Ridley frissonna, Alex s'esclaffa.

— Je gagne, je te prends. Tu gagnes, tu me prends, lâcha-t-il avant de claquer les dents et de repartir vers la table de jeu.

Ridley n'en croyait pas ses oreilles. Il inspira bruyamment tout en remettant son sexe en place sans se soucier du regard des autres clients susceptibles de le voir.

— Marché conclu !

Tandis qu'Alex s'apprêtait à jouer, Ridley priait pour perdre. Il s'arrangerait pour ne pas empocher la boule noire. Il n'était pas question qu'il gagne. Manifestement, Alex, quant à lui, entamait le jeu avec l'objectif de gagner. En deux minutes, il empocha toutes les boules pleines. Plus que la noire et c'en était fini du pub et du billard : le fantasme de Ridley allait se réaliser. Il allait coucher avec Alex Firestone. Il n'en pouvait plus d'attendre. Il prit sa chope d'une main tremblante et la vida jusqu'à la dernière goutte.

— Tiens, mais c'est le petit geek de la bibliothèque !

Ridley baissa sa bière juste à temps pour découvrir Kyle en train de taper Alex dans le dos alors qu'il était en train de jouer la noire – pas une tape amicale, non, puisque Alex fut projeté en avant, si bien que la boule sortit de la table.

Alex se retourna vivement et poussa Kyle en arrière des deux mains.

— C'est quoi ton problème ? rugit-il en direction de son agresseur qui trébuchait.

À la vitesse de l'éclair, Ridley vint s'interposer entre les deux hommes de sorte à protéger Alex d'éventuelles représailles. Kyle retrouva rapidement l'équilibre et s'avança vers eux, le poing serré.

— Avise-toi de faire un pas de plus, espèce de brute, et je te fais cracher tes dents, l'avertit Ridley.

— Ridley, aboya Alex en l'agrippant par la chemise, je peux gérer ça tout seul.

Mais Ridley ne bougea pas d'un poil, se contentant de tendre le bras vers l'arrière pour saisir la hanche de son ami et le repousser à l'abri derrière lui.

— Ça va, je m'en charge, grommela-t-il à voix basse sans quitter Kyle de son regard plein de défi.

— Oh ! mais le petit geek s'est trouvé une gonzesse pour le protéger…

Kyle avait prononcé ces mots d'un air dégoûté, mais pas avant de s'être assuré que deux de ses potes s'approchaient. Ce froussard n'aurait pas eu le courage de se lancer sans renforts. Mais Ridley n'était pas impressionné. Il tenait fermement sa queue de billard, prêt à la faire virevolter comme une batte de baseball si l'un de ces trois idiots faisait la moindre tentative d'attaque.

— Pas de ça dans mon pub ! s'écria Jake en s'immisçant courageusement au milieu du groupe de gars échauffés.

Il avait manifestement assisté à leur échange depuis le début, car il s'adressa immédiatement à Kyle.

— Si tu veux la bagarre, il va falloir la chercher ailleurs.

Kyle lança un regard haineux à Ridley, puis à Jake.

— Je m'en vais, grommela-t-il.

Puis il se tourna vers Ridley.

— Attention, l'avertit-il, je n'en ai pas fini avec toi.

Il quitta le pub avec Tweedledum et Tweedledee sur les talons, comme deux toutous.

— Vas-y, donne le lieu et l'heure, lui cria Ridley juste avant d'être poussé en avant.

Encore tremblant de colère, il se retourna et lança à Alex un regard furieux.

— Eh bien, n'est-il pas sexy comme tout quand il est agacé ? plaisanta Alex en riant. Détends-toi, tu as gagné la partie.

Il s'arrêta net en entendant ces paroles et pencha la tête, interloqué. Puis il comprit l'allusion.

— Mince ! Ça me donne une autre raison de détester ce type, grogna-t-il. On la joue en cinq manches ?

Alex partit d'un rire plus joyeux encore, puis donna à Ridley son manteau, passa un bras autour de ses épaules et tous deux se dirigèrent vers la sortie.

— Puisque la question toujours délicate de nos préférences respectives est maintenant réglée, reste à savoir si nous allons chez toi ou chez moi.

— La réponse est simple, répondit-il en prenant Alex par la taille. Qui habite le plus près ?

III

ÉTONNAMMENT, KYLE ne les attendait pas devant le Jake's lorsqu'ils en sortirent. À bien y réfléchir, ce n'était pas si surprenant : ce n'était pas le genre de type à insister si la situation ne lui était pas favorable. Ce qui surprenait davantage Ridley, c'était le fait que Kyle n'ait pas hésité à embêter Alex alors que lui-même se trouvait avec lui dans le pub. Peut-être avait-il cru qu'il n'oserait pas intervenir après avoir vu les deux gorilles qui l'accompagnaient. Si c'était le cas, il s'était bien trompé et Ridley était certain qu'il ne tarderait pas à entendre parler de Kyle. Il avait intérêt à surveiller ses arrières. Toutefois, il n'était pas vraiment inquiet. Il ouvrit la porte de chez lui et fit entrer Alex.

Son studio était vraiment minuscule, de la taille d'un box de dortoir avec une salle de bain. Mais il avait un lit deux places avec des draps propres – tout ce dont ils avaient besoin pour le moment. Ridley attrapa Alex, le fit tourner sur lui-même et le plaqua contre la porte fermée.

— J'en ai rêvé toute la soirée.

Et ils s'embrassèrent à pleine bouche. Ridley gémit lorsque sa langue s'introduisit pour la première fois entre les lèvres d'Alex, découvrant l'intérieur délicieux de sa bouche chaude et humide.

Apparemment, Alex avait partagé ses fantasmes. Il était peut-être plaqué contre la porte, mais il n'était pas passif pour autant. Il saisit le visage de Ridley entre ses mains en tentant de mener la danse. Le baiser qu'ils échangeaient était brusque et rapide ; leurs langues s'entrelaçaient, leurs dents s'entrechoquaient, leurs lèvres fusionnaient. Ridley donnait tout ce qu'il avait, mais c'était Alex qui dominait, si bien que le premier en était réduit à réagir sans entreprendre.

Alex avait gagné la bataille, et Ridley ne s'en plaignait pas. Il avait accès à de nombreux endroits du corps de cet homme qui continuait à lui dévorer la bouche. Ils faisaient tous les deux la même taille, et leurs sexes se trouvaient au même niveau, l'un contre l'autre. Les mains de Ridley tremblèrent légèrement lorsqu'il les fit glisser le long du torse d'Alex. Le corps de ce dernier n'avait rien de celui d'un rat de bibliothèque. Il était ferme et tout en muscle. Les contours de son ventre plat cédaient avec

21

souplesse sous les caresses. Alex était bien plus fort, bien plus puissant que Ridley ne l'avait cru à première vue. Il se demandait comment un geek comme lui s'était constitué un corps aussi impressionnant. Ridley fréquentait régulièrement le gymnase du campus et ne l'y avait jamais croisé. Il le lui demanderait, un jour, plus tard. Il était trop occupé pour l'instant à caresser du creux de la main le membre en érection de son partenaire. Peu importait d'où lui venaient tous ces muscles tant qu'il pouvait les toucher, les lécher, les pincer et – mmm – les dévorer.

Alex mit fin à leur baiser et saisit le poignet de Ridley qui tentait de faire sauter les boutons de son jean.

— Pas si vite, murmura Alex.

— Et pourquoi ça ? grommela Ridley avec impatience.

Il n'avait qu'une hâte : mettre la main sur les parties intimes de son partenaire. À peine avait-il prononcé ces mots que ce dernier le retourna et lui plaqua à son tour le dos contre la porte, si brusquement qu'il en eût le souffle coupé.

— Que t'arrive-t-il, gros dur ? lui demanda Alex d'un air espiègle. Je croyais que tu aimais ça quand c'était brutal…

Ridley lui attrapa les hanches et les plaqua contre son corps. Les deux hommes laissèrent échapper un gémissement au moment de la collision.

— Oh oui, j'aime ça, lui assura-t-il, mais j'ai pensé qu'il ne fallait pas te brusquer.

Alex se lécha la lèvre inférieure en souriant.

— Ce fut ta première erreur, dit-il d'une voix traînante.

La lueur taquine qui brillait dans ses yeux fit vibrer le corps de Ridley ; un frisson lui parcourut la colonne vertébrale. Cette sensation s'intensifia lorsque Alex glissa ses mains sous sa chemise et tira d'un coup sec, envoyant tous les boutons directement sur le parquet.

Ridley s'apprêtait à protester contre le traitement brutal imposé à une si bonne chemise, mais il se ravisa. Car Alex se pencha pour prendre son mamelon droit dans sa bouche, ses dents raclant contre la peau sensible. Au diable les vêtements. Il aurait bien pu les réduire en lambeaux, Ridley ne s'en serait pas préoccupé.

Tandis que ses doigts jouaient dans les mèches soyeuses de la nuque d'Alex, Ridley pressa le visage de ce dernier tout contre sa poitrine. Alex grogna et mordit le mamelon si fort que Ridley en ressentit vivement l'effet jusque dans son sexe. Il baissa les yeux et frissonna au spectacle qui s'offrait à lui. Les lèvres sombres et la bouche rose d'Alex lui semblèrent magnifiques contre sa peau lisse et pâle.

— Mets tes mains sur tes hanches, ordonna Alex en se déplaçant vers le deuxième mamelon.

Alex mordilla le mamelon tendu tout en titillant l'autre du doigt, et Ridley se mit à haleter. Il ignorait pourquoi l'attitude agressive de son partenaire le surprenait tant ; il y avait fait suffisamment d'allusions tout au long de la soirée. Et pourtant, en faire l'expérience était une tout autre chose, et ressentir à la fois de la douleur et du plaisir l'excitait au plus haut point.

Ridley poussa un cri lorsque le plaisir s'évanouit pour laisser place à une douleur accrue.

— Les mains sur les hanches, répéta Alex.

Sa voix était sèche comme le claquement d'un fouet et Ridley baissa les mains immédiatement.

— Dis donc, ça ne plaisante pas avec toi.

Alex se redressa et leurs nez se frôlèrent. Il posa ses deux mains sur les mamelons de Ridley, les pinça, les serra, les malmena.

— Tu as un problème avec les hommes autoritaires ? lui lança Alex comme une provocation.

Les mâchoires serrées par l'effort tandis qu'il tentait de gérer la douleur, Ridley n'osa pas répliquer. Il secoua la tête.

— Tu as un problème avec ce que je te fais subir ? poursuivit Alex d'un air vicieux sans mettre fin à la torture.

Ridley secoua la tête de nouveau.

Alex l'embrassa prestement sur la bouche en lui mordillant au passage la lèvre inférieure.

— Bien, conclut-il.

Il se remit à s'occuper de ses mamelons avec sa bouche, mais cette fois-ci pour les lécher et les embrasser, pour adoucir la douleur avec ses lèvres douces et sa langue humide. C'était agréable, mais les assauts des dents et des doigts manquaient déjà à Ridley. Lorsque Alex se recula, c'est de sa bouche et de la chaleur de son corps que Ridley fut également privé.

— Enlève tes vêtements.

Ridley était si excité qu'il ne fallût pas le lui dire deux fois. Il s'exécuta. Alex l'observa, ses yeux bleus assombris par le désir, tandis que le jean et le boxer de Ridley tombaient sur le sol. Debout, entièrement nu, le sexe dur et érigé, Ridley se redressa fièrement et profita du regard qu'Alex posait sur lui. Il prit sa queue dans son poing et commença à se caresser lentement.

— C'est à moi, protesta Alex en lui assénant une tape sur la main pour qu'il la retire.

Ridley s'était toujours considéré comme un amant agressif qui prenait ce qu'il voulait quand il le voulait. Même s'il était passif, cela ne l'empêchait pas de garder un certain pouvoir, car il savait parfaitement ce qu'il aimait et n'avait jamais peur de se lancer. Il n'était pas habitué à recevoir des ordres, mais puisque c'était Alex qui menait la danse, il adorait obéir.

Il ne pouvait tout de même pas s'empêcher de le titiller un peu.

— Ah bon ? Et que comptes-tu en faire ? demanda-t-il en tortillant des fesses, ce qui agitait sa queue d'une façon obscène.

Mais il ne fut plus si fier lorsque Alex répondit à sa question en tombant à genoux et en avalant son membre tout entier, se mettant à le sucer et à le lécher avidement. Ridley se sentit presque suffoquer et s'agrippa aux boucles d'Alex ; il enfonça sa queue plus profondément dans cette bouche si chaude et accueillante. Mais Alex se retira aussitôt.

— Les mains sur les hanches.

— Mais ça ne va pas, mec ? haleta Ridley en avançant son sexe vers son partenaire. Tu as quelque chose contre mes mains ? Elles sont pourtant très douées, je t'assure.

— Je n'en doute pas, et tu auras l'occasion de me le prouver plus tard, rétorqua-t-il en haussant les sourcils avec un petit sourire en coin. Mais pour l'instant, ne les bouge pas de tes hanches et ne t'avise pas de me toucher si tu veux que je continue à te sucer.

Que pouvait répondre Ridley ? Son sexe n'attendait que ça, ses boules étaient douloureuses à force de frustration et ses mains atterrirent donc sans tarder sur ses hanches. Il dut serrer les poings pour résister à l'envie de toucher Alex, mais l'envie de sentir ce dernier s'agiter et de l'entendre sucer bruyamment son membre en érection était bien plus forte.

Alex contraignait ses hanches contre la porte et les maintenait avec suffisamment de force pour empêcher tout mouvement. Sentir Alex le sucer était à la fois pour Ridley une expérience des plus agréables et des plus frustrantes. Il le regardait se régaler de son membre. La friction était juste parfaite, et les sons qu'il produisait faisaient vibrer Ridley jusqu'au bout des orteils. Il était au paradis ; mais incapable de bouger, de toucher, il était en même temps en enfer.

— Tu vas me rendre fou, se plaignit-il.

Alex se recula pour le regarder en souriant.

— Je vais t'aider à perdre la tête encore plus vite, dit-il d'une voix rauque.

Eh oui, vraiment, il sentit toute sa raison le quitter au fur et à mesure qu'Alex le menait au bord du gouffre, surtout lorsqu'il introduisit un doigt sec dans son cul.

— Waouh ! cria Ridley en sentant la brûlure se frayer un chemin de plus en plus profondément.

Ridley cogna des poings sur la porte et essaya de se soulever afin de soulager la pression exercée par le doigt d'Alex. C'était cru, c'était sale, et il se sentait comme une salope sur le point de lâcher sa cargaison.

— Ça vient, marmonna-t-il les dents serrées.

Chaque fois qu'il couchait avec un gars pour la première fois, Ridley espérait découvrir qu'il avalait ; c'était quelque chose qui l'excitait toujours énormément. Mais avec Alex, il espérait presque que ce n'était pas le cas tant il désirait contempler son beau visage couvert de sperme.

— Jouis pour moi, souffla Alex en enveloppant le sexe de Ridley dans son poing.

Un seul va-et-vient, et Ridley cria de plaisir. Le doigt d'Alex continuait à s'agiter en lui. Ses yeux se fermèrent sous l'intensité de l'orgasme qui lui secouait tout le corps, mais il les rouvrit rapidement pour ne pas perdre une miette du spectacle. Car Alex était plus que parfait. Peut-être pouvait-il lire dans ses pensées, car il ouvrit la bouche en grand, tout en continuant à le caresser vigoureusement. La première giclée lui atterrit sur la joue, mais il ajusta sa position et reçut le reste sur sa langue.

Sous l'effet combiné de l'expression de plaisir qu'il lisait sur le visage d'Alex, qui levait vers lui ses yeux à demi clos, et de la friction sur sa queue, Ridley jouit plus longuement et plus intensément que jamais auparavant. Il bredouilla, jura, cria jusqu'à ce qu'Alex ait avalé la dernière goutte de sperme.

Il s'affala contre le mur, ses jambes tremblant au point qu'il avait du mal à rester debout. Mais Alex n'en avait pas terminé avec lui. Au lieu de lui accorder une minute pour reprendre son souffle, il recroquevilla son doigt, appuya sur sa prostate et reprit son sexe dans sa bouche. Il ne lui laissa aucun répit. Il le suça avec force, le menton dégoulinant de sperme. C'était terriblement excitant de le voir ainsi à genoux tout habillé, mais Ridley était encore extrêmement sensible après l'orgasme. Il était partagé entre le désir de continuer à regarder son amant se régaler de sa queue et celui de tout arrêter. Ce fut son corps qui choisit pour lui lorsqu'il saisit les mèches bouclées de son partenaire pour essayer de se dégager ; mais Alex refusa fermement de bouger ou de s'arrêter.

— Ça suffit, bégaya Ridley en le tirant par les cheveux.

Les mains d'Alex s'agrippèrent à ses hanches et il ignora sa demande. Il se mit au contraire à sucer avec plus de force le sexe de Ridley qui – à la grande surprise de ce dernier – était encore dur.

— Allez, Alex, ça suffit, arrête ! s'écria-t-il.

Ridley soupira lorsque Alex retira son doigt et s'assit sur ses mollets.

— Quelle chochotte, le taquina-t-il en s'essuyant la bouche du revers de la main.

Ridley ferma les yeux et renversa la tête pour s'appuyer un moment contre la porte.

— Laisse-moi juste une minute et tu verras si je suis une chochotte.

Alex se mit à rire. Peut-être était-ce le ton de cet éclat de rire, ou bien l'air confiant qu'il arborait, mais Ridley se sentit à nouveau parcouru de tremblements. Il se jeta sur Alex en un éclair et les deux hommes enlacés roulèrent sur le sol. Il débarrassa Alex de ses vêtements tandis que celui-ci pétrissait sa peau nue ; chacun essayait d'avoir le dessus. Ils se cognaient contre les meubles et firent même tomber une lampe dont l'ampoule se brisa.

Ridley retira la chemise d'Alex et prit bientôt le contrôle en chevauchant ses hanches fines.

— Alors, on ne fait plus le dur à cuire ? commenta-t-il d'un ton rieur.

Mais Alex n'était pas du genre à se laisser faire. Il redoubla d'efforts ; sa détermination se lisait dans son regard. Il avait plissé les yeux, comme surpris de constater que Ridley osait défier son autorité. Mais plus que cela, Ridley *aimait* se mesurer à lui. Il était curieux de voir jusqu'où il pourrait aller. Quand Alex tenta de le faire rouler pour reprendre le dessus, il anticipa le mouvement et s'arrangea pour prendre suffisamment d'élan, effectuer un tour complet et prendre Alex à son propre jeu. Mais la pièce était trop exiguë et les meubles trop rapprochés, si bien que Ridley finit sur le dos, coincé contre une bibliothèque, sous un Alex triomphant.

— C'est moi le plus fort, se vanta Alex en ouvrant les boutons de son jean. Et tu vas voir si je ne suis pas le plus fort de tous quand je vais te mettre ça entre les fesses.

Et il ne mentait pas.

Alex le plaqua sur le lit, sur le dos, en l'espace de quelques secondes. Ridley ne s'en plaignit pas. Il avait une belle queue, longue et épaisse, d'une bonne vingtaine de centimètres. Ridley ne pouvait rien faire d'autres qu'attendre, immobile, bavant d'anticipation et à vrai dire, un peu inquiet, tandis qu'Alex enfilait un préservatif. Ridley n'était pas vierge, loin de là, mais il ne s'était pas fait pénétrer depuis longtemps et le membre d'Alex était impressionnant. Il savait qu'il aurait mal, mais était prêt à affronter ce défi.

En revanche, il était moins prêt à ce qu'Alex le fasse attendre.

Celui-ci s'agenouilla au pied du lit et prit tout son temps pour se lubrifier les doigts. Il ne quittait pas Ridley des yeux, contemplant tour à tour ses yeux et son sexe. L'expression de son visage était indéchiffrable, et Ridley était incapable de deviner ses pensées. Il était complètement exposé, les jambes écartées, la queue dressée et humide, mais il n'en avait rien à faire. Il gémissait, sans bien savoir pourquoi puisque Alex ne le touchait pas. Peut-être était-ce la frustration ? Il ne savait que dire, et n'avait rien à dire de toute façon : Alex menait le jeu, lui n'avait qu'à suivre – à son grand bonheur. Il aurait juste voulu qu'Alex accélère un peu la cadence…

Ce dernier finit par déposer le tube de lubrifiant avant de se frotter les mains.

— Glisse un oreiller sous tes fesses et prépare-toi.

Ridley hésita. Il n'avait jamais été du genre à obéir aux ordres aveuglément. C'était une expérience toute nouvelle pour lui, et diablement excitante. Il suffit pourtant à Alex de lui lancer un regard noir pour qu'il s'exécute prestement. Il attrapa ses fesses et les écarta, les jambes en l'air comme une vraie salope.

Alex n'introduisit qu'un doigt, sans le moindre avertissement. Il l'enfonça bien profond et la sensation de brûlure fit grogner Ridley. Ce n'était pas la première fois qu'il ressentait cela, mais il ne s'attendait pas à ce qu'Alex aille d'un seul coup le plus loin possible et se mette à aller et venir en lui à toute vitesse sans lui laisser le temps de s'accoutumer. Alex soutenait son regard et avait l'air d'apprécier la lutte dans laquelle il était engagé. Et pour être honnête, Ridley s'amusait bien lui aussi.

— En supporterais-tu un deuxième ?

Ridley n'en était pas sûr, pas encore, mais il avait tellement envie d'être pénétré par le membre d'Alex qu'il était prêt à souffrir un peu pour l'obtenir plus vite.

— Il n'y a qu'un seul moyen de le découvrir.

Ce deuxième doigt lui fit mal, mais là encore, il s'agissait davantage d'une sensation de brûlure que d'une douleur véritable. Ce qui fit accélérer les battements de son cœur fut le regard bouillonnant d'Alex qui observait ses doigts entrer et sortit du cul de Ridley. Celui-ci cria lorsque son partenaire enfonça brusquement ses deux doigts épais, mais Alex ne s'arrêta pas à cela. Au contraire, il y mit encore plus d'ardeur, jusqu'à ce que Ridley grogne, halète et se contorsionne comme un aliéné. Alex ne prêtait pas davantage attention au sexe dur comme la pierre et dégoulinant de Ridley qu'aux cris qu'il poussait. Et il avait bien raison : Ridley aimait être poussé aux limites de la douleur.

— Qu'est-ce que tu es sexy, murmura Alex.

Il se pencha pour mordre l'intérieur de la cuisse de Ridley, qui tenta de le remercier, mais ne réussit qu'à produire un grognement guttural en sentant Alex mordiller et suçoter sa chair sensible. Il aurait sans doute une marque le lendemain matin et son anus serait douloureux, mais tout cela lui était bien égal. Il résistait à la douleur et endurait la pression des doigts qui tournaient et remuaient en lui. Alex jouait avec lui et était totalement concentré sur une partie de son corps. Un doigt, puis deux, puis l'autre main, un pouce ; il les retournait, les recroquevillait, appuyait sur la prostate, et Ridley poussait régulièrement de petits cris. Alex ajouta même un troisième doigt, et Ridley l'accueillit sans problème. Il était tellement excité, l'expression qu'arborait Alex était si intense qu'il l'aurait laissé introduire son bras entier pour qu'il continue à le regarder ainsi, en faisant fi des conséquences.

Heureusement, il ne dépassa pas trois doigts, car Ridley en aurait payé le prix plus tard. Alex se retira et asséna une grosse claque sur les fesses de son partenaire.

— Retourne-toi, la tête en bas, le cul en l'air, et agrippe-toi à la tête de lit.

Ridley se mit en position et attendit la suite. Alex ne bougeait plus ; il ne produisait pas un son ; Ridley sentait l'intensité de son regard qui creusait en lui. Il gémissait et l'implorait avec tout son corps. Il avait tellement envie de sentir le membre épais d'Alex entrer en lui et l'ouvrir en deux. Il s'arqua davantage à cette pensée. Mais Alex ne respectait pas les règles du jeu. Il saisit l'opportunité que lui donnait cette nouvelle position pour s'amuser un peu plus longtemps avec Ridley. Il le fessa et Ridley cria sous l'effet de la douleur tout en se tendant vers la main qui venait de le frapper, comme pour en demander plus. Son vœu fut exaucé. Alex le malaxa, le frappa et même le mordit. Lorsque ses dents se refermèrent sur la chair tendre, Ridley cria.

— Espèce de sadique !

Alex rit et recommença. Certes, il ne le mordit pas jusqu'au sang, mais Ridley serait marqué à coup sûr et incapable de s'asseoir le lendemain matin. Il serait bien temps de s'en préoccuper au réveil. Pour l'instant, il était en équilibre instable entre plaisir et douleur, et rien d'autre ne comptait.

Alex continua à le torturer tout en lui donnant du plaisir jusqu'à ce que la douleur l'envahisse. Ridley s'agrippait de toutes ses forces à la tête de lit ; ses articulations avaient blanchi et il était au bord des larmes. Il était prêt à demander à Alex d'arrêter, mais celui-ci dut le comprendre, car une langue humide se mit à lui lécher les fesses. La sensation de douceur qui l'envahit le fit soupirer, et tout son corps se détendit. Puis, Alex introduisit sa langue en lui, et Ridley se crut en train de rêver. Alex pétrissait la chair de ses fesses et les écartait pour mieux y enfouir son visage et lui donner du plaisir. Le répit fut de courte durée. Ridley serra les dents de nouveau, mais cette fois-ci parce qu'il était sur le point de jouir. Et pourtant, Alex n'avait pas encore touché son sexe… Mais il lisait en lui comme dans un livre et, alors qu'il était sur le point d'exploser, Alex se retira. Ridley gémit de soulagement et de frustration.

— Je vais te baiser maintenant, grommela Alex. Je vais te baiser tellement fort que tu vas voir les étoiles.

— Oh oui, vas-y, gémit Ridley.

C'est du moins ce qu'il crut dire ou essayer de dire, sans être sûr d'avoir réussi à articuler des paroles intelligibles ; en effet, au moment même où il parlait, Alex introduisit en lui son membre massif. Les sons produits par Ridley ressemblaient plus à un grognement animal qu'à un discours humain, et c'est d'ailleurs ainsi qu'Alex le prit – comme un animal.

Ce fut l'une des expériences les plus bestiales qu'il n'avait jamais connue. Il s'était trompé sur Alex : il était extrêmement puissant. Il tenait les hanches de Ridley comme dans un étau et ne se contentait pas de le défoncer avec une force brute : à chaque mouvement, il attirait aussi Ridley sur sa large queue. Il le pénétrait si profondément à chaque secousse que Ridley avait l'impression d'étouffer sur le membre de son partenaire.

Il lui fallut un peu de temps, mais Ridley trouva son rythme et se mit à se balancer, à serrer les fesses, à garder Alex en lui ; mais évidemment, celui-ci avait d'autres projets. Il sortit entièrement et attendit de voir Ridley se contracter pour le pénétrer de nouveau brutalement.

— C'est ça, siffla-t-il. Amuse-toi sur ma queue. Montre-moi la petite salope que tu es.

Et Ridley s'exécuta. Il se sentait vraiment cochon et obscène, mais peu importait. Il s'accrochait au lit à la fois pour résister aux poussées de son partenaire et pour reprendre de l'élan. Il jurait, il transpirait ; la tête de lit claquait contre le mur, la pièce entière semblait vibrer. Il n'aurait pas été surpris de passer au travers du matelas, ni même du plancher. Et pourtant, lorsque Alex frissonna de tout son corps et jouit en lui, il cria si fort que le son vrilla les oreilles de Ridley. Il regretta qu'il ait mis un préservatif ; sentir son sperme le remplir, puis couler le long de ses jambes était tout ce qui manquait pour faire de ce coup l'expérience parfaite.

Alex resta quelques minutes penché sur le dos de Ridley, le souffle court et le visage enfoui dans sa nuque. Son haleine chaude fit trembler Ridley. Celui-ci était toujours en érection, mais il profitait tout de même de la présence de son partenaire sur son corps. Il était heureux de sentir qu'Alex avait besoin de temps pour se remettre de ce qu'ils avaient partagé.

Une fois apaisé, Alex lui mordilla la nuque.

— Retourne-toi, lui dit-il.

Ridley se retourna et s'appuya sur l'oreiller. Alex prit sa queue dans sa main et se mit à le masturber tout en soutenant son regard. Il ne joua pas avec son cul cette fois-ci, et heureusement, car Ridley avait sacrément mal ; au lieu de cela, il palpa ses testicules de son autre main. Il le caressa à un rythme rapide et sans le ménager. Un feu semblait briller au fond de son regard et Ridley sentait que son partenaire aimait ce qui s'offrait à ses yeux. Il se mit à le caresser de plus en plus fort et resserra son poing jusqu'à ce que l'étreinte devienne douloureuse. Ridley avait tellement envie de jouir que c'en était presque pénible, et il serrait les dents avec tant de force qu'il s'attendait à ce qu'elles volent en éclats.

Les cheveux d'Alex étaient humides de sueur, tout comme son visage et son torse. Sa queue à demi molle se balançait à chaque mouvement. Et ces yeux... Il était tellement sexy... Ridley se savait incapable de tenir beaucoup plus longtemps, mais il aurait voulu que ce moment ne cesse jamais.

C'est alors qu'Alex murmura.

— Jouis.

Et Ridley jouit. Ce fut d'une intensité extrême. Il s'était attendu à quelque chose de fort quand Alex l'avait sucé, mais ce qu'il ressentit dépassait ses espérances. Il vit bien des étoiles, comme Alex le lui avait promis. Ce dernier ne s'arrêta qu'après avoir pompé la dernière goutte de sperme. Ridley ferma les yeux et eut l'impression de fondre dans le matelas. Il sentit qu'Alex se levait du lit, mais sans savoir ce qu'il faisait ; il était trop épuisé pour s'y intéresser. Son corps était comme une nouille molle et même son sexe en avait eu suffisamment pour l'heure. Il réussit à tirer les couvertures par-dessus sa tête, et ce fut tout.

La douceur d'Alex le surprit : celui-ci se glissa sous les couvertures pour venir se pelotonner tout contre lui. Il était donc du genre câlin. Tant mieux, Ridley adorait ça.

Il passa un bras autour de ses épaules, se sentant comme rassasié, heureux d'être blotti dans la tiédeur du corps d'Alex. Il aurait juré qu'une explosion nucléaire n'aurait pas réussi à lui faire remuer le gros orteil, mais il bondit du lit lorsque l'on tapa vigoureusement contre la porte en criant *Police ! Ouvrez la porte !*

— Mince, qu'est-ce qu'ils veulent ? grommela Ridley en rejetant la couverture en bas du lit.

Il la ramassa pour s'en entourer les hanches et se dirigea vers la porte, les jambes encore flageolantes. La main sur la poignée, il se retourna et constata qu'Alex ne lui serait d'aucune aide. Il s'était tout bonnement caché sous les couvertures. Le lâche.

Ridley vérifia par le judas qu'il ne s'agissait pas d'une blague d'un des abrutis de l'immeuble. C'étaient bien des flics. Il entrouvrit la porte.

— Puis-je vous aider ? demanda-t-il d'une voix encore enrouée de tous les cris qu'il avait poussés.

— Bonsoir, monsieur. Nous avons reçu un coup de fil de voisins se plaignant de tapage nocturne. Tout va bien ?

— Euh, oui, oui, bégaya-t-il. Désolé pour le bruit, on était juste en train de… Vous savez, expliqua-t-il en haussant les épaules.

— La personne qui a appelé a signalé une bagarre. Êtes-vous seul ici ?

— Non, mais, nous ne nous sommes pas battus.

Les deux policiers échangèrent un regard. Ils avaient tous les deux la main sur leur arme. Pas possible… Il avait juste envie d'aller mettre son cul douloureux au lit et de se planquer sous sa couverture, et au lieu de ça il devait affronter des flics prêts à dégainer.

— Je vais devoir vous demander d'ouvrir la porte, monsieur.

— Pourquoi ? Je viens de vous dire qu'on ne se battait pas. Si vous tenez vraiment à le savoir, on baisait.

Il n'essayait même plus de cacher son irritation. Le plus gros des deux policiers, celui dont le badge indiquait *Franks*, fronça les sourcils sans lâcher son pistolet.

— Monsieur, j'insiste. Je vous demande d'ouvrir la porte.

— Très bien !

Et Ridley ouvrit la porte en grand, sans toutefois se pousser pour leur faciliter le passage. Ils pouvaient facilement voir depuis la porte la masse sous les draps.

— Vous voyez : on baisait, on a fini, donc plus de bruit maintenant.

— Madame, tout va bien ? demanda Franks en s'avançant dans la pièce.

Alex tendit un bras avec le pouce dressé sans sortir la tête de sous les draps.

— Je vais bien, dit-il en ricanant d'une voix éraillée qui n'avait rien de féminin.

Le policier qui était resté silencieux toussota, et Ridley le vit se couvrir la bouche en essayant de se retenir de rire. Pendant ce temps, l'autre ouvrait des yeux si ronds qu'ils semblaient prêts à tomber par terre. Il recula d'un pas.

— Oh… Bon, d'accord, bredouilla-t-il. Faites attention maintenant et…

Il secoua la tête.

— Ne me forcez pas à revenir ce soir.

Et il sortit en trombe sans se retourner. L'autre policier – dont Ridley n'eut pas le temps d'apercevoir le nom – lui fit un clin d'œil en levant le pouce avant de rejoindre son coéquipier.

Ridley ferma la porte et Alex se mit à hurler de rire. Il se tenait le ventre tellement il riait – et Ridley ne put s'empêcher de se joindre à lui. La tête de l'agent Franks lorsqu'il avait compris que *madame* était un *monsieur* n'avait pas de prix. Sans compter que c'était une grande première : baiser si fort que les flics s'étaient ramenés pour contrôler la situation… Cela n'arrivait pas tous les jours.

Ridley rejoignit Alex sous les draps et l'attira contre lui.

— Je crie, tu cries, et c'est la police qui vient. Un comble, récita Ridley qui avait lu ce post sur Twitter – parfaitement approprié.

Et Alex repartit de plus belle, faisant trembler le lit. Ridley était presque sûr qu'Alex riait encore au moment où il s'endormit. C'était vraiment hilarant…

IV

RIDLEY AVAIT le sommeil léger. Il fut donc surpris de se réveiller seul le matin suivant. L'alcool qu'il avait bu la veille au soir l'avait sans doute assommé. Il n'avait ni senti ni entendu Alex quitter le lit et, lorsqu'il examina la chambre, il ne vit que ses propres vêtements sur le sol. Il commença à s'asseoir sur son lit en se frottant les yeux, mais se recoucha bien vite en poussant un petit cri ; son cul était encore douloureux, ce n'était pas une bonne idée.

Il remua précautionneusement ses orteils et ses doigts et fit le bilan de l'état de son corps. Il avait un peu mal aux jambes, un petit peu plus aux hanches, mais ce fut surtout son torse et la région de ses mamelons qui l'inquiétèrent. Il repoussa les couvertures et n'en crut pas ses yeux : il avait la poitrine couverte de suçons et de marques de dents. Un point violacé surplombait son nombril et ses hanches étaient ponctuées d'hématomes. Une croûte de sperme séché recouvrait son sexe, qui parut à Ridley bien plus petit que les autres matins, comme s'il cherchait à se cacher de peur qu'il ne cherche à s'en servir de nouveau. Mais c'était son cul qui souffrait du plus gros des dégâts. Il se souviendrait d'Alex pendant plusieurs jours.

Il lui fallut un certain temps – et des grognements, et des jurons, et des froncements de sourcils –, mais il finit par atteindre la douche. Tandis qu'il lavait son corps meurtri – des larmes jaillirent au coin de ses yeux quand il en vint à l'entrejambe –, il se surprit à penser qu'il était heureux qu'Alex se soit éclipsé. Il n'aurait pas aimé qu'il le voie pleurer comme une petite fille. Certes, il n'y avait rien de dramatique, mais tout de même, c'était douloureux…

Il se sécha avec mille précautions et bien conscient qu'il était inenvisageable d'opter pour un jean, enfila un vieux pantalon de survêtement usé et traîna sa vieille carcasse dans la chambre. Pas question de faire le ménage dans cet état, mais en attendant que son café soit prêt, il contemplât la pièce le sourire aux lèvres ; elle semblait avoir été ravagée par une tornade. Une tornade du nom d'Alex Firestone.

Il passa plusieurs jours à traîner et à regarder la télé. La douleur se mua en une sensation plus sourde et assez agréable, et l'amateur de punitions qu'il était découvrit qu'il était plus que prêt pour une autre performance. Le problème, c'était qu'il n'avait aucune nouvelle d'Alex. Pire, Alex n'avait pas répondu à ses SMS.

Ridley n'était pas du genre à s'accrocher. Il ne s'était pas attendu à recevoir des fleurs ou n'importe quelle connerie de ce genre, mais le fait qu'Alex ne prenne même pas la peine de répondre à un simple texto pour demander des nouvelles l'agaçait. C'était drôle, car Ridley lui-même était du genre à ne pas rappeler ni répondre aux messages. Il ne cherchait pas les complications. Le sexe lui semblait quelque chose de simple, il ne fallait pas chercher midi à quatorze heures. Et pourtant, avec Alex, c'était différent – même si Ridley essayait de se convaincre du contraire. Il savait bien qu'ils avaient tous les deux obtenu ce qu'ils voulaient : tirer un coup. *Et le meilleur que tu n'as jamais connu...*

Ridley prit son téléphone portable sur la table de nuit et vérifia pour la vingtième fois depuis le matin qu'il n'avait rien reçu. Il sentit sa gorge se serrer et son estomac se nouer de déception. Une vraie lycéenne...

— N'importe quoi !

Et il se laissa tomber sur son matelas en s'arrachant les cheveux. Apparemment, il avait la tête dure et ne voulait pas imprimer le message : ce type ne voulait plus entendre parler de lui. Ridley devait sortir de sa chambre et se changer les idées avant de devenir complètement fou.

Il enfila un jean, un T-shirt et des baskets et sortit. Il avait prévu d'aller au Jake's pour se prendre une bière et un burger, mais lorsqu'il s'arrêta, il s'aperçut que ses pas l'avaient conduit pile devant la bibliothèque. *Imbécile !* Ridley fourra ses mains dans ses poches et se mit à faire les cent pas, les paroles de la chanson *Should I stay or should I go* lui tournant en boucle dans la tête.

— Ouais, tu ne vaux vraiment pas mieux qu'une pauvre lycéenne, marmonna-t-il avant de se lancer à l'assaut des marches du bâtiment.

Ridley se demanda ce que pensèrent de lui les gens qui le virent entrer, car il devait ressembler à un malade mental à examiner fébrilement les lieux sans trouver Alex. Sans parler des nombreuses fois où il reproduisit le même manège, le lendemain, et le surlendemain, et encore le jour suivant...

Il commençait à s'inquiéter. Depuis le début du semestre, Alex travaillait à la bibliothèque le mardi et le mercredi. Tout à coup, il aperçut Amanda et se précipita vers elle.

— Salut Amanda ! Tu te souviens de moi ? l'interpella-t-il en tentant de ne pas l'effrayer par son attitude.

— Oui, bonjour, répondit-elle en le saluant. Excuse-moi, mais je ne me rappelle pas ton prénom.

— Ridley, dit-il en lui tendant la main.

— Ravie de te rencontrer officiellement, Ridley, dit-elle en souriant. En quoi puis-je t'aider ?

— Alex travaille aujourd'hui ?

— Non.

Il attendait qu'elle développe, mais elle se contenta d'un haussement d'épaules.

— Et demain ? insista-t-il.

— Non, il ne travaille pas cette semaine.

Ridley sentit la tension s'installer.

— Il est malade ?

— Je ne sais pas.

Bon, d'accord... Il avait bien envie d'arracher plus d'informations à Amanda, mais il était évident qu'elle n'avait pas envie d'en dire davantage. Elle commençait d'ailleurs à le regarder d'un air soupçonneux. Il n'avait qu'à en rester là. Cet abruti cherchait à l'éviter, c'était clair. Malheureusement, c'était plus facile à dire qu'à faire... Il ne pouvait plus s'enlever Alex de l'esprit, et quelque chose s'était installé en lui qu'il ne pouvait plus déloger et qui commençait à le ronger de l'intérieur.

— JE CROIS bien que je perds la tête, annonça Ridley avant même de dire bonjour à Rae lorsqu'elle le rejoignit au Jake's.

— Désolée de te l'apprendre, mais tu l'as déjà perdue il y a belle lurette, rétorqua-t-elle en ricanant avant de lui voler une gorgée de bière.

— Comme tu es drôle... marmonna-t-il en reprenant son verre pour terminer le breuvage tiède.

— C'est ce que tu aimes chez moi, conclut Rae en appelant le serveur.

Ridley commanda deux bières et régla la note. Il devait acheter sa meilleure amie avec de la bière, c'était vraiment nul... Pour sa défense, elle avait un examen le lendemain matin, mais Ridley était totalement désespéré et avait besoin d'elle.

— Tu te souviens du gars avec qui je suis sorti l'autre soir ?

— Le geek mignon ? Oui, pourquoi ?

— Je n'ai pas eu de nouvelles depuis qu'il a quitté mon appartement et il ne s'est plus pointé au travail.

Rae lui lança un regard dubitatif en penchant la tête.

— Et... quel est le problème ?

— Je n'arrive pas à le retrouver, et il ne me rappelle pas, répondit-il d'une voix plaintive.

— Je ne vois toujours pas le problème. Tu dragues, tu couches et chacun part de son côté. Ça fait des années que tu joues à ce petit jeu.

Les yeux de Rae s'écarquillèrent subitement.

— Ne me dis pas que tu es tombé amoureux ?!

Elle semblait sidérée. Ridley et Rae étaient amis depuis le lycée. Elle était sa confidente et savait à peu près tout de lui. Son incrédulité était donc bien fondée. Jamais Ridley ne s'était préoccupé d'un type avec qui il avait couché. Les pots de colle qui attendaient davantage qu'une nuit au lit l'avaient toujours ennuyé. Pour la première fois, il se retrouvait dans la peau de ces garçons, et il n'était pas exagéré de dire qu'il se sentait terriblement coupable d'avoir traité tous ces types comme il l'avait fait. Ne se sentir rien d'autre qu'un objet sexuel, c'était horrible !

— Je m'inquiète un peu pour lui, c'est tout, poursuivit-il, impassible, tout en étant sûr que son amie voyait parfaitement qu'il mentait.

Il ne pouvait pas la regarder dans les yeux – il était bien plus facile de se plonger dans la mousse de sa bière.

— Oh – mon – Dieu ! s'écria Rae, surexcitée. Ridley Corbin a donc des sentiments sous son infranchissable carapace.

— Je te déteste, marmonna-t-il sans pouvoir s'empêcher de sourire.

Elle le connaissait bien...

— Donc si je comprends bien, il ne t'appelle pas, tu as mal au ventre et tu n'arrives ni à dormir ni à penser à quoi que ce soit d'autre qu'à Alex. Oh, et tu vérifies sans arrêt qu'il ne t'a pas laissé de message sur ton portable, comme une adolescente amoureuse ? demanda-t-elle d'un air amusé qui disait bien qu'elle était certaine de ce qu'elle avançait.

— Je t'ai déjà dit que je te détestais ?

Ignorant ses rebuffades, Rae appuya ses coudes sur la table et entreprit de l'étudier. Elle était en psychologie, et Ridley voyait presque de la fumée lui sortir des oreilles tandis qu'elle essayait de trouver un moyen de le sortir de sa folie. Elle tentait depuis longtemps de le convaincre d'entamer une thérapie afin de soigner son *incapacité à établir des liens pertinents avec autrui*. Mais Ridley se considérait tout à fait capable d'établir d'excellents liens. Sa queue s'était déjà liée à de très beaux culs et à de très belles bouches, sans parler de son cul, tout à fait apte à se lier à des membres

36

longs et épais. Maintenant qu'il avait rencontré Alex, il comprenait mieux ce qu'elle avait voulu lui dire.

— Donc, pour la première fois, tu envisages d'aller plus loin que la première nuit et d'envisager, l'effrayant, le terrifiant second rendez-vous, c'est bien ça ?

Ridley lui lança un regard mauvais en serrant les dents, mais elle se contenta d'attendre en souriant. Elle l'avait pris au piège ; alors, il hocha la tête en soupirant.

— Tu as envie d'un autre rendez-vous avec Alex Firestone ?

Il hocha la tête.

— Et il t'évite ?

Hochement de tête.

Rae garda le silence pendant un long moment. Ridley, qui commençait à se sentir mal à l'aise, lui lança un regard insistant.

— Alors ?

— Il faut que tu lui avoues tes intentions.

— C'est déjà fait. Je lui ai envoyé un SMS, expliqua-t-il, sur la défensive. Ce n'est pas suffisant ?

— Non.

— Comment ça, *non* ?

Entre Amanda et Rae, tous ces non commençaient à lui taper sur les nerfs.

— Je te connais, s'expliqua Rae avec un geste désinvolte de la main. Je suis sûr qu'il n'y avait rien de plus dans ton texto que *Salut !* ou *Ça boume ?* ou une idiotie macho du genre.

Elle le pointa du doigt.

— Tu dois lui dire que tu as envie de le revoir. Propose-lui un rendez-vous.

— Pas question. Je ne vais pas m'abaisser à ça.

Il semblait inflexible et secouait la tête d'un air décidé.

— Il m'évite, je ne vais pas lui courir après comme un pauvre type désespéré.

— Mais tu *es* désespéré ! Regarde-toi ! Quand as-tu dormi pour la dernière fois ? Tu es au bout du rouleau, ça se voit.

Ridley passa la main sur sa barbe d'une semaine. À contrecœur, il dut bien admettre que Rae avait raison – même s'il était hors de question de l'avouer.

— Au moins, je ne suis pas un pauvre type !

— Hmm…

À vrai dire, en ce qui concernait les seconds rendez-vous, il n'était pas loin d'être un pauvre type. Il n'avait tout simplement jamais eu de second rendez-vous. Il n'avait aucune idée de la façon dont il devait s'y prendre. Il savait aborder quelqu'un dans le but de tirer un coup, sans même prêter attention à ce qu'ils pourraient se dire. Pour ça, pas de problème. Il était capable de séduire un homme dans un bar rien qu'avec les yeux, puis de baisser son pantalon et de se pencher sur le lavabo de la salle de bains sans prononcer un mot. Tout cela était très excitant, mais pas autant que ce qu'avait pu lui donner Alex.

— Commande-nous d'autres bières et je t'explique tout ce que tu dois savoir, proposa Rae.

Lorsque les deux amis se séparèrent une heure plus tard, Ridley avait un plan d'attaque. Il n'avait pas une entière confiance en la finesse de Rae concernant les relations amoureuses – elle tombait amoureuse environ une fois par mois –, mais au point où il en était, il était prêt à tout tenter, y compris ses remèdes d'adolescente.

En rentrant chez lui, il passa devant l'amphithéâtre de l'université le téléphone à la main, se triturant l'esprit afin de trouver comment accommoder les mots de Rae à son style à lui. Tout à coup, il sentit son sang se glacer dans ses veines : la voix de Kyle retentissait depuis l'allée qui se trouvait entre l'amphi et le bâtiment de l'administration.

V

Le bruit des pas de ses poursuivants se rapprochait. Alex examina les lieux. *Trop de monde.* Il allongea la foulée. Il savait très bien qui en avait après lui.

Il avait tenté d'ignorer Kyle dans un premier temps. Cela n'avait pas marché, et il s'était dit que s'il montrait à cet abruti qu'il n'était pas intimidé – ce qui était effectivement le cas – il se mettrait en quête d'une proie plus facile. Pas de bol. Kyle n'avait pas lâché le morceau et était bien décidé à déclencher un peu d'action. Alex devrait l'affronter une bonne fois pour toutes, mais ce n'était pas le lieu. Il y avait trop de témoins. Il s'engouffra dans une allée juste après l'amphithéâtre, se dépêcha d'en atteindre le bout et se retourna, prêt à faire face à son adversaire.

L'endroit n'était pas idéal, quelqu'un pouvait surgir à tout moment, mais il devrait s'en contenter. Dans le meilleur des scénarios, il pourrait révéler à Kyle son erreur dans le calme et rapidement, mais il n'y croyait pas trop. Il avait même de gros doutes quant à la possibilité de conclure cette affaire pacifiquement. Il s'échauffa le cou, redressa les épaules et s'efforça de fixer sur Kyle et ses comparses un regard intense.

— Je te cherchais, le p'tit geek, aboya Kyle en s'approchant.

— Eh bien, tu m'as trouvé. Je suggère que désormais toi et tes amis fassiez demi-tour pour retourner là d'où vous venez avant qu'il ne soit trop tard, les avertit Alex en essayant de masquer son irritation, ce qui n'était pas chose facile.

Tout ce qu'il voulait, c'était aller en cours, travailler sans se faire remarquer et pouvoir se détendre. Il n'avait aucune envie d'attirer l'attention. Il était dangereux d'attirer l'attention. Cela pouvait même lui coûter la vie.

Les cinq jeunes hommes s'avancèrent dans la faible lueur de la lampe qui surmontait la porte en acier, Kyle en tête flanqué de ses hommes de main qui arboraient un sourire idiot. Alex perdit un peu plus de son sang-froid, si bien qu'il envisagea même un instant de dégainer l'arme qui était fixée sur son flanc. Mauvaise idée, trop bruyant… Quoique… *Non.* Il prit une profonde inspiration et serra les poings.

— Tu ne sais pas à qui tu as affaire, dit Alex d'un ton sec.

— Tu es courageux, p'tit gars, je dois bien t'accorder ça, ironisa Kyle. Je vais beaucoup m'amuser à t'apprendre à respecter ceux qui te sont supérieurs.

— Supérieurs ?

Alex rit.

— Tu plaisantes. Celui avec la tête d'imbécile, là, dit-il en désignant John Nash, un défenseur de l'équipe du collège qui était carré comme un réfrigérateur, celui-là me donnera peut-être du fil à retordre, mais je crois quand même qu'il est mal barré. À mon avis, il n'a que de la graisse sous sa veste, pas de muscles.

— Espèce de…

Alex se raidit et se mit en position défensive, les poings dressés.

— John, non ! ordonna Kyle juste à temps pour l'empêcher de bondir. Pas maintenant. Ce petit morveux est à moi.

Kyle lança un coup de poing qu'Alex évita facilement. Il saisit l'épaule de Kyle et l'attira vers lui en se servant de son propre élan, enfonça son genou dans l'estomac de son adversaire et l'éjecta par la même occasion en arrière, vers ses camarades. L'un d'eux lâcha un tuyau en métal qu'Alex ramassa à la vitesse de l'éclair.

John s'avança.

— C'est parti ! s'écria Alex joyeusement en s'apprêtant à asséner un coup avec son morceau de tuyau.

Ridley apparut, sorti de nulle part, et son pied vint s'écraser sur le côté du genou de John. Le hurlement que poussa le gros bonhomme indiquait à coup sûr qu'il avait fait des dégâts.

Il ne manquait plus que lui. D'où sortait-il ? Alex n'avait pas le temps de se préoccuper de Ridley : Kyle et ses acolytes étaient de nouveau sur pied. *Mince, mince, mince.*

Heureusement, John s'envola dans les airs et vint s'effondrer sur le sol, écrasé par Ridley. Le *Oh!* sonore qui s'échappa des poumons de ce dernier lorsque son torse entra en collision avec l'épaule du gros lourdaud parvint jusqu'aux oreilles d'Alex. Il laissa les deux hommes se débrouiller entre eux. Après tout, Ridley avait toutes les chances de son côté, il avait déjà blessé son adversaire.

Alex prit son élan, resserra son emprise sur le tuyau et asséna un coup violent sur les genoux de Kyle avant qu'il n'ait le temps de l'éviter. Le hurlement de douleur qu'il poussa fut plus que satisfaisant. Mais pris par l'élan, le tuyau alla taper contre un mur en briques, et une atroce sensation de douleur explosa dans les mains d'Alex et lui remonta le long des bras, si bien qu'il lâcha son arme. Il n'eut pas le temps de réagir. Un poing s'abattit sur sa mâchoire et il bascula en arrière. Il réussit toutefois à reprendre son équilibre rapidement.

— Salaud, tu vas le payer cher, avertit Alex.

Il s'accorda une seconde pour prendre la mesure de son adversaire et se remettre sur pied en aspirant de grandes gorgées d'air. Il comprit son erreur lorsqu'on lui saisit le poignet et qu'on lui retourna le bras vers le haut. Il tomba à genoux sur le béton irrégulier. L'impact fut extrêmement douloureux, mais, au moins, Kyle fut contraint de lui lâcher le poignet. Alex se releva immédiatement, lui asséna un crochet du droit bien placé sur la bouche, suivi quelques secondes plus tard par un autre sur le nez. Il avait perdu connaissance avant même de toucher le sol.

Alex vit la planche de bois une seconde avant qu'elle ne heurte la nuque de Ridley. Celui-ci tomba en avant instantanément, et son front vint cogner contre celui de John avec un craquement effrayant.

— Ce n'est pas vrai ! s'écria Alex en bondissant.

Il asséna un violent coup de botte dans les côtes de coupable et l'envoya valser contre le mur de briques.

Alex sentit ses entrailles se liquéfier lorsqu'il s'élança vers Ridley, qui n'avait toujours pas bougé. John et lui étaient tous les deux inconscients, mais ils respiraient. Alex se pencha vers Ridley, le souffle court ; le soulagement qu'il ressentit était presque aussi intense que sa colère. Il se demandait s'il devait le prendre dans ses bras ou le frapper.

Alex se mit à frissonner en contemplant le champ après la bataille : les hommes à terre qui criaient et se tordaient, le sang, toute cette violence inutile. La colère commença à prendre le pas sur toutes ses autres émotions. Il était furieux contre Kyle et sa bande d'être aussi crétin, de l'avoir forcé à se battre et à s'exposer aux regards, d'être responsables de cette situation. Mais il était surtout furieux contre Ridley de s'être mis en danger et de l'avoir inquiété.

Kyle était recroquevillé sur le sol en position fœtale, les poings sur les genoux ; il gémissait et grognait.

— Tu l'as bien mérité… grommela Alex en sortant son téléphone. À cause de toi, je vais devoir appeler les urgences. J'aurais dû te fracasser la tête et essayer d'y faire rentrer un peu d'intelligence, si c'est possible.

— 911. Que se passe-t-il ?

41

— Il y a un tas d'ordures à dégager de l'allée entre l'amphithéâtre de Slater et l'administration, dit-il à l'opérateur du 911 tout en songeant qu'il ne lui serait pas désagréable de frapper Kyle encore une fois. *Quel salaud !*

RIDLEY ÉTAIT en train d'essayer de se relever et de reprendre son souffle ; l'instant d'après, il ne sentait plus que l'atroce douleur qui lui paralysait la nuque, et tout devint noir.

À son réveil, Alex était penché sur lui. Il lui fallut bien une minute pour voir autre chose qu'une silhouette floue, mais il l'avait tout de suite reconnu. Il semblait préoccupé, et Ridley dit la première chose qui lui passa par la tête.

— Ça te dirait de sortir avec moi un de ces soirs ?

Toute inquiétude s'envola de son visage et il afficha un sourire suffisant.

— Je crois que le coup que tu as reçu sur la tête t'a dérangé le cerveau, rétorqua-t-il en lui tendant la main.

Ridley prit la main qui lui était offerte et laissa Alex l'aider à se hisser en position assise. Il se dit tout de suite qu'il aurait mieux fait de rester couché ; tout se mit à tourner autour de lui et il se prit la tête entre les mains pour tenter d'atténuer la douleur lancinante qui partait de son cou.

— N'essaie pas de te lever pour l'instant, lui ordonna Alex. Les urgences sont en route.

Ridley ne sentit pas de sang, rien d'humide sur sa nuque, mais il avait une sacrée bosse.

— Quelqu'un a-t-il relevé le numéro d'immatriculation du camion qui m'a percuté ?

— Non, mais si on retourne celui-là, on le trouvera peut-être, dit Alex en désignant du menton l'un des athlètes platement étalé sur le sol, les bras écartés comme en plein vol et le visage décoré d'un bel œil au beurre noir et d'un filet de sang qui coulait de sa lèvre fendue.

— Ça marche, dit Ridley sans cesser de se frotter la tête.

Alex devait avoir raison : son cerveau en avait pris un coup. Ou alors, il était encore dans les pommes et en train de rêver, car la scène qu'il avait devant les yeux n'avait aucun sens. Trois des cinq gars se roulaient par terre en criant, Kyle inclus, tandis que John et l'homme au coquard – dont Ridley ne connaissait pas le nom – étaient inconscients. Le coup qu'il avait asséné à John ne lui avait pas fait perdre connaissance. Il était sûr de

42

l'avoir entendu crier au moment où lui-même s'était évanoui. Que s'était-il passé ? Il avait blessé John, mais ce ne pouvait être qu'Alex qui l'avait complètement sonné et mit les quatre autres hors d'état de nuire.

Ridley était encore perdu dans ses réflexions lorsque les sirènes retentirent, d'abord au loin puis de plus en plus près. Les secours arrivaient à toute vitesse, mais pas aussi rapidement que tournait le monde autour de lui ni aussi vite que monta la bile depuis son estomac.

— Je crois que j'ai besoin d'un médecin, grogna-t-il juste avant de vomir.

VI

RIDLEY N'AVAIT jamais eu d'aussi grosse bosse. Il s'estimait heureux que son agresseur ait décidé de viser la tête, car il avait toujours été solide de ce côté-là. *Commotion cérébrale* avait dit le médecin, ce qui expliquait les vomissements – légèrement embarrassants d'ailleurs… Il n'avait qu'un souvenir très flou du trajet jusqu'à l'hôpital. Un instant, il frappait John, et l'instant suivant il se retrouvait aux urgences allongé en chemise de nuit sur une civière. Il lui restait quelques souvenirs fugaces, comme une vision d'Alex penché sur lui. Mais ce n'était peut-être qu'un rêve…

— M. Corbin ?

— Oui ?

Ridley se força à ouvrir les yeux et examina son environnement. Il était dans une chambre d'hôpital. *Comment ai-je atterri ici ? N'étais-je pas censé juste passer par les urgences ?* Il était branché à un tas d'appareils avec une perfusion intraveineuse. *C'est quoi ce bordel ?*

— Savez-vous quel jour nous sommes ? lui demanda l'infirmière en lui braquant une lampe éblouissante dans l'œil.

— Non.

— Pouvez-vous me donner votre nom ? poursuivit-elle d'un ton très professionnel en braquant sa lampe dans l'autre œil.

— Attila le Hun.

— Ridley ! le gronda Rae en lui donnant une tape sur le bras.

— Eh ! Arrête ça tout de suite, je suis blessé ! s'écria-t-il.

Sa tête roula sur l'oreiller et il lança à Rae un regard furieux.

— D'où sors-tu, toi ?

— Monsieur, pouvez-vous me donner votre nom ? répéta la vieille grincheuse d'infirmière qui ne semblait pas du tout amusée.

— Ridley Corbin. Puis-je rentrer chez moi maintenant ?

— Ce sera au docteur d'en décider, répondit Infirmière Grincheuse d'un ton sec avant de quitter la chambre.

Ridley se tourna vers Rae qui, assise dans une chaise à son chevet, le regardait d'un œil assassin.

— Ce regard ne marche pas avec moi, l'informa-t-il. Je rentre chez moi quoiqu'il arrive.

— Hors de question, répondit Rae, manifestement contrariée. Le médecin dit que tu dois passer la nuit ici. Tu as une commotion cérébrale et ils doivent s'assurer que ce n'est pas mortel.

— Tout ça me paraît un peu trop dramatique, tu ne crois pas ? demanda-t-il en roulant les yeux, ce qui eut pour effet de faire vaciller la pièce entière.

— Oui, en effet, mourir, c'est dramatique. Alors, arrête de faire l'enfant et obéis au médecin. Il a dit vingt-quatre heures, poursuivit-elle en pointant son index sur lui, et tu ne resteras pas une seconde de moins.

Ridley tenta de lui attraper le doigt, mais il voyait tellement flou que son poing se referma dans le vide, ce qui fit énormément rire son amie.

— Tu as raison, tu es prêt à rentrer chez toi.

— Je pourrais, si tu restais près de moi et jouais l'infirmière.

Il était plein d'espoir, mais pressentait déjà la réponse – impression bientôt confirmée par le regard incendiaire que lui jeta Rae. Il n'abandonnait pas son idée, mais décida de changer de sujet pour l'instant. Il lui fallait trouver quelque chose qui réveillerait sa culpabilité.

—Au fait, tu as vu Alex ?

— Non. J'ai vérifié à l'accueil : personne du nom d'Alex Firestone n'a été admis.

Apprendre qu'Alex n'était pas à l'hôpital ne fit que renforcer son désir d'en sortir. Il n'avait pas l'esprit clair et ne se souvenait pas bien de la chronologie des événements ; il avait donc besoin de s'assurer qu'Alex allait bien. Rae ne l'avait pas vu, et pourtant elle était arrivée presque aussitôt après son admission. Ridley n'avait pas vu Alex depuis l'épisode du vomi. Le plus étrange était que les flics pensaient que c'était Ridley qui avait mis une raclée à Kyle et ses comparses. Il était fort, d'accord, mais franchement ? Il en aurait été bien incapable.

D'après les informations que Ridley et Rae avaient pu recueillir, les brutes qui avaient déclenché ce massacre n'avaient rien raconté, pour cause d'amnésie subite. Ils étaient sans doute trop gênés d'avouer qu'ils s'étaient attaqués tous ensemble à un type seul qui finalement leur avait botté les fesses. Ridley avait l'intuition que la police ignorait tout de la présence d'Alex et que mieux valait ne pas en parler. Pourquoi, il n'en savait rien, mais il devait se taire. Toutes ces réflexions commençaient à lui donner mal à la tête ; il ferma les yeux. Il prit quelques grandes inspirations, aspirant l'air par le nez, expirant lentement par la bouche. Il était encore pris de nausées.

— M. Corbin ?

— Quoi encore ? souffla-t-il en se cachant la tête sous les couvertures.

— Monsieur, pourriez-vous ouvrir les yeux, s'il vous plaît ? Je dois examiner vos pupilles.

La vieille grincheuse était de retour. Elle tira les couvertures, mais Ridley s'y agrippa.

— On vient juste de faire ça, non ?

— C'était il y a deux heures, monsieur. Ouvrez les yeux maintenant, s'il vous plaît.

Deux heures ! Ça alors… Il ouvrit les yeux et plissa les paupières face au faisceau lumineux.

— Pouvez-vous me donner votre nom, monsieur ?

— Willy Wonka.

Il se recroquevilla en attendant une tape qui ne vint pas. Il tourna la tête vers une chaise vide.

— Savez-vous où se trouve mon amie ?

— Elle n'est pas là.

Il s'apprêta à rétorquer une réponse du genre *Merci beaucoup pour cette information très utile*, mais il se rappela que l'infirmière avait à peu près autant d'humour qu'une nouille mouillée et que l'énerver ne l'aiderait pas à se la mettre dans la poche pour quitter l'hôpital. Il se contenta de serrer les dents et de conserver un ton aussi amical que possible.

— Savez-vous depuis combien de temps elle est partie ? A-t-elle dit où elle allait ?

L'infirmière nota quelque chose dans son carnet et le remit dans sa poche avec la petite lampe.

— Elle est partie il y a une heure, je pense qu'elle est rentrée chez elle, lui dit-elle en quittant la pièce.

Mince ! Il lui revaudrait ça… Comment osait-elle le laisser seul avec… Il frotta ses yeux irrités et essaya de réfléchir. Il lui fallait un plan. Rae ne semblait pas disposée à l'aider à sortir. Les médecins voulaient le garder. La seule solution était sans doute d'entamer une procédure de sortie contre avis médical. Il se cacha encore une fois sous les couvertures, bien décidé à demander un formulaire au premier membre du personnel qu'il verrait.

46

Une charmante infirmière vêtue d'une blouse bleue aux cheveux châtains rassemblés en une queue de cheval ne tarda pas à entrer dans la chambre, tout sourire.

— Bonjour, M. Corbin. Je m'appelle Molly, c'est moi qui vais m'occuper de vous ce soir. Comment vous sentez-vous ?

— Très bien, et je me sentirais encore mieux si vous vouliez bien m'apporter un formulaire d'autorisation de sortie contre avis médical.

— Réfléchissez bien, lui conseilla-t-elle d'un air enjoué. Les examens que vous avez passés sont plutôt encourageants, mais vous avez encore besoin d'être surveillé de près. À la suite d'une commotion cérébrale, votre état peut empirer rapidement.

Elle mit en place une nouvelle poche de sérum physiologique reliée à son intraveineuse.

— Oh, je ne crois pas en avoir besoin, lui dit-il en regardant la perfusion. Et je suis conscient des risques. Vous pouvez m'apporter les papiers.

— Le médecin a prescrit un antidouleur. Il n'est pas très puissant, mais il devrait vous aider à passer une nuit paisible, l'informa-t-elle avec un large sourire.

Son expression rendait Ridley un peu nerveux. Elle restait bien trop aimable et joyeuse alors qu'il ne cessait de l'importuner avec ses requêtes insistantes. Mais la perspective de sentir l'étau qui lui comprimait la tête se desserrer un peu était très alléchante ; il ne pouvait pas refuser.

— D'accord, merci. Vous pouvez me l'apporter en même temps que les papiers.

Ridley comprit son erreur au moment même où il avala les comprimés. Lorsqu'il s'enquit des papiers, Molly éclata de rire. Il n'était apparemment pas assez sain d'esprit pour prendre ce genre de décision. Elle lui adressa un clin d'œil, puis éteignit la lumière et quitta la pièce. *Sale petite hypocrite.*

La nuit passa dans un brouillard, comme le trajet jusqu'à l'hôpital. Les suites de sa blessure ainsi que le manque de sommeil augmentaient l'état de confusion dans lequel il était plongé. Non seulement on le réveillait toutes les deux heures pour un examen neurologique, mais pour ne rien arranger, sa vessie ne cessait de le réveiller à cause de la perfusion. Il avait essayé de se lever tout seul, mais avait vite compris que la combinaison d'une commotion cérébrale avec le manque de sommeil ne pouvait donner qu'une chute cul nu sur le sol froid. Pas question de revivre ça.

Il roula donc dans son lit pour atteindre en grognant le bouton d'appel de l'infirmière. Il se figea le bras en l'air lorsqu'il aperçut un amas familier de boucles blondes. Alex était assis sur la chaise qui se trouvait près de son lit, les coudes appuyés sur le matelas et le front posé sur la paume de ses mains.

Ridley cligna des yeux plusieurs fois : pas moyen de faire disparaître cette hallucination. Il secoua la tête, pas plus de succès. Alex était toujours là.

— Je dois être en train de rêver, marmonna-t-il.

Alex releva la tête, explora du regard la chambre stérile et lança à Ridley un sourire en coin.

— Je n'appelle pas ça un rêve.

Ridley haussa les épaules. Alex avait tort. À l'avoir près de lui, il se sentait comme dans un rêve très agréable. Et ce sourire… Oui, c'était un rêve magnifique.

— Comment te sens-tu ? s'enquit Ridley.

— Mieux que toi, murmura Alex.

Ridley désigna les articulations enflées et ensanglantées de son ami.

— Ça a l'air douloureux.

— Juste quelques égratignures, dit Alex en dissimulant ses mains entre ses cuisses. Qu'est-ce qui t'a pris de te mêler de cette histoire ?

— Cinq contre un. Ça ne me paraissait pas très équitable et je me suis dit qu'un peu d'aide serait la bienvenue. Et puis, je déteste ces types.

— Je m'en serais très bien sorti tout seul, dit Alex avec une note de fierté dans la voix.

— Et comment est-ce possible ? Je veux dire, bien sûr, tu as parfaitement su me dominer l'autre soir, mais j'étais plutôt consentant…

— Plutôt ? l'interrompit Alex.

— D'accord, complètement consentant, grommela-t-il en assénant une tape molle sur la tête d'Alex. Bref, ce que je veux dire, c'est que me dominer au lit est une chose, mettre une raclée à cinq types bien décidés à te casser la figure en est une autre.

— C'est grâce à moi que tu t'en es tiré, annonça Alex avec fierté.

— Comment ça ?

— Eh bien, après qu'une planche est malheureusement entrée en contact avec ta petite tête, j'ai mis hors d'état de nuire celui qui t'avait frappé avant qu'il ne puisse recommencer.

Son sourire s'élargit.

— Ce qui fait de moi ton sauveur. Ton héros, même.

— Ouais, ouais, c'est ça, tu es mon héros, reconnut Ridley. Mais le sens de ma question, c'est plutôt : où un rat de bibliothèque a-t-il appris à se battre comme ça ?

— On ne t'a jamais dit que l'habit ne fait pas le moine ? Il y a beaucoup de choses que tu ne sais pas à mon sujet, tu as tiré beaucoup de conclusions fondées sur les apparences.

Alex avait raison. Dès le premier instant où il avait posé les yeux sur lui, il n'avait cessé d'élaborer des hypothèses à son sujet. Il aurait pourtant dû y réfléchir à deux fois en se réveillant couvert d'hématomes et perclus de douleurs après la nuit qu'ils avaient passée ensemble. Manifestement, il était toujours dans l'erreur. Mais il fallait bien reconnaître qu'une nuit de sexe un peu brutale ne pouvait pas le préparer à voir Alex mettre à terre cinq types baraqués – même s'il s'agissait de lâches.

— Donne-moi des indices. Qui est Alex Firestone ?

— M. Corbin, c'est l'heure de votre examen, annonça une infirmière en entrant dans la pièce.

Elle mit la lumière et Ridley se couvrit les yeux.

— Vous devez vraiment me brûler les rétines chaque fois que vous entrez dans la chambre ?

— Pardon, je ne pensais pas que vous étiez réveillé, dit-elle sans paraître le moins du monde désolée. Oh, s'écria-t-elle, le regard noir, en constatant la présence d'Alex. Vous n'êtes pas censé être là, monsieur. Nous n'acceptons plus de visiteurs après neuf heures.

— C'est moi qui l'ai appelé, mentit Ridley. Je… je…

Il tira sur l'encolure de sa chemise de nuit.

— J'avais besoin d'habits pour rentrer à la maison.

L'infirmière les observa tous deux d'un œil dubitatif. Il n'y avait ni sac ni pile de vêtements dans la chambre, elle devait donc bien savoir qu'ils lui racontaient n'importe quoi. Elle resta impassible et fit ce qu'elle avait à faire, vérifiant la force des membres de Ridley, posant toutes ses questions stupides et braquant encore une fois sa lampe dans les yeux de Ridley comme si elle voulait vraiment les lui abîmer.

— Je vais m'en aller avant que la sécurité ne débarque, dit Alex en se levant.

Il tapota gentiment l'avant-bras de Ridley.

— Je voulais m'assurer que tout allait bien pour toi.

— Voilà un moyen pratique d'éviter ma question, dit Ridley avec ironie.

— J'y répondrai peut-être un jour autour d'une bière, proposa Alex.

— Et si tu venais me chercher quand ils me libéreront ? Tu pourrais me raconter tout ça autour d'un repas digne de ce nom. La nourriture est immonde ici, dit-il en fronçant le nez.

Alex sembla hésiter.

— Ça aiderait beaucoup mon cerveau commotionné de déjeuner avec mon héros, ajouta Ridley.

Alex ne répondit rien, mais vu le sourire qu'il affichait en quittant la chambre, Ridley sut qu'il le reverrait bientôt autour d'un café ou d'un soda. Mais pour l'instant, mission numéro un : soulager sa vessie. Il appuya sur le bouton. À son tour d'embêter le personnel.

— EUH, VOUS parlez une langue étrangère ? demanda Ridley, exaspéré, tandis que le médecin énumérait les recommandations de sortie.

— Excusez-moi, gloussa le docteur Hoffman. Votre cerveau a été secoué à l'intérieur de votre crâne, ce qui a causé quelques gonflements. Cela devrait vous ennuyer pendant quelques jours encore.

— Comme si je ne le savais pas, rétorqua Ridley en massant la bosse qu'il avait sur la nuque.

— Cette bosse est le cadet de vos soucis. Le problème, c'est plutôt ce qui s'est passé à l'intérieur. Prenez quelques jours de repos. Restez au calme et évitez toute activité fatigante.

— Et moi qui croyais m'amuser en sortant.

Le docteur Hoffman haussa les sourcils, mais s'abstint de tout commentaire. Il secoua juste la tête avant de continuer.

— Si les étourdissements s'intensifient, si votre vision se brouille ou si vous vous sentez nauséeux ou fébrile, appelez une ambulance sans attendre. Un choc à la tête tel que celui-ci peut dégénérer rapidement. Quelqu'un peut-il rester avec vous dans les jours qui viennent pour rester à l'affût des symptômes ?

— Oui, je devrais pouvoir trouver quelqu'un, le rassura Ridley.

Il savait pouvoir compter sur Rae, mais il avait un autre projet en tête, qui avait la forme d'un jeune geek sexy et qui lui permettrait de rentrer chez lui en toute sécurité.

— Bien.

Le médecin présenta à Ridley les papiers de sortie.

— Signez ceci, lui dit-il en lui donnant un stylo. Un aide-soignant vous aidera à descendre dès que la personne qui vient vous chercher sera arrivée.

— La personne qui vient me chercher ? demanda-t-il d'un air absent tout en signant les papiers.

— Vous ne devez pas conduire avant votre visite de contrôle de vendredi.

— Je n'habite pas si loin, je pensais rentrer à pied.

— Eh bien, je suppose que vous n'allez pas rentrer chez vous aujourd'hui alors, dit le docteur Hoffman en haussant les épaules. Vous allez attendre que quelqu'un puisse venir vous chercher. Vous n'avez qu'à commander un petit déjeuner, ajouta-t-il avec un sourire vicieux.

— Oh non, protesta Ridley en attrapant son téléphone portable.

— Je me disais bien que vous seriez d'accord avec moi. À vendredi.

— Ouais, ouais…

Il s'était fait avoir. Rae était en cours jusqu'à onze heures et il était hors de question qu'il poireaute à l'hôpital pendant trois heures. Il n'avait plus qu'une seule solution.

Alex répondit dès la première sonnerie.

— Allô ?

— J'ai besoin d'un héros pour me secourir.

— Je suis ton homme, répondit Alex en riant. Que puis-je pour toi ?

— Ils refusent de me laisser partir tant qu'on ne vient pas me chercher et…

— OK, je suis déjà en route !

Et il raccrocha. Ridley resta interloqué, le portable dans les mains. La spontanéité avec laquelle Alex avait accepté lui fit chaud au cœur. C'était comme s'il avait laissé tomber tout le reste en un claquement de doigts pour lui venir en aide. Décidément, ce jeune homme suscitait bien des sentiments agréables chez Ridley. Il était presque reconnaissant d'avoir mal au crâne et d'avoir passé une nuit immonde à l'hôpital si c'était le prix à payer pour passer du temps avec lui.

Il alla aux toilettes, remit ses vêtements sales et se lava le visage. Une infirmière entra dans la chambre en poussant un fauteuil roulant.

— Prêt à partir ?

— J'attends l'ami qui va me raccompagner, dit-il en nouant ses lacets.

— L'accueil vient de me prévenir qu'il était arrivé et qu'il vous attendait devant l'hôpital.

— Waouh ! Quelle rapidité ! Dans ce cas, je suis prêt.

La pièce vacilla légèrement lorsqu'il se leva, mais il n'eut que quelques pas à faire pour aller s'affaler dans le fauteuil roulant. Beaucoup d'hommes refusaient d'avoir recours aux fauteuils roulants, mais Ridley pensait qu'il était stupide de la jouer macho sur ce plan-là. Il était blessé et se sentait encore faible et nauséeux. Sans compter que se faire pousser en fauteuil par une jeune infirmière était plus glorieux que de s'étaler face contre terre. Ce n'était pas le moment de chercher à être viril. Tout ce qu'il voulait, c'était sortir de cet hôpital au plus vite.

— En avant ! s'écria-t-il, légèrement surexcité.

L'infirmière lui lança un regard exaspéré en lui donnant les documents de sortie qu'il avait oubliés.

— Ah, les hommes… soupira-t-elle avant d'éclater de rire.

— C'est que j'ai tout retenu par cœur, grommela-t-il.

— Mais oui, bien sûr, dit-elle d'un ton ironique. Tout comme vous vous souvenez parfaitement de la façon dont vous avez récolté cette belle bosse.

— C'était hier. Je ne me souviens que d'aujourd'hui.

Et encore… C'est vrai qu'il ne se souvenait pas de grand-chose. Le coup qu'il avait reçu interférait avec sa mémoire à court terme, mais il savait qu'il était en chemin pour retrouver Alex, et c'était tout ce qui comptait.

Il repéra tout de suite la voiture de son ami devant l'entrée principale.

— C'est lui, dit-il en pointant le véhicule du doigt.

Ridley adressa un signe de la main à Alex quand celui-ci descendit de voiture pour aller ouvrir la porte côté passager.

— Merci d'être venu, lui dit Ridley d'un ton sincère tandis qu'Alex l'aidait à s'installer.

— Pas de problème, répondit Alex, détendu.

— Il a tenté de s'échapper sans ses papiers de sortie, dit l'infirmière à Alex. Je vous conseille de lire les recommandations et de le garder à l'œil aujourd'hui.

— Je m'en souviendrai, lui répondit Alex avec un clin d'œil. Je ferai en sorte qu'il se tienne bien.

— Oui, faites ce qu'il faut.

Ridley leva les yeux au ciel.

— Alors, comment ça va ? lui demanda Alex une fois installé au volant.

— J'ai l'impression que mon cerveau est en bouillie, mais je me sens déjà mieux maintenant que j'ai échappé à la surveillance de ces horribles infirmières, dit-il en attachant sa ceinture.

— Ne prenez pas trop d'assurance, monsieur Bouillie, c'est moi qui vous surveille désormais et je peux être un véritable tyran.

— Eh ! protesta Ridley, tu es mon héros, pas mon gardien.

— Les deux à la fois, répliqua Alex malicieusement.

— Super… marmonna Ridley.

Il tenta de regarder par la fenêtre, mais le paysage qui défilait à toute vitesse lui donna mal au crâne. Il ferma les yeux et s'appuya sur le repose-tête.

— Ça va ? demanda Alex qui semblait véritablement inquiet.

— Oui, ça va, je suis juste épuisé, le rassura-t-il en ouvrant les yeux. Je ne crois pas avoir dormi plus d'une heure la nuit dernière.

— Tu pourras faire une petite sieste pendant que je préparerai le petit déjeuner.

— Bonne chance pour trouver quelque chose à cuisiner chez moi, l'avertit Ridley en bâillant.

Il ne cuisinait jamais. En fait, il cuisinait mal, et par conséquent mangeait toujours à l'extérieur ou mettait un plat préparé au micro-ondes. Il n'avait même pas de casserole.

— Je m'en doutais bien. C'est pour ça que je t'emmène chez moi.

— Vraiment ?

Ridley écarquilla les yeux et tourna la tête vers Alex. Ce simple mouvement lui fit tourner la tête.

— Oh là ! s'écria-t-il en se prenant le front.

Il dut fermer les yeux à nouveau ; il avait l'estomac retourné.

— Tu as raison, tu vas vraiment parfaitement bien, ironisa Alex. Tu vas devoir arrêter de jouer les gros durs et me laisser prendre soin de toi.

— Tu peux prendre soin de moi autant que tu le veux, rétorqua Ridley d'une voix qu'il voulait séductrice, mais qui se réduisit à un grognement rauque.

— Oh mon Dieu ! se moqua Alex.

Ridley ne répondit rien. Il cligna des yeux à plusieurs reprises pour réajuster sa vision et son environnement se remit en place progressivement. Il distingua une petite maison de style Tudor nichée dans un bosquet. Elle était un peu en retrait par rapport à la rue. De grands arbres et une palissade dissimulaient l'édifice et la cour. La maison était, en un mot, pittoresque, ce qui ne correspondait pas du tout à l'idée que se faisait Ridley de la personnalité d'Alex.

— C'est chez toi ?

— Oui.

— Je ne t'imaginais pas dans un endroit comme ça, murmura Ridley.

— Pourquoi dis-tu ça ? C'est calme, isolé. Ça me convient très bien, insista Alex.

— C'est ce que j'aurais pensé au début, mais maintenant…

Ridley haussa les épaules.

— Je ne te qualifierais plus de calme et mignon.

— Tu as tort, dit Alex en riant au moment de sortir de la voiture.

Il resta à côté de Ridley tandis qu'ils remontaient l'allée jusqu'à la porte d'entrée. Ils marchèrent lentement, car Ridley devait combattre ses vertiges et sa nausée, mais ils atteignirent leur but sans encombre. Ridley sentait que son esprit fonctionnait au ralenti, comme s'il était drogué, et, malgré ses efforts pour observer son environnement, son cerveau n'imprimait rien. Il était sans doute en plus piteux état qu'il ne l'avait cru ; il était incapable de se concentrer et tout à coup, tout devint flou.

— Je crois que j'ai besoin de m'asseoir, avoua-t-il, dépité.

Il avait espéré impressionner Alex alors qu'il ne tenait même plus debout. Il avait l'impression d'avoir des jambes en caoutchouc. S'il ne s'asseyait pas rapidement et ne mettait pas sa tête entre ses genoux, il allait vomir partout dans la maison d'Alex.

Il entendit le cliquetis des clés contre une surface dure, puis sentit le bras d'Alex autour de ses épaules.

— Je te tiens, lui murmura-t-il à l'oreille.

Ridley se débattit un peu lorsque Alex l'allongea sur des coussins. De la salive coulait au coin de ses lèvres et il dut déglutir plusieurs fois pour se retenir de vomir. Il se pencha en avant, la tête entre les genoux, et prit de longues et lentes inspirations en priant pour retenir ce qu'il avait dans l'estomac. Il était moins une, mais grâce aux caresses apaisantes d'Alex qui lui frottait le dos et à son propre entêtement, la nausée se dissipa.

— J'ai presque vomi, avoua-t-il.

— Allez, allonge-toi, lui dit Alex gentiment en l'aidant à s'étendre.

Ridley grimaça lorsque sa tête entra en contact avec le bras du canapé, ce qui déclencha une série de douleurs lancinantes.

— Je reviens tout de suite. Je vais te chercher de la glace pour soulager la douleur.

— Merci, murmura Ridley en fermant les yeux.

Il se blottit sous la couverture dont Alex l'avait recouvert. L'effort qu'il avait fourni pour sortir de la voiture et marcher jusqu'au canapé le laissait tout tremblant. Il était vraiment mal en point ; pour la première fois, il dut s'avouer vaincu.

VII

— RIDLEY, L'APPELA Alex d'une voix douce.

Ridley tentait de répondre, de remonter à la surface de la torpeur qui l'envahissait. C'était si chaud, si confortable... Même la voix d'Alex ne pouvait le persuader de s'extraire de cet état.

— Allez, réveille-toi.

— Je n'ai pas envie, grommela Ridley en tirant les couvertures par-dessus sa tête.

— Il le faut, ordre du médecin, l'encouragea Alex. Et puis, ton petit déjeuner va refroidir.

Il pensa tout d'abord ignorer Alex. Il était tout à fait heureux et satisfait et savait très bien que les sensations désagréables allaient revenir dès qu'il se lèverait. Il en avait plus qu'assez et aurait bien voulu dormir jusqu'à ce que tout se soit remis en place, jusqu'à la semaine suivante s'il le fallait. Apparemment, Alex voyait les choses autrement.

— Allons-y, dit celui-ci d'une manière un peu plus énergique en soulevant les couvertures.

— Tu es méchant avec moi, arrête ça tout de suite, se plaignit Ridley en le frappant d'une main faible. J'ai la tête cassée, tu pourrais avoir pitié.

— La pitié, c'est pour les chochottes. Allez, ouvre les yeux et montre-moi ces mirettes.

Alex lui tapota le visage gentiment.

— Allez, ouvre.

Il grogna de mécontentement, mais il finit par obéir et émit un gémissement pathétique lorsque la lumière lui brûla les yeux. Qu'il referma aussitôt.

— Laisse-moi seul avec mon malheur.

— Pas question. Et si tu ne viens pas manger la délicieuse omelette, les toasts et les galettes de pomme de terre que j'ai cuisinés à la sueur de mon front, je vais te préparer un porridge tout à fait ordinaire que je te forcerai à avaler.

L'estomac de Ridley se mit à gargouiller pour lui rappeler qu'il n'avait pas mangé depuis la veille au soir. La simple idée du porridge descendant dans sa gorge lui fit ouvrir grand les yeux. Il détestait le porridge.

— Mais tu es pire que l'infirmière grincheuse !

— Oui, cependant je parie qu'elle ne cuisine pas aussi bien que moi. Assieds-toi Bouton d'Or !

Ridley se passa la main sur son menton mal rasé, puis sur ses yeux irrités.

— Allez !

— La ferme, protesta Ridley. Laisse-moi deux minutes.

Alex ne fit aucun commentaire sur l'expression grossière qu'il avait employée, mais n'eut aucune pitié et ne lui accorda pas la minute demandée. Il se mit à tirer Ridley par le bras.

— Va te faire foutre, grogna Ridley tandis qu'Alex le hissait en position assise.

— Ça, ce sera pour quand tu iras mieux. En attendant, petit déjeuner, annonça-t-il en lui posant une assiette sur les genoux. Voilà pour commencer. Je vais te chercher du jus de fruits et du café.

Ridley était sur le point de protester contre ces mauvais traitements, mais l'odeur délicieuse qui s'élevait de son assiette eut raison de sa mauvaise humeur. Il attrapa sa fourchette.

— Voilà un bon garçon ! commenta Alex, amusé, avant de repartir vers la cuisine.

— Tu vas voir si je suis un bon garçon, se dit Ridley à lui-même avant d'engloutir un gros morceau d'omelette.

Il sentit aussitôt qu'il reprenait des forces, mais ce n'était pas le moment de frimer. Il était affamé. Il prit une autre bouchée et mâcha en chantonnant gaiement.

— Tu ne devrais peut-être pas manger si vite, remarqua Alex qui revenait avec un verre de jus d'orange.

— Merci, grogna-t-il avant d'avaler la moitié du verre d'un seul trait.

— OK, tête de mule, ignore mes avertissements, mais quand tu rejoueras *L'Exorciste* chez moi, c'est toi qui nettoieras le vomi.

— Oh ! s'écria Ridley en reposant le verre sur la table. D'accord. Nettoyer le vomi, c'est pas trop mon truc.

Alex posa une tasse de café fumant à côté du jus d'orange, puis s'assit près de Ridley.

— Je me disais bien qu'au fond, tu partageais ma vision des choses.

— C'est très bon, dit-il en prenant une bouchée plus petite que les précédentes qu'il savoura lentement.

— Merci. Comment te sens-tu ?

— La pièce ne tourne pas autour de moi, je n'ai pas envie de vomir, donc je pense qu'on peut dire que je me sens carrément mieux. J'ai encore un peu mal à la tête, mais beaucoup moins.

— L'hôpital t'a prescrit des médicaments. Si tu te sens d'attaque après le repas, on pourra aller à la pharmacie. Je préfère ne pas te laisser seul ici.

— Non. Enfin, je me sens capable d'y aller, mais je ne veux pas les prendre. Pour la première fois depuis hier soir, je n'ai pas l'impression d'être sur un manège. Si tu as du paracétamol, ça suffira.

— Je vais t'en chercher.

Ridley continua son repas, puis posa son assiette sur la table et prit la tasse de café. Il était complètement accro à cette boisson, il devait bien l'avouer, et la première gorgée de café chaud le fit gémir de plaisir. D'ailleurs, son mal de crâne n'était sans doute pas uniquement dû au coup qu'il avait reçu à la tête ; la privation de caféine y était certainement pour quelque chose. Il prit une autre gorgée.

Alex revint avec sa propre tasse de café et se rassit près de lui.

— *Demandez, et vous recevrez*, récita Alex en lui donnant les cachets.

— Une pipe, répliqua Ridley en les avalant.

— Quoi ? demanda Alex, décontenancé.

— Tu m'as dit que si je demandais, je recevrais, lui rappela-t-il en frétillant des sourcils d'une façon suggestive.

Alex rit en secouant la tête.

— À des fins purement thérapeutiques, je t'assure. N'as-tu jamais entendu dire que le meilleur remède contre la migraine était l'orgasme ?

— Si, en effet, répondit Alex en riant. Pour l'instant, sois sage et suis les recommandations du médecin. Nous testerons ta théorie plus tard.

— Pourquoi attendre ? demanda Ridley en penchant la tête. Il faut vivre dans le présent, c'est ce que je dis toujours.

— Tu dois rester calme et te reposer. Crois-moi, mes pipes n'ont pas un effet apaisant, ajouta-t-il sur le ton de la confidence.

— Je déteste ce médecin, grommela Ridley.

— Pauvre bébé, lui dit Alex doucement. Et si, pour te consoler, je te donnais un bain ?

— Oh ! s'écria Ridley, tout à coup ragaillardi. Et j'aurai droit à ma pipe après ?

Au diable les ordres du médecin : il commençait déjà à durcir et se sentait tout chose.

— On verra, le rabroua Alex tout en débarrassant. Reste assis pour l'instant et digère, je vais faire couler l'eau.

Ridley n'avait qu'une douche dans son appartement et cela faisait une éternité qu'il ne s'était pas plongé dans un bain chaud. Avec ou sans pipe à la clé, il attendait ce moment avec impatience. Mais une petite gâterie n'aurait rien retiré à son plaisir…

Il s'étira et pour la première fois fut vraiment en état de se faire une idée de la maison d'Alex. Il comprit tout à coup que si rien ne l'avait marqué, c'était tout simplement parce qu'il n'y avait rien. Un canapé avec une table basse à chaque bout et rien d'autre. Pas de télé, pas d'éléments de décoration, pas d'objets personnels. Les murs étaient blancs. Cette pièce n'avait aucune personnalité. Ridley avait vite compris qu'Alex n'aimait pas se livrer, mais le lieu dans lequel il se trouvait ne correspondait pas du tout avec la part de cet homme qu'il connaissait. Il s'était attendu à trouver au moins une étagère garnie de livres, un sac, un cartable, mais l'endroit était aussi stérile que la chambre d'hôpital qu'il venait de quitter.

— La baignoire est pleine, cria Alex depuis la salle de bains. Tu as besoin d'aide ?

— Non, ça va, le rassura Ridley.

Il se tourna sur le canapé et posa les pieds sur le sol. Ce simple mouvement lui fit tourner la tête, mais la pièce resta stable autour de lui, ce qui suscita en lui une ridicule sensation de bonheur. Tout irait bien, certes, mais il devait rester prudent. Il se leva doucement, et toute sa belle confiance s'effondra en même temps que ses entrailles en compote lorsque la douleur qui lui enserrait le crâne se fit lancinante et que tout se mit à vaciller autour de lui.

— Oh là ! grogna-t-il en retombant lourdement sur le canapé, la tête entre les mains.

Un bruit lui fit mollement tourner la tête sur le côté et il distingua vaguement Alex, appuyé sur le chambranle de la porte, qui ricanait.

— J'en étais sûr !

— Alors, pourquoi m'as-tu demandé mon avis ? se plaignit Ridley.

— Parce que tu te prends pour un bad boy et que je ne me permettrais pas de te contredire.

— Je *suis* un bad boy. J'ai juste eu un traumatisme très grave à la tête, ce qui remet temporairement en cause mon titre…

Il avait beau essayer d'avoir l'air indifférent et bourru, il ne parvenait à émettre que des gémissements. Alex s'en rendait bien compte, et il riait encore lorsqu'il s'approcha pour l'aider à se lever.

— J'ai changé d'avis : je vais rester ici vautré dans ma crasse et je vais dormir, marmonna Ridley en fermant les yeux.

Mais Alex lui prit la main et le secoua gentiment.

— Pas question. Tu dois rester éveillé encore une heure au moins, donc autant te laver.

Ridley repoussa son ami, refusant d'ouvrir les yeux ou de bouger d'un pouce.

— Arrête d'être méchant avec moi. Je suis un homme blessé. Tu ne peux pas traiter un infirme de cette manière. C'est cruel.

— Ordres du médecin, poursuivit Alex sans cesser son manège.

— On ne lui dira rien, répliqua Ridley au moment où il trouva assez de forces pour dégager sa main de l'emprise d'Alex

— Mais bien sûr ! gronda Alex en lui saisissant l'avant-bras avant qu'il ait eu le temps de se pelotonner dans le canapé. Debout et plus vite que ça !

Ridley laissa Alex le hisser sur ses pieds à contrecœur, puis il s'agrippa à lui lorsqu'il sentit ses genoux se dérober.

— Et si tu me déposais chez moi pour me laisser mourir seul, l'implora-t-il d'un ton pathétique.

— Tu ne vas pas mourir et je ne te laisserai pas rentrer chez toi tant que tu ne tiendras pas sur tes jambes.

— Je n'ai pas besoin de tenir sur mes jambes. Il me suffit de tenir à l'horizontale et d'y rester, rétorqua Ridley, bien conscient qu'il n'était que peu convaincant, trop occupé à s'efforcer de ne pas atterrir sur les fesses et à ignorer les éclairs qui lui troublaient la vue.

Une fois dans la salle de bains, Alex l'aida à retirer ses vêtements et à s'installer dans le bain chaud. Ridley soupira d'aise au contact de l'eau mousseuse. Il fut surpris de ne pas bander alors que son plus grand fantasme venait de le déshabiller et s'apprêtait à le laver avec un gant. Ses blessures l'accaparaient tout entier ; il se laissa aller dans la baignoire, ferma les yeux et laissa la chaleur et le calme apaiser ses douleurs.

Il se sentait bien, allongé au milieu des parfums de bois de santal et de bruyère, confortablement installé dans la douceur du bain. Il adorait être ainsi dorloté, mais tout de même…

— Pourquoi fais-tu tout ça pour moi ? demanda-t-il à Alex, réellement curieux de connaître la réponse.

— Parce que tu es blessé et que tu as besoin d'aide, répondit-il comme s'il énonçait une évidence.

Ridley ouvrit les yeux et le regarda fixement.

— C'est vraiment gentil, mais tu ne voulais plus me revoir, si ?

— Qu'est-ce qui t'a fait penser ça ? demanda-t-il sans croiser son regard.

— Eh bien, primo, tu es parti pendant que je dormais sans laisser de mot, sans rien. Secundo, tu ne t'es pas pointé au boulot de toute la semaine qui a suivi, poursuivit-il en comptant sur ses doigts. Et tertio, tu n'as répondu à aucun de mes appels ni à aucun SMS. Mais tu as raison, je ne sais pas ce qui m'a mis cette drôle d'idée en tête…

Alex laissa tomber le gant de toilette dans le bain, attrapa une serviette et s'assit sur la commode pour s'essuyer les mains. Il n'avait toujours pas regardé Ridley, qui ne parvenait donc pas à déchiffrer l'expression de son visage.

Après un long silence, Alex poussa un gros soupir.

— Je n'avais pas l'intention de te revoir.

Même si Ridley en était déjà presque certain, se l'entendre dire n'était pas agréable. C'était comme si on lui avait planté un poignard dans le ventre. Heureusement, étant donné son état déjà pitoyable, sa déception devait passer inaperçue. C'était dur de se sentir rejeté, et encore plus lorsque cela venait d'Alex.

— Donc je repose ma question : pourquoi fais-tu tout ça pour moi maintenant ?

— Parce que je me sens un peu responsable de ce qui s'est passé.

— C'est moi qui ai décidé de me jeter dans le tas sans prendre le temps de calculer les risques. Tu n'es en rien responsable et tu n'as aucune raison de te sentir coupable, le rassura Ridley. Je suis sûr que Rae serait d'accord pour rester avec moi. Ce n'est pas à toi de t'occuper de moi, je vais te laisser tranquille.

— Écoute, Ridley, ce n'est pas contre toi. Je t'aime bien et l'on s'est bien amusés, mais je ne suis pas sûr d'être…

Il haussa les épaules.

— Avoir un petit ami, ce n'est pas mon truc.

— Qui te parle de petit ami ?

Ridley s'étrangla presque sous l'effet de la surprise et toussa pour le cacher. Alors, oui, Alex le troublait bien plus que tous les autres mecs avec qui il avait couché et il reconnaissait qu'il pensait souvent à lui, mais devenir son petit ami ?

— Je cherche juste quelqu'un avec qui traîner, boire une bière, jouer au billard et... baiser sauvagement. Je suis étudiant, tu sais, je n'ai pas l'intention de me marier, dit-il en haussant un sourcil. Au cas où tu ne l'aurais pas remarqué, l'océan de mecs gays et sexy de cette ville ressemble plutôt à... une petite flaque.

Alex pencha la tête sur le côté et lança un regard intrigué à Ridley. Ses lèvres se retroussèrent en un léger sourire.

— Baiser sauvagement, hein ?

L'inflexion coquine de la voix d'Alex et la lueur qui lui traversa le regard mirent Ridley dans tous ses états.

— Oh, oui, plus c'est sauvage, mieux c'est.

— Dans ce cas, tu ferais bien de guérir cette tête cassée au plus vite, lança-t-il avec un clin d'œil avant de laisser tomber la serviette sur le sol et de quitter la pièce.

— Eh ! Où tu vas ? cria Ridley. Mon autre tête est en état de marche...

Il baissa les yeux vers sa queue en érection ; la *tête* en question sortait de l'eau le bout de son nez.

— Reviens ici tout de suite !

Il reçut pour toute réponse un ricanement étouffé. *Quel enfoiré !* Mais il n'était pas si troublé de constater qu'Alex ne revenait pas ; après tout, il ne faisait rien d'autre que le forcer à suivre les ordres du médecin. Ridley était soulagé d'avoir mis les choses au clair. Ils pourraient sans doute plus facilement se revoir, sortir et s'amuser tous les deux. Et puis, ce bain était vraiment très relaxant et sa tête ne lui faisait déjà plus si mal. Il avait à sa disposition une bouteille de gel douche et une main tout à fait valide... *Et puis mince*, murmura-t-il pour lui-même. Il empoigna son sexe et commença à se caresser. Le regard qu'Alex lui avait lancé était plein de promesses de folles expériences... Il n'avait pour l'instant qu'à se laisser aller à les imaginer.

Il s'immergea un peu plus dans l'eau chaude et se caressa plus énergiquement.

VIII

À PART étudier, Ridley ne fit rien de fatigant pendant une semaine, ordres du médecin ! Il faisait rarement ce qu'on lui disait ayant plutôt tendance à faire ce qu'il voulait et quand il le voulait. Mais il se rendit rapidement compte qu'une blessure à la tête n'était pas à prendre à la légère. Il avait toujours cru que les commotions cérébrales n'étaient qu'une excuse pour les athlètes qui voulaient s'octroyer une période de repos. Il n'en aurait plus dit autant désormais… Les migraines et les vertiges disparurent peu à peu au fil des jours, mais il se sentit patraque pendant au moins une semaine. Il était comme absent, confus, avait du mal à se souvenir et à se concentrer et était constamment fatigué, épuisé, même après une bonne nuit de sommeil. Il acquit un respect soudain pour ces athlètes ; ce n'était vraiment pas drôle.

Le seul aspect positif de cette semaine de repos, c'étaient les SMS qu'il recevait d'Alex, chaque matin et chaque soir. La plupart du temps, cela n'allait pas plus loin que *Bonjour* ou *Bonne nuit*, mais ils lui rendaient immanquablement le sourire. À vrai dire, ce n'était pas le seul bon côté. Rae se montrait absolument géniale – bien qu'un peu surprotectrice – et c'était grâce à elle s'il était remis sur pied et s'apprêtait à se rendre à la bibliothèque pour y voir Alex.

Il avait promis à son amie d'appeler ses parents pour leur parler de son séjour à l'hôpital avant qu'ils ne reçoivent les courriers de la compagnie d'assurance, mais il avait d'abord besoin de sortir de l'atmosphère étouffante de son petit appartement et se changer les idées. Il appréhendait cette conversation téléphonique avec sa mère, mais il serait temps de s'en préoccuper le moment venu. La fraîche brise printanière et le soleil du matin lui firent du bien. Il mit ses lunettes de soleil et traversa le campus en fredonnant. Il aurait pu continuer à étudier chez lui, mais il ne tenait vraiment plus en place ; les murs de sa chambre qui semblaient se refermer sur lui le rendaient dingue. Évidemment, la perspective de revoir un certain assistant-bibliothécaire ultra-sexy le motivait davantage que celle de réussir ses examens. Ou que celle de subir les jérémiades culpabilisantes de sa mère… Son sens des priorités était sans doute un tant soit peu dérangé, mais il s'était entiché d'Alex, ou était complètement excité, ou les deux. En tout cas, ce qui était sûr, c'est qu'il était tout retourné à l'idée de revoir Alex.

Il tourna au coin d'un bâtiment et tomba nez à nez avec Kyle Bouche. Son – d'ordinaire – beau visage était gonflé, un détestable mélange de rouge, de violet et de jaune s'étalait sous chacun de ses yeux et il avait un gros pansement sur le nez. Les deux jeunes hommes entrèrent presque en collision.

— Oh là, attention ! grogna Ridley en se retenant à la veste de Kyle, ce qui leur évita à tous les deux de finir sur les fesses.

Kyle écarquilla les yeux, horrifié. Il fit demi-tour et laissa dans le feu de l'action un morceau de sa veste entre les doigts de Ridley, puis il repartit en claudiquant de là où il venait.

— Mais qu'est-ce qu'il lui prend ?

Certes, Ridley était plutôt costaud et pouvait impressionner avec ses piercings, ses tatouages et ses choix vestimentaires peu ordinaires, mais il n'avait jamais eu l'impression d'être particulièrement effrayant. Il entrait plutôt dans la catégorie des bad boys calmes, du genre *Si tu ne me cherches pas... je ne te cherche pas*. Et surtout, ce n'était pas lui le responsable de l'état pitoyable du visage de Kyle. Il était déroutant de voir ce grand gaillard prêt à se pisser dessus de frayeur et s'enfuir tant bien que mal en boitant. Que s'était-il donc passé ce fameux soir ? Tout cela était bien étrange…

Ridley aperçut Alex en franchissant le seuil de la bibliothèque : il lui fit signe depuis le comptoir d'accueil. Il portait un jean et un T-shirt blanc à manches longues, rien d'extraordinaire en somme, pourtant… Des images d'Alex, habillé ou nu, étaient gravées au fer rouge dans le cerveau de Ridley, mais ce jour-là il lui parut encore plus sexy, alors qu'il ne l'avait pas vu depuis une semaine. Il oublia tout en une fraction de seconde : sa rencontre avec Kyle, les cours, les examens, le jour de la semaine. Ce n'était pas très glorieux, mais c'était vrai.

— Salut, Alex ! lui lança-t-il en le rejoignant.

Alex ne se gêna pas pour détailler son corps de la tête aux pieds. Ridley se redressa discrètement.

— Tu as l'air en pleine forme, lui répondit Alex avec un clin d'œil. Comment te sens-tu ?

— Plutôt bien. Je suis capable de me pencher pour faire mes lacets sans me ramasser face contre terre et je me souviens de ce que j'ai mangé au petit déjeuner. Je me sens encore un peu bizarre, mais je n'ai plus la tête qui tourne.

Il ne put s'empêcher de sourire en entendant le rire d'Alex. Il s'était déjà fait la réflexion un nombre incalculable de fois : Alex avait un rire magnifique.

— Voilà de bonnes nouvelles, dit-il en levant sa bouteille de soda comme pour porter un toast.

Le regard de Ridley fut irrésistiblement attiré vers la gorge et la pomme d'Adam d'Alex tandis que celui-ci buvait. Il avait été très impatient de le revoir et de coucher avec lui, mais il fut tout de même surpris de constater que son désir grimpait en flèche dès qu'il le voyait en chair et en os. Il se força à détourner les yeux et à se concentrer sur autre chose que les fantasmes qui surgissaient dans son esprit. Il fourra les mains dans les poches de son manteau afin de le tirer vers le bas et de cacher l'effet de la présence d'Alex sur son corps… La bibliothèque n'était pas l'endroit adapté pour exhiber une érection.

— Comment s'est passée ta semaine ? demanda Ridley pour se forcer à penser à autre chose qu'à sa queue.

— Un truc de dingue… Boulot, révisions, exams.

Alex revissa le bouchon sur sa bouteille, ce qui donna à Ridley l'occasion d'observer les croûtes qu'il avait sur les articulations. Il avait espéré retrouver des souvenirs de cette soirée au fur et à mesure de sa guérison, mais il ne se rappelait toujours rien. Il se posait bien des questions. Pourquoi Kyle était-il à ce point terrifié ? Pourquoi les flics n'étaient-ils pas venus sonner à sa porte pour qu'il fasse une déposition ? Qu'était-il arrivé à Kyle et sa bande et comment Alex s'était-il sorti de cette embuscade sans rien d'autre que quelques égratignures ? Alex n'était pas bavard et, dès que Ridley tentait d'aborder un autre sujet que le sexe, il se refermait comme une huître. Ridley n'en savait pas beaucoup plus à son sujet que lors de leur première rencontre, ce qui ne faisait qu'aiguiser sa curiosité.

Que caches-tu donc derrière tes allures de geek et cette attitude décontractée ?

— D'autres ennuis ? s'enquit Ridley en désignant les articulations de son ami.

Celui-ci haussa les sourcils et baissa les yeux sur ses mains comme s'il ne comprenait pas ce dont il s'agissait. Il secoua la tête.

— Bon, je dois aller pointer, murmura-t-il sans croiser le regard de Ridley – ce qui était son attitude habituelle lorsqu'il ne voulait pas parler. Tu restes dans le coin ?

— Oui, je dois réviser pour un examen de rattrapage.

— OK, cool, marmonna Alex d'un air distrait, en balayant les lieux du regard sans jamais s'arrêter sur Ridley. Je passerai te voir tout à l'heure.

Ridley le regarda s'éloigner d'une démarche moins assurée que d'ordinaire.

Il pénétra dans la bibliothèque, mais n'y remarqua rien d'inhabituel. Il se dirigea avec un haussement d'épaules vers une table libre et décida d'attribuer le malaise qu'il ressentait à sa commotion cérébrale encore récente. Il savait au fond de lui que ce n'en était pas la seule cause, mais il n'avait aucune envie de laisser ce sentiment refroidir l'excitation qu'il ressentait à revoir Alex.

Il tenta de rester concentré sur ses révisions, mais ne pouvait s'empêcher de chercher Alex des yeux et de penser à tout ce qui s'était passé au cours de la dernière semaine. Il n'avait pas de mal à se concentrer en soi, son attention avait juste choisi le mauvais sujet. Il ne cessait de revoir le visage terrifié de Kyle. Alex lui avait mis une sacrée raclée et c'était sans doute à cause de lui que Kyle était si effrayé, mais pourquoi ?

— Tu vas rester ici toute la journée ?

Ridley releva la tête brusquement et vit le visage souriant d'Alex. Il était plongé dans ses pensées depuis – il jeta un coup d'œil à l'horloge – deux bonnes heures. *Waouh.* Le plus incroyable était qu'il n'avait pas remarqué la présence d'Alex.

— Je... euh, oui... Désolé, j'étais perdu dans mes pensées.

— Tout va bien ? demanda Alex, soudain inquiet.

— Oh, oui, oui, tout va bien, le rassura Ridley. Théorie et application de l'analyse structurale, c'est un peu prise de tête, mais je survis, mentit-il en montrant l'écran de son ordinateur portable.

Alex pencha la tête et se mit à l'observer comme un insecte sous la lentille d'un microscope. Avait-il compris qu'il lui mentait ? Ridley avait l'étrange sensation qu'Alex retirait les couches une à une et découvrait les secrets enfouis en lui. Une minuscule goutte de sueur coula le long de la tempe de Ridley et son rythme cardiaque s'accéléra, mais il ne céda pas et ne détourna pas le regard. Il s'efforça de conserver son attitude décontractée, mais ce n'était pas gagné. Comme Alex continuait à l'examiner, à l'étudier, Ridley saisit l'opportunité pour en faire de même et *vraiment* observer l'homme tout entier, et non pas uniquement ses jolis traits. Il distingua une petite cicatrice au-dessus de son œil gauche, partiellement cachée par le sourcil, et qui gardait la trace de quelques points de suture. Il avait une bosse sur le nez, qui était légèrement tordu vers la droite, comme s'il avait été brisé à plusieurs reprises. Et il y avait quelque chose dans ses yeux, comme un sentiment profond qui transparaissait. Était-ce de la douleur ? De la colère ? Du regret ? Ou tout cela à la fois ? Ridley n'aurait pu le dire, mais il y avait indubitablement dans son regard une sagesse que l'on ne voie d'ordinaire que dans les yeux d'hommes ou de femmes ayant vécu deux fois plus longtemps que lui.

Alex se retourna en sursaut comme si l'on venait de l'appeler par son nom, mais Ridley n'avait rien entendu.

— La bibliothèque ferme dans une heure, murmura-t-il avant de s'éloigner à grandes enjambées.

Il traversa la salle d'une allure vive et décidée. Sans regarder en arrière, il disparut dans le bureau et claqua la porte.

— Qu'est-ce que c'est que cette histoire ? marmonna Ridley en passant la main dans sa chevelure trempée de sueur.

Toutes les personnes présentes dans la salle avaient le nez dans leur livre ou écrivaient frénétiquement. Deux jeunes filles s'étaient rapprochées pour bavarder et ricanaient, la main sur la bouche. Personne ne semblait avoir remarqué le moment intense qu'il venait de vivre avec Alex et qui l'avait laissé tout frissonnant. C'était comme si on l'avait abandonné dans un endroit étrange et inconnu et qu'il n'avait absolument aucune idée de ce qu'il devait faire.

Tout cela, le malaise qui l'envahissait, les secrets, le silence d'Alex allaient finir par le rendre fou. Comment pouvait-il apprendre à connaître cet homme s'il n'arrivait même pas à lui parler ? Certes, il n'avait pas besoin de le connaître pour baiser, mais il serait préférable autant pour lui que pour Alex qu'ils soient également amis. Ridley tapota nerveusement sur son ordinateur. Bon, il était un peu intrigué par cet homme. Très intrigué, même. Où un type comme Alex avait-il bien pu apprendre à se battre, et comment ce bibliothécaire qui ne payait pas de mine pouvait-il susciter une telle peur chez un gars comme Kyle ?

Après réflexion, Ridley rangea son portable dans sa housse. Il devait se comporter avec Alex exactement comme Alex se comportait avec lui : il allait l'analyser couche par couche et découvrir tous les secrets qu'il recelait. Le sexe et l'alcool pourraient sans doute lui apporter une aide précieuse.

IX

APPUYÉ SUR la rambarde, Ridley regardait Alex descendre énergiquement les marches de la bibliothèque. Lorsque celui-ci l'aperçut, il fronça les sourcils et examina les environs.

— Salut, Ridley, le salua-t-il avec un léger sourire qui effaça toute trace de méfiance de son visage. C'est drôle de te rencontrer ici.

— Je suis juste sorti faire un petit tour, à la recherche de compagnie pour la nuit.

— Vraiment ? ricana Alex. En général, ce n'est pas à la bibliothèque qu'on cherche ce genre de choses.

— C'est parce que peu de bibliothèques ont des employés aussi sexy. Ça te dirait de prendre un verre ?

— Je...

Alex s'interrompit et regarda à droite et à gauche comme s'il cherchait quelqu'un.

— Ah, tu as déjà autre chose de prévu...

— Non, ce n'est pas ça, l'interrompit-il. Mais ce n'est peut-être pas une très bonne idée de traîner dans un bar en ce moment. Tu sais... avec ce qui s'est passé l'autre fois, dit-il en haussant les épaules.

— Et que s'est-il exactement passé l'autre fois ? insista Ridley.

— Tu t'es pris un mauvais coup sur la tête. J'ai de quoi boire et manger chez moi, enchaîna-t-il en s'empressant de changer de sujet. Pas de table de billard par contre, mais je suis certain que nous trouverons un autre jeu sur lequel parier.

Ridley se demandait pourquoi Alex ne cessait de regarder partout autour de lui comme s'il cherchait quelqu'un. Sans doute pas un autre garçon avec qui il aurait rendez-vous, puisqu'il invitait Ridley chez lui. Serait-ce Kyle ? Cela semblait tout aussi improbable vu la façon dont ce dernier s'était comporté avec Ridley lors de leur dernière rencontre. Il n'allait certainement pas se remettre à poursuivre Alex. Ridley mourait d'envie de lui poser mille questions sur ce qui s'était passé ce fameux soir, mais il savait que ce n'était pas une bonne idée. Il attendrait que quelques verres aient délié la langue de son compagnon.

— À quel genre de jeu pensais-tu ?

— Que dirais-tu d'un strip-poker ?

— Pourquoi pas, je ne suis pas mauvais au poker.

— Tant mieux, j'aime les défis. Allons-y.

Ils se mirent en route en direction de la maison d'Alex. Il n'était que neuf heures du soir, mais les rues étaient déjà étonnamment désertes. C'était un soir de semaine, il était donc normal qu'il n'y ait pas foule, mais tout de même…

— Il se passe quelque chose ce soir ? demanda Ridley.

— Oui, je vais boire et gagner une pile de fringues.

— Quelle confiance ! railla Ridley en donnant un coup d'épaule à son partenaire. Je voulais dire, en ville. Où sont-ils, tous ?

— Aucune idée. Je ne m'intéresse pas vraiment à la vie locale en dehors de ce qui concerne la fac, reconnut Alex.

— Moi non plus, mais je n'ai jamais vu la ville aussi calme.

— Peut-être que tout le monde bachote pour les examens, suggéra Alex.

C'était une explication plausible, même si les examens en question ne commençaient pas avant plusieurs semaines. Ridley l'accepta en haussant les épaules.

Ils traversèrent la rue, Alex sortit ses clés de voiture et appuya sur le bouton. Les phares clignotèrent dans le parking.

— Ta voiture est-elle ici ? demanda Alex.

— Non, je suis venu à pied.

— Je t'emmène ou tu préfères qu'on se retrouve directement chez moi ?

Ridley prit quelques secondes pour réfléchir. S'il y allait avec sa propre voiture, il pourrait s'éclipser au petit matin s'il en avait envie. Mais il savait bien qu'il n'aurait aucune envie de s'en aller et qu'il n'avait qu'un désir : se réveiller auprès d'Alex.

— Je veux bien que tu m'emmènes, si ça ne te dérange pas.

— Bien sûr que non, je ne te l'aurais pas proposé sinon.

Alex ouvrit la porte côté passager et la tint ouverte pour Ridley.

— Votre véhicule est avancé, Monsieur.

— Sexy, costaud et raffiné à la fois, commenta Ridley en prenant place et en attachant sa ceinture.

— Je suis la formule de luxe, précisa Alex avant de refermer la porte.

Non, tu serais la formule de luxe si tu étais du genre à avoir un petit ami. Ridley fut stupéfait par cette idée qui lui traversa l'esprit. Perdait-il la tête ?

Alex fit le tour de la voiture au pas de course, s'installa au volant et démarra le moteur. Il lança un regard en direction de Ridley.

— On dirait que tu viens de voir un fantôme, remarqua-t-il, surpris.

— En quelque sorte, oui.

Ridley secoua la tête. Il n'était pas dans son assiette. Une vraie mauviette. Il secoua la tête de nouveau afin de se remettre les idées en place.

— Ça va, reprit-il. Alors, et ce jeu ?

— Tu es sûr que tu ne ressens plus les effets de ta commotion ? s'enquit Alex une fois qu'ils furent en route.

— Non, tout va bien. C'est le médecin qui l'a dit, précisa-t-il. Même si je ne me souviens toujours pas de la bagarre.

— Il n'y a pas grand-chose à en dire. Tu t'es lancé dans la mêlée, tu as reçu un coup, tu es tombé dans les pommes et j'ai appelé une ambulance.

Ridley se tourna un peu sur son siège afin de mieux voir son interlocuteur.

— Mais que s'est-il passé ensuite ?

— Tu es resté évanoui, poursuivit Alex, impassible.

— Oui, tu me l'as déjà dit. Mais que s'est-il passé entre mon évanouissement et ton appel à l'ambulance ?

Alex se mit à tapoter sur le volant. Vu son air concentré, il devait bien choisir ses mots.

— Pourquoi est-ce si secret ? Le pressa Ridley.

— Ce n'est pas secret. Il n'y a pas grand-chose à dire.

— Je ne te crois pas. Allez, quoi, dis-moi… Quand on met une raclée à cinq types baraqués, on ne s'en sort pas avec quelques éraflures. Où as-tu appris à te battre comme ça ?

— Pas *cinq* gars. Il y en a un que *tu* as mis par terre, remarqua-t-il.

Ridley lui lança un regard exaspéré.

— Sérieusement, mec, où as-tu appris à te battre ?

— J'ai toujours été un bagarreur. Ça rendait mes parents fous. J'ai été exclu cinq jours du collège à cause de ça et, le jour de mon retour, j'ai reçu une autre exclusion pour la même raison. Mon père m'a défoncé.

— Vraiment ?

— Ouais, confirma Alex en riant. J'ai eu du mal à m'asseoir pendant une semaine !

— On n'imagine pas ça quand on te voit…

— J'étais toujours sous tension.

— Je ne sais pas pourquoi, mais je ne suis pas convaincu par ton histoire. Et même si tu dis la vérité, se battre dans la cour du collège n'a rien à voir avec régler leur compte à cinq types dans une allée.

— Je t'ai déjà dit que...

— OK, quatre types, lui accorda Ridley.

— Je ne sais pas quoi te dire pour te convaincre. Tu veux le numéro de ma mère ?

— Oui.

Alex le regarda les yeux écarquillés pendant deux secondes avant de se concentrer de nouveau sur la route.

— Waouh, tu ne me fais vraiment pas confiance, on dirait ?

— Ce n'est pas une question de confiance. Disons que j'essaie de comprendre.

— Eh bien, n'essaie plus, lui rétorqua Alex d'un ton sec.

— Et pourquoi ?

— Parce que ce que tu découvrirais ne te plairait pas.

Les mâchoires serrées d'Alex ainsi que l'intonation de sa voix indiquèrent à Ridley qu'il était allé trop loin. La tension dans la voiture était palpable. Ridley ne comptait pas en rester là, mais il n'était pas judicieux d'insister pour l'instant.

La fin du trajet fut silencieuse. Ridley s'attendait presque à ce qu'Alex fasse demi-tour pour le ramener chez lui, mais étonnamment, ils s'arrêtèrent dans l'allée de la maison et Alex coupa le moteur. Ni l'un ni l'autre ne fit un geste ni ne prononça un mot pendant un long moment, la tension se faisant de plus en plus pesante chaque seconde.

— Je suis désolé...

— Allez, viens, dit Alex exactement au même moment.

Il ignora les excuses de Ridley et descendit de la voiture. Ridley le suivit jusqu'à la maison. La démarche d'Alex, encore une fois, n'était plus très assurée, ce que Ridley commençait à reconnaître comme un signe d'irritation ou de méfiance.

Alex ouvrit la porte d'entrée et fit entrer Ridley. Il referma la porte derrière eux et la pièce fut brusquement plongée dans le noir, privée de la lueur du porche.

— Chut, murmura Alex.

Immobile, le cœur battant à cent à l'heure, Ridley retint son souffle et tendit l'oreille, à l'affût d'un bruit inhabituel. Rien. Que se passait-il ?

Il sursauta lorsqu'on lui tira les cheveux et, avant qu'il ait pu protester, des lèvres vinrent se plaquer contre les siennes. La langue d'Alex s'introduisit dans sa bouche. Un frisson de peur et de danger lui parcourut la colonne vertébrale et le fit frissonner.

C'ÉTAIT VRAIMENT une très, très, très mauvaise idée. Sa queue allait encore attirer des ennuis à Alex, mais alors même qu'il se faisait cette réflexion, il embrassait Ridley avec encore plus de désir. Il était conscient des risques et semblait pourtant incapable d'en tenir compte. Il serra le poing dans les cheveux de son partenaire et lui renversa la tête afin de pouvoir dévorer de plus belle la délicieuse bouche de cet homme. Ce baiser n'avait été qu'un moyen de dissimuler le fait qu'il avait tendu l'oreille en entrant dans la maison et hésité à mettre la lumière. Il aurait dû vérifier que la voie était libre au lieu de rester dans le noir à explorer la bouche de Ridley avec sa langue, mais cet homme était irrésistible. En plus, il répondait à son baiser et avait cessé de poser des questions auxquelles Alex ne pouvait pas répondre. Cela rendrait la séparation encore plus difficile, mais ils pourraient au moins profiter d'une autre nuit ensemble.

Alex continuait de parcourir, de lécher, de mordiller la langue et les lèvres de son partenaire jusqu'à lui arracher un profond gémissement. Alors, il mit fin à leur baiser et alluma.

Leurs bouches n'étaient encore qu'à quelques centimètres l'une de l'autre. Ébloui, Ridley cligna des yeux en se léchant les lèvres.

— Eh bien, murmura-t-il.

Tout en soutenant le regard de Ridley, Alex lâcha ses cheveux et descendit la main le long de sa poitrine qui se soulevait et s'abaissait à un rythme rapide, jusqu'à son entrejambe. Il enveloppa de sa main l'érection de son partenaire et serra doucement.

— Qu'est-ce que tu bois ?

Ridley avança le bassin à la rencontre de la main d'Alex.

— La même chose que toi, répondit-il, un peu essoufflé.

— Bourbon, annonça Alex en lui lançant un clin d'œil.

Il s'éloigna et entendit derrière lui un grognement qui le fit sourire.

Sur le chemin de la cuisine, il examina les lieux. Tout semblait exactement comme il l'avait laissé. Aucune trace de présence ni de voyant allumé sur le détecteur de mouvement. Il prit deux verres et une bouteille de bourbon dans le buffet et posa le tout sur l'îlot central. Il mit de la glace dans les verres, qu'il arrosa d'une dose généreuse de bourbon, et tendit l'un d'eux à Ridley qui venait de le rejoindre.

Alex but une grande gorgée sans quitter Ridley des yeux. Il lui parut un peu troublé, mais carrément excité. Tant mieux. Il se servirait de ce paramètre pour empêcher ce petit curieux de poser davantage de questions indiscrètes.

— Ce n'était qu'un avant-goût de ce qui t'attend. Je dois avoir un jeu de cartes quelque part, dit Alex en posant son verre pour aller fouiller dans un tiroir.

— On se lance dans le jeu sans échauffement à ce que je vois !

Alex haussa les épaules.

— Si tu préfères te lancer dans la baise sans préliminaires, ça me va aussi.

Ridley faillit s'étrangler avec son bourbon.

— Rien de tel que d'aller droit au but, n'est-ce pas ?

Alex trouva ce qu'il cherchait. Il sortit les cartes du paquet.

— Les jeux, ce n'est pas trop mon truc.

Ridley regarda les cartes qu'Alex tenait dans les mains, puis leva la tête, surpris.

— Je me suis mal exprimé, reprit Alex. Je n'aime pas les jeux, sauf quand il y a du sexe à la clé.

— Bien, alors ne perdons pas de temps : distribue, l'encouragea Ridley en s'asseyant sur un tabouret en face de lui.

Alex distribua cinq cartes à chacun et posa le reste du paquet.

— Stud à cinq cartes, annonça-t-il en regardant ses cartes : deux valets. Bon, je parie ma chemise.

Ridley retourna ses cartes sans les regarder.

— Je suis.

Ridley n'avait qu'un as. Alex abattit ses cartes.

— Allez, ton T-shirt, ordonna-t-il avec un geste de la main.

Il remplit leur verre de nouveau pendant que Ridley retirait son T-shirt et le lui remettait. Alex ne se gêna pas pour profiter de la vue et se régaler du torse musclé de son adversaire. Les muscles étaient tendus, la peau lisse et les mamelons sombres et durs ; Alex en salivait.

— J'aime bien, commenta-t-il d'un ton séducteur.

Ridley gonfla le torse, se passa la main sur la poitrine et pinça au passage l'un de ses mamelons.

— Merci !

— Attention, tu me provoques, l'avertit Alex.

— En effet, rétorqua Ridley en remuant les sourcils.

Alex avait sans aucun doute trouvé le sujet idéal pour faire oublier à Ridley toutes les questions qu'il voulait lui poser. Il savait bien que son esprit curieux ne lâcherait pas l'affaire si facilement, mais pour l'instant il était dirigé par un désir d'un autre genre, et Alex était bien décidé à en profiter.

Il distribua cinq autres cartes à chacun.

— Cette fois-ci, le pantalon.

— Il ne sera pas évident à enlever par-dessus mes chaussures, plaisanta Ridley en ramassant ses cartes.

Apparemment, Ridley avait un beau jeu cette fois-ci : il souriait jusqu'aux oreilles. Il n'était pas doué pour bluffer…

— Très bien, concéda Alex, mes chaussures et chaussettes en un coup.

— Ça marche, dit Ridley en abattant ses cartes sur la table. À toi de les retirer.

Ridley prit son verre et se mit à boire nonchalamment, un sourire de satisfaction sur le visage. Pendant qu'il dégustait son bourbon, Alex examina ses cartes. Ridley avait deux paires, une de trois et une de neuf. Alex abattit les siennes : il n'avait même pas une paire. Il retira chaussures et chaussettes, qu'il posa à côté du jeu.

— Merci beaucoup, dit Ridley d'une voix faussement mielleuse en prenant son butin. Distribue.

— Alors, qui est prêt à se lancer dans le jeu sans échauffement maintenant ?

— C'est toi qui as commencé, rétorqua Ridley. Distribue.

Peu importait s'il gagnait ou non la partie : Alex serait heureux d'effacer ce sourire suffisant du visage de Ridley quand il le baiserait si fort qu'il lui ferait traverser le matelas. Il remit en place son sexe en érection dans son jean afin qu'il ne le gêne pas trop, puis prit le paquet de cartes. Il commença par poser une carte retournée devant Ridley.

— Face apparente cette fois-ci. Pour faire durer le suspense.

— Profite en tant que tu peux te permettre ce genre de demandes, dit Alex en souriant avant de retourner la carte. As.

— Est-ce une menace ?

— Plutôt… une promesse, dit-il en retournant sa carte. Roi.

Alex distribua ainsi les cartes, face visible, en prenant tout son temps. Ridley avait raison, c'était encore plus excitant de cette manière. Lorsque

Alex eut distribué les dix cartes et qu'il constata qu'il avait gagné grâce à ses deux rois, il sentit son corps se mettre à battre la chamade.

Ridley retira ses chaussures et ses chaussettes sans protester, puis les remit à son adversaire sans dire un mot.

Il perdit également le coup suivant, se leva et ouvrit le bouton de son jean.

— Doucement, doucement, lui demanda Alex avant de boire cul sec le reste de son bourbon. Je veux un peu de mise en scène cette fois-ci.

— De mise en scène ?

— Mais oui, l'attente rend les choses plus excitantes, tu te rappelles ?

— Sans aucun doute, reconnut Ridley en glissant une main sur l'avant de son jean.

Alex avait les yeux rivés sur les mouvements souples et fluides du bras tatoué de Ridley tandis qu'il pressait la paume de sa main contre son sexe. Il se caressa de bas en haut à plusieurs reprises avant d'ouvrir la fermeture Éclair. Les mains à la ceinture de son pantalon, Ridley se retourna et commença à onduler. Au lieu de baisser directement son jean, il leva les bras au-dessus de sa tête en guise de provocation, ce qui fit saillir les muscles de son dos tandis qu'il poursuivait ses mouvements lascifs au rythme d'une mélodie silencieuse que lui seul pouvait entendre.

Sans le quitter des yeux, Alex se servit un autre verre qu'il engloutit aussitôt. Il ignorait si c'était la danse ou le bourbon qui lui faisait le plus d'effet, mais une chaleur plaisante l'envahissait et il se sentait bien.

Enfin, Ridley commença à baisser son jean, un tout petit peu, de sorte qu'une bande de peau plus pâle apparut, ainsi que le haut de sa raie.

— Oh ! Commando ? Ça, ça me plaît, murmura Alex.

Ridley lui lança un regard et un sourire coquin par-dessus l'épaule en remuant les fesses.

— Ça ferait de toi le vainqueur, hein ?

— Eh oui… grogna Alex d'une voix que l'excitation avait rendue plus rauque.

— Mais ce serait trop facile, dit Ridley en riant avant de baisser brusquement son jean pour révéler un boxer noir.

— Tu vas me le payer, râla Alex en reprenant le jeu de cartes d'un air vindicatif.

Ridley se débarrassa de son jean et retourna vers sa place. Alex ne put retenir un grognement lorsqu'il vit le renflement impressionnant du boxer en coton. Il sentit son membre tressaillir.

Ridley posa les mains sur ses hanches, les doigts pointés vers le bas si bien qu'ils encadraient sa queue, puis se mit à se balancer voluptueusement d'avant en arrière.

— Le spectacle te plaît ?

— Tout à fait, grommela Alex en jetant une carte – le deux de trèfle – sur le bar. Ça me plaira encore plus quand je la tiendrai dans ma main et que je te refuserai l'orgasme.

Ridley se figea.

X

Un frisson parcourut toute la colonne vertébrale de Ridley lorsqu'il perçut une lueur de désir dans les yeux d'Alex. Le mouvement circulaire de ses hanches cessa immédiatement, et il retourna s'asseoir.

— Est-ce la fin de ta magnifique danse ? Continue, s'il te plaît, lui demanda Alex tout en retournant les cartes sans les regarder.

Ridley termina son bourbon et poussa son verre en direction d'Alex.

— Non, ça ira pour le moment, dit-il tandis que l'alcool lui brûlait l'œsophage. Ah, j'avais soif.

— Mmmh, fit Alex, à moitié convaincu.

Il retourna une autre carte et remplit le verre de Ridley.

— Dernier tour, remarqua-t-il.

— Seulement si tu gagnes !

— Non, dans tous les cas. Si tu gagnes, je te laisserai jouir.

Il retourna une nouvelle carte qu'il ajouta à celles qui se trouvaient déjà devant Ridley. Il baissa les yeux. Un quatre, un six et une paire de deux. Ridley sentit son pouls s'accélérer.

— Et si tu gagnes ? demanda-t-il à Alex.

— Eh bien non.

Ridley regarda les cartes de son adversaire. Huit, sept, valet, as.

— Comment ça, non ? insista Ridley, déconcerté.

— Tu ne jouiras pas, expliqua Alex sèchement.

— Et comment comptes-tu t'y prendre ? On n'en fait pas tout à fait ce qu'on veut, au cas où tu n'aurais pas remarqué.

Alex retourna la dernière carte de Ridley. La reine ne lui apportait rien, mais il avait toujours une chance grâce à sa paire. Alex leva lentement les yeux et rencontra le regard de Ridley. La lueur qui illuminait ses yeux bleus s'était transformée en un feu terrible.

— Vraiment, je kiffe quand tu me lances des défis.

La voix rude et profonde d'Alex, son regard et le soupçon de danger que comportait la situation mettaient Ridley dans tous ses états.

Au lieu de retourner sa dernière carte, Alex leva son verre pour trinquer.

— À la chance !

Ridley leva le sien, ils trinquèrent et burent cul sec. Alex fit claquer son verre contre le bar et retourna sa carte.

Ridley n'osa pas regarder tout de suite. Il termina son verre en grimaçant puis… *Mince !* Il comprit au large sourire qu'affichait Alex qu'il avait gagné. Sur le comptoir se trouvait l'as de cœur.

— Bien, bien, bien se réjouit Alex. On dirait que c'est mon jour de chance. Par contre, pour toi…

— Tu n'étais pas sérieux au sujet de l'enjeu, si ? lui demanda Ridley, incrédule.

Alex n'allait tout de même pas lui refuser l'orgasme ? En même temps, Ridley devait bien avouer qu'il se demandait comment il allait s'y prendre, vu la façon dont sa queue tressaillait et les frissons qui lui parcouraient tout le corps.

— Enlève ton boxer, pose tes mains à plat sur le bar et écarte les jambes à largeur d'épaules, reçut-il pour toute réponse.

— Mais…

— Enlève ton boxer et mets-toi en position, l'interrompit Alex sans même le regarder ; il rassembla les cartes et les remit nonchalamment dans le paquet.

Ridley hésita pendant qu'Alex ramassait les verres vides et les posait dans l'évier. Quelle serait sa réaction s'il refusait ? Voulait-il vraiment avoir la réponse ? Il avait adoré l'agressivité d'Alex lors de leur première fois ensemble ; avait-il envie d'aller plus loin encore ? Oui, il allait oser, il allait se lancer.

Ridley se leva et baissa son boxer qu'il envoya d'un coup de pied rejoindre son pantalon sur le sol.

— Déplace le tabouret, ordonna Alex sans se retourner tout en rinçant les verres.

Mon Dieu, cet homme avait des yeux derrière la tête. Ridley fit ce qu'on lui avait demandé. La sueur commençait à perler sur son front et quand il posa les mains sur le bar, il s'aperçut qu'elles tremblaient.

Alex le fit attendre.

Sans jamais le regarder, il termina la vaisselle, essuya les verres et les rangea tranquillement, ainsi que la bouteille de bourbon.

Les jambes tremblantes, Ridley commençait à s'impatienter. Quand il eut tout rangé et qu'il eut essuyé le bar, Alex quitta la pièce. Ridley n'osa pas bouger. Il savait à quoi s'en tenir désormais. Alex menait le jeu, et il savait que tant qu'il suivait les règles, il pouvait être certain de se réveiller très heureux le lendemain matin. Endolori, certes, mais heureux.

Alex marchait sans faire de bruit, mais Ridley entendit une porte s'ouvrir et se fermer. De l'eau coula, ainsi qu'un cliquetis comme si on fermait un placard. Il perçut quelques autres sons étouffés qu'il ne put identifier. Il eut l'impression d'attendre une éternité et enfin, Alex revint. La chaîne hi-fi se mit en marche derrière lui et le doux son d'une mélodie qu'il ne connaissait pas emplit la pièce. La musique était lente et apaisante, mais Ridley n'était absolument pas calme. Il vibrait littéralement d'excitation et également de peur, ce qui intensifiait encore ses sensations. Il était certain désormais qu'Alex ne tarderait plus à venir vers lui. C'était une question de secondes. Il ne le touchait pas encore, mais il l'entendait respirer et sentit bientôt la chaleur de son corps derrière lui.

Incapable d'attendre plus longtemps, Ridley commençait à s'arquer en s'appuyant sur le bar quand une main ferme s'abattit violemment sur sa fesse droite. Il sursauta.

— Ne bouge pas.

— Merde, ça pique, siffla Ridley.

Un coup s'abattit sur son autre fesse.

— Ça te plaît d'avoir mal.

Ridley n'essaya même pas de nier. La sensation de brûlure remonta le long de son dos et lui descendit dans les jambes ; c'était si bon qu'il se contentât de gémir.

— T'a-t-on déjà attaché et véritablement dominé ?

— Attaché, jamais. Dominé ? Une seule fois.

— Ah, oui, c'est vrai, le taquina Alex, tu t'es toujours pris pour le plus fort, pour le gros dur. L'idée de te maîtriser est d'autant plus attrayante.

— Je ne me suis pas plaint la dernière fois, remarqua Ridley. J'aurais pu, les jours suivants, mais…

Il haussa les épaules.

— Ça valait le coup.

— J'ai cru comprendre, murmura Alex en s'approchant.

Apparemment, Alex avait retiré ses vêtements dans l'autre pièce ; son sexe en érection venait frotter contre les fesses de Ridley. Il donna un violent coup de hanches, si bien que son membre vint s'introduire dans la raie de Ridley, juste à l'entrée. Celui-ci répondit à la pression en poussant lui aussi vers son partenaire, en gémissant.

Alex vint chuchoter à son oreille.

— Ça me plaît beaucoup à moi aussi, et je crois que je vais encore plus apprécier ce que j'ai prévu pour la suite, susurra-t-il avant de mordiller le lobe de son oreille.

Il se recula et Ridley s'apprêta à se retourner pour protester, mais Alex lui attrapa les hanches d'une poigne de fer et lui écarta les fesses. Ridley s'attendit à souffrir, sous l'effet d'une claque ou de l'introduction d'un doigt sec dans son anus, mais il sentit au lieu de cela une langue humide lui lécher l'entrée plissée.

— Oh, oui… gémit-il en pressant ses fesses contre le visage d'Alex.

Il ne fut pas déçu. Alex continua à lui lécher et à lui mordiller le cul tout en émettant des grognements sourds qui faisaient vibrer sa chair. Ridley tenta de balancer les hanches, mais Alex l'en empêchait, et il ne pouvait rien faire d'autre que se tortiller, gémir et supplier.

— Oh la vache ! s'écria-t-il quand Alex lui introduisit brusquement un doigt dans l'anus en lui mordant la fesse droite.

Il aurait dû s'attendre à la douleur, mais Alex lui avait faussement laissé penser qu'il était en sécurité. L'effet de surprise ajouta un peu de piment à la douleur.

— Rien n'est entré dans ce cul depuis ma queue la dernière fois, n'est-ce pas ? demanda Alex tout en remuant son doigt en lui.

— Non, avoua-t-il.

Alex s'amusa à sortir et rentrer son doigt en le faisant tourner avec chaque mouvement, prenant bien soin de titiller la prostate de son partenaire.

— Même pas un jouet ?

— Non, lâcha Ridley entre ses dents serrées.

Alex retira son doigt jusqu'à ce qu'il ne reste que l'extrémité pour maintenir l'anus de Ridley légèrement ouvert. Il commença à décrire des cercles.

— Ni un doigt ? murmura Alex.

— Non, rien, lui confirma Ridley.

— Tant mieux. J'aime bien étirer les jolis culs bien serrés.

Ridley cria de nouveau quand on lui mordit l'autre fesse, ce qui ne fit qu'encourager Alex qui accéléra le va-et-vient de son doigt. L'humidité déposée par la langue d'Alex commençait à se dissiper et la friction à le brûler ; son cul s'échauffait, ce qui ajoutait à la douleur de départ, mais n'était pas désagréable.

— Pose ton torse sur le bar et tiens tes fesses écartées pour moi, commanda Alex sans interrompre les mouvements de son doigt, toujours plus rapides, toujours plus brusques.

Ridley s'exécuta le cœur battant. La sensation de froid provoquée par l'acier inoxydable sur sa poitrine lui coupa le souffle. Il agrippa ses fesses et les écarta comme Alex le lui avait demandé.

— Ça te plaît d'être une petite salope, hein ? demanda Alex.

— Oh oui, grogna Ridley en donnant un coup de hanches en arrière.

— Tu aimes ça, hein, quand on te traite brusquement, et salement ?

Alex introduisit un deuxième doigt. Ridley se hissa sur les orteils. Il en perdit la voix. C'était douloureux, presque trop, et il cessa de pousser à la rencontre des doigts, essayant plutôt instinctivement de les éviter.

Alex posa une main sur le bas de son dos et commença à en pétrir la chair.

— Alors, tu aimes ça ? insista-t-il tout en continuant d'aller et venir en lui, écartant les doigts, les tournant, les tordant.

— Oui... parvint-il à articuler, la mâchoire serrée.

Ridley avait du mal à respirer et sentait son cœur battre à toute allure sous l'effet d'une douleur grandissante qu'il doutait de pouvoir supporter plus longtemps. Et pourtant, son sexe était extrêmement dur et humide.

Alex enfonça ses doigts bien profondément et se contenta de les remuer légèrement afin de taquiner la prostate de Ridley. Le plaisir surgit, plus intense que la douleur.

— Ah, mon Dieu... gémit Ridley en recommençant à remuer les hanches.

La main d'Alex accompagnait ses mouvements en appuyant avec insistance sur ses fesses.

— J'aime te pénétrer quand tu es sec – te voir lutter pour supporter la douleur.

— Espèce de malade, protesta Ridley pour la forme.

Alex passa la main entre ses jambes et agrippa son érection, qu'il caressa plusieurs fois.

— Au moins une chose que nous avons en commun, plaisanta-t-il.

Ça, Ridley ne pouvait le nier. Alex tenait la preuve dans sa main. Il n'avait jamais été du genre passif, n'avait jamais laissé personne le contrôler. Et pourtant, tout comme la dernière fois où il s'était retrouvé avec Alex, il lui laissait volontiers les rênes et adorait la moindre seconde de leurs ébats. Et encore, *adorer* était un faible mot. Il se serait damné pour cela.

Alex serra son sexe une dernière fois, puis le lâcha, le laissant libre d'aller et venir à chaque secousse. Cette sensation donna à Ridley l'envie de se frotter encore plus fort sur les doigts d'Alex, même si son cul en était encore plus douloureux. Il ne pouvait résister au mouvement.

— Je ne veux pas trop t'abîmer, lui dit Alex ; puis Ridley sentit quelque chose d'humide et dur contre son cul qui lui coupa le souffle. Enfin, reprit Alex en ricanant méchamment, pas pour le moment.

Ridley ne fit aucun commentaire, car le glissement des doigts en lui requérait toute son attention. Alex avait manifestement du lubrifiant qu'il introduisait dans son cul, et Ridley se mit à remuer les hanches plus rapidement encore lorsque la sensation d'inconfort fit place au plaisir pur.

— Tu en veux plus ?

— Uh… huh, grommela-t-il, toujours concentré sur ses mouvements.

Son torse humide de sueur glissait sur le bar aussi aisément que les doigts d'Alex entre ses fesses. Ridley lâcha ces dernières afin d'agripper le rebord du bar pour faire levier, mais il renonça rapidement à ce projet lorsqu'une main sévère s'abattit sur sa fesse.

— Remets tes mains où elles étaient, ordonna Alex.

Ridley s'exécuta sans protester.

— Je veux tout voir.

Ridley n'eut pas besoin de demander ce qu'il entendait par là. Alex introduisit aussitôt un troisième doigt.

— Mmmh, c'est tellement sexy, commenta-t-il.

— Ça brûle, se plaignit Ridley.

— Mais tu adores ça, rétorqua Alex. À vrai dire, je suis prêt à parier que tu es en train de te demander si tu pourrais en supporter un quatrième.

— Pas pour l'instant, siffla Ridley tandis qu'Alex continuait de remuer ses doigts épais.

Il savait bien qu'il ne pourrait en supporter un quatrième – rien qu'avec deux, la sensation de déchirement et de brûlure était terrible. Et pourtant, Ridley continuait de suivre le mouvement, la queue dure comme le fer. Quelque chose devait vraiment ne pas tourner rond dans sa tête…

Heureusement, Alex n'ajouta pas de doigt supplémentaire ; en revanche, il accéléra le rythme. Il se mit également à mordiller et à sucer les doigts de la main droite de Ridley, puis ceux de la gauche, suivant chacun d'eux du bout de la langue.

Ridley se fit avoir encore une fois et se laissa aller à une douce impression de confort. Il profita de l'agréable sensation que lui procuraient les doigts mouillés d'Alex, la chaleur de sa bouche et le chatouillement de sa langue. Un nœud se forma à la base de sa colonne vertébrale. L'orgasme approchait.

— Ah… ah, c'est tellement bon, gémit-il les jambes tremblantes, les muscles tendus, une boule d'impatience au ventre. Tellement, tellement bon.

Et tellement proche de la fin. Il accéléra le mouvement pour se précipiter vers l'orgasme, le cœur battant à toute allure.

Tout à coup, les doigts disparurent, le laissant aux prises avec une étonnante sensation de vide, mais il n'eut qu'une fraction de seconde pour prendre conscience de sa déception avant qu'une main puissante ne lui agrippe les testicules. Ridley cria lorsqu'une douleur aiguë lui remonta jusqu'en haut de la colonne vertébrale.

— Tu te souviens ? Tu as perdu, lui rappela Alex d'un ton sec. Tu ne jouiras pas.

— Salaud, s'écria Ridley en lâchant instinctivement ses fesses pour desserrer la main qui lui tenait les bourses.

— Non, non, non, le mit en garde Alex, qui refusait de lâcher prise.

Étonnamment, Ridley ne se retourna pas pour asséner un coup de poing à son tortionnaire. Il se figea sur place.

— Que t'arrive-t-il, gros dur ? ajouta Alex.

La véritable raison de son absence de réaction était la façon dont Alex caressait doucement ses fesses du bout des lèvres. Le contraste était frappant entre la délicatesse du geste et la force de sa poigne.

— Je préfère ça, le complimenta Alex en desserrant le poing.

La douleur enfla brièvement, comme si des étincelles lui parcouraient la chair, puis se transforma rapidement en une douce chaleur. Ridley n'en revenait pas de l'aisance avec laquelle Alex parvenait à comprendre et manipuler son corps ; il savait exactement jusqu'où il pouvait le pousser et quand s'arrêter. Ce qui le stupéfiait davantage encore était sa propre réaction à l'attitude à la fois arrogante et agressive de son partenaire. Pourquoi cette surprise ? Il ne se l'expliquait pas très bien. Il avait compris que se soumettre à Alex décuplait ses orgasmes, mais cela l'ennuyait de ne pas saisir le pourquoi et le comment des choses. Il aimait comprendre, mais Alex mettait son monde sens dessus dessous, et Ridley n'avait plus qu'à lutter pour suivre le mouvement. Inexplicablement, il continuait à le désirer, à le poursuivre, à le chasser.

— Prêt pour la suite ? lui demanda Alex en se levant.

Ses intentions devinrent on ne peut plus claires lorsqu'il appuya son membre contre les fesses de Ridley. Toutes les interrogations qui assaillaient ce dernier s'envolèrent par la fenêtre. Quelle importance ?

— Oh, oui ! s'empressa-t-il de répondre.

Alex passa les mains sous lui pour le tirer en arrière, puis le serra dans ses bras. Le torse fermement collé au dos de Ridley, la queue contre les fesses de ce dernier, Alex commença à se balancer tout en faisant courir ses mains sur le torse de son partenaire.

— Tu me fais complètement perdre la tête, susurra Alex à l'oreille de Ridley. Tu me donnes envie de te faire toutes sortes de choses. Et de vilaines choses, précisa-t-il en lui mordillant l'oreille. Des choses que toi seul, je le sais, es capable de supporter.

Le compliment alla droit à la queue de Ridley, qui se contracta, et il sut en cet instant qu'il aurait laissé Alex lui faire absolument tout ce qu'il voulait. Il savait qu'il ne devait pas le croire, mais le fait qu'Alex lui ait dit qu'il le considérait comme le seul à pouvoir supporter ce qu'il lui faisait lui donnait l'envie de lui prouver qu'il avait raison.

— C'est vrai, je suis plutôt fort, lança-t-il sur le ton du défi.

— Ton corps, oui, concéda Alex. Mais qu'en est-il de ton esprit ?

— J'ai du mal à te suivre.

— Oh, tu comprendras.

Alex s'écarta, puis prit la main de son partenaire et l'entraîna dans la chambre. Il le poussa sur le lit moelleux et se laissa tomber sur lui, si bien qu'il le recouvrait de son corps.

Alex se lança dans un baiser torride avant même qu'ils aient fini de rebondir sur le matelas. Il frotta son corps contre celui d'Alex tel un gros chat, tout en émettant un ronronnement sourd dont Ridley absorbait les vibrations et auquel il répondit par un gémissement affamé.

Ridley s'immobilisa, ouvrit la bouche et laissa Alex prendre le contrôle de la situation. Une pression du genou par-ci, un geste de la main par-là, et Alex s'arrangea pour mettre Ridley dans la position recherchée, étalé au centre du lit. Il lui maintint les bras au-dessus de la tête par les poignets. Ce ne fut qu'une fois dans cette position qu'Alex mit fin à ce long baiser. Le souffle court, il examina sa proie d'un regard rempli de désir qui fit frissonner Ridley.

— Je vais te baiser jusqu'à ce que tu sois incapable de penser, lui annonça Alex avec un sourire sournois.

Ridley soutint son regard pendant un long moment, puis se lécha les lèvres.

— Vas-y, le défia Ridley en arborant un sourire semblable.

— Après réflexion, ajouta Alex en plissant les yeux, je crois que je vais plutôt faire disparaître de ton visage ce sourire arrogant.

— N'était-ce pas déjà ton but la dernière fois ? Je m'attendais à ce que tu vises plus haut cette fois-ci, lui lança-t-il d'un air provocant.

Alex glissa les mains le long des bras de Ridley et planta les doigts dans les muscles de sa poitrine, une expression dure sur le visage.

— Je pense que je vais passer au niveau supérieur alors…

— Ce serait mieux, rétorqua Ridley en souriant.

Alex fit jouer ses doigts sur le torse de son partenaire tout en roulant des hanches, appuyant son érection sur l'autre membre tout aussi dur.

— Que faire ? Par où commencer ? murmura Alex.

Ridley releva brusquement la tête et leurs lèvres se rencontrèrent.

— As-tu besoin de quelques suggestions ?

— Non, répondit Alex sans hésitation. Je me demande juste ce que tu es capable d'endurer.

Ridley donna un violent coup de hanches.

— Mets-moi à l'épreuve, lui lança-t-il.

Alex fit peser le bas de son corps sur Ridley afin de l'immobiliser, puis il pinça en même temps ses deux mamelons. Ridley poussa un petit cri.

— Tu devrais t'accrocher à quelque chose, ça va décoiffer, lui conseilla Alex en le pinçant plus fort.

Des étincelles de douleur filèrent de ses mamelons durs jusqu'à son sexe. Ridley se mordit la lèvre inférieure pour se retenir de crier. Il tendit les bras jusqu'à entrer en contact avec la tête de lit, puis agrippa deux des barreaux en métal fixés au milieu du cadre en bois. Ce fut son unique réponse à l'avertissement d'Alex. Il n'osait même pas ouvrir la bouche pour parler : il savait que sa voix allait le trahir, se briser ou couiner, et il était hors de question qu'il rompe l'illusion de sa solidité.

Pendant ce temps, Alex continuait à lui maltraiter les mamelons. Il les pinçait, les tirait, les faisait rouler sous ses doigts jusqu'à ce que Ridley se retrouve en sérieux danger de crier, ce qui était sans aucun doute le résultat recherché par Alex ; mais Ridley ne céda pas. Il encaissait la douleur, et même plus, il s'en délectait. C'était la première fois qu'il faisait l'expérience de ce type de sensation extrême, en tout cas avec un tel degré d'intensité et dans de telles conditions, et il en redemandait.

Après quelques secondes supplémentaires de torture sur ses mamelons, Alex relâcha sa proie sans avoir obtenu la réaction escomptée. Il secoua la tête en ricanant.

— Oh, on va bien s'amuser !

Ridley eut du mal à déglutir lorsqu'il vit le regard d'Alex, mais il parvint tout de même à parler maintenant que la douleur était devenue supportable.

— La vie est trop courte pour ne pas en profiter.

— Rien n'est plus vrai, acquiesça Alex.

Le cœur battant, Ridley prit une profonde inspiration par le nez, puis expira lentement pendant qu'Alex ouvrait le tiroir de la table de chevet. Ridley ignorait ce qu'Alex avait fait du lubrifiant qu'il avait dans la cuisine, mais de toute évidence il disposait de tout le nécessaire lorsqu'il s'assit sur ses mollets, entre les jambes écartées de Ridley, un préservatif dans une main et du lubrifiant dans l'autre.

Ridley ne le quitta pas des yeux tandis qu'il défaisait l'emballage et prenait tout son temps pour dérouler le préservatif sur son membre impressionnant. Il savait bien qu'il serait inutile de lui demander de se dépêcher : la lenteur faisait partie du jeu – du jeu d'Alex. Ridley lâcha les barreaux du lit un court instant afin de s'étirer les doigts. Il faisait tout son possible pour avoir l'air calme, mais les mouvements rapides de sa poitrine essoufflée le trahissaient.

Ce voyou d'Alex continuait son manège sans se presser. Il ouvrit le tube de lubrifiant et en prit une noisette dans sa main. Au lieu de s'en badigeonner la queue d'un coup, il n'en prit qu'une goutte infime au bout de son doigt et se mit à décrire de petits cercles à l'extrémité de son membre. Il continua ainsi pendant plusieurs minutes, sur tout son sexe, jusqu'à ce que celui-ci soit entièrement lubrifié. Alors seulement, il se frotta les mains et s'humidifia les doigts, puis regarda Ridley dans les yeux.

— Et maintenant, c'est parti, lui lança-t-il d'un air vicieux.

XI

RIDLEY PLANTA ses talons dans le matelas, écarta les jambes et leva des yeux bouillants de désir vers Alex. Il était prêt à relever le défi – cela se lisait sur son beau visage.

— Tu es un homme très, très courageux, commenta Alex en souriant. J'espère que ton expérience de cette nuit sera suffisamment satisfaisante pour compenser le fait que tu seras incapable de marcher demain.

Il vint se caler en riant entre les cuisses écartées de Ridley et se pencha pour l'embrasser violemment ; il lécha et mordit l'anneau qu'avait Ridley sur la lèvre inférieure, jusqu'à le faire gémir.

Ridley lâcha les barreaux du lit, ramena ses genoux vers sa poitrine, leva les hanches et répondit au baiser de son partenaire. Il se mit à caresser le corps de ce dernier, à agripper, malaxer la chair tendre partout où il le pouvait.

— Je suis certain… de n'avoir aucun regret, dit-il en haletant.

— Je te reposerai la question demain, lui rétorqua Alex d'une voix sourde et rauque. Tes mains, sur les barreaux.

Puis il prit sa queue et la guida vers Ridley.

Ridley obéit aux ordres et se laissa pénétrer, le regard voilé.

— Ça m'est égal. Je deviens complètement dingue à force d'avoir envie de toi, de te désirer, susurra-t-il les yeux fermés et les sourcils froncés. J'en ai tellement envie…

Alex s'enfonça un peu plus, puis se retira tout à fait et sourit en entendant le gémissement déçu de son partenaire.

— Merde, Alex, tu ne peux pas juste me baiser… s'il te plaît l'implora Ridley d'une voix insistante et brisée.

Il roula les hanches dans l'espoir de faire entrer plus profondément la queue d'Alex.

— Allez, reprit-il, prends-moi.

Alex ricana, puis le pénétra de nouveau en gémissant. Même après tous les préliminaires, Ridley était encore serré, et Alex sentait les parois caresser et cerner son sexe.

— Oh, Ridley, Ridley… grogna-t-il.

— Oh, Alex, tu es tellement… épais, gémit Ridley. Ça brûle, c'est si bon.

Ridley accompagnait doucement les mouvements d'Alex. Ce dernier n'essayait plus de le brusquer maintenant qu'il était enfoui tout au fond de lui. Il se releva pour mordiller son menton, puis se mit à taquiner nonchalamment chacun de ses mamelons avec le bout de sa langue.

Alex accompagnait ses mouvements lents de grognements sourds. Il devait se contenir afin de ne pas s'emballer et tremblait sous l'effort. Il embrassait Ridley où il le pouvait et dès qu'il le pouvait pendant que celui-ci continuait à l'embrasser et à lui lécher les joues, les mâchoires, le cou. Chaque mordillement faisait tressaillir son sexe, et il avait besoin de toute sa concentration pour garder le contrôle.

— Ça te plaît, hein ? demanda Ridley en souriant, même s'il s'agissait davantage d'une affirmation que d'une question. Chaque fois que je fais ça…

Il s'interrompit pour lui mordiller la peau sous le menton juste assez fort pour le piquer un peu.

— Tu vois ? reprit-il. Ta queue devient folle.

Alex répondit par un grognement. Son sexe se contractait sauvagement, et il n'avait jamais l'impression d'être assez loin, assez profond. Plus il ressentait de plaisir, plus il en voulait. Il se força à sortir de l'intérieur chaud et serré de Ridley et reposa la tête de son membre à l'entrée.

— J'adore ça, reconnut-il d'une voix grave. Et toi, tu aimes ça.

Et il le pénétra d'un coup sec.

Ridley poussa un cri et bredouilla des propos incohérents. Alex ne comprit pas le sens de ses paroles, mais peu importait – il avait atteint sa cible, le point sensible qu'il cherchait.

Ridley lâcha la tête de lit d'une main et se mit à se masturber énergiquement.

— Oh mon Dieu, dit-il en haletant. Recommence.

— D'accord, lui répondit Alex avec un petit sourire, mais uniquement si tu remets ta main là où elle était.

Et il s'immobilisa soudainement. Ridley ouvrit les yeux et le regarda. Il poussa un soupir de frustration, fit un dernier va-et-vient sur sa queue et s'agrippa de nouveau au barreau. Alex se remit aussitôt à cogner contre la prostate de Ridley.

Il sentait sur sa gorge le souffle tiède de Ridley qui criait, et lorsque la bouche de celui-ci se referma sur sa pomme d'Adam, le picotement le

fit gémir et frissonner. Ridley se mit à lui sucer le cou avec force tandis qu'il continuait à le marteler énergiquement, et Alex sentait bien qu'il lui en demandait davantage avec tout son corps.

Alex ne s'arrêtait plus. Ce type était comme une drogue : plus Alex en avait, plus il en voulait. Sans aucun avertissement, ses boules se contractèrent et il sut qu'il était au bord de la jouissance. Il se cambra en arrière, le souffle court, les muscles bandés, sa queue vibrante à l'intérieur de Ridley.

— Ridley, dit-il d'une voix sourde, ne t'avise pas te bouger !

Ridley s'immobilisa totalement sous lui pendant qu'il reprenait son souffle quelques secondes. Juste au moment où il pensait avoir repris le contrôle de ses sensations, Ridley lui enveloppa la taille de ses jambes, lui enfonça les talons dans les fesses et donna un coup de hanches.

— Merde, Ridley, non !

Alex ferma les paupières et serra les dents dans un dernier effort pour se retenir, pour garder le contrôle et ne pas faire le grand saut. Il crut qu'il allait se décomposer. Il sentait Ridley partout autour de lui et chaque inspiration, chaque battement de cœur le rapprochaient de l'orgasme. Il se recroquevilla sur Ridley et l'embrassa.

— Je ne peux pas… Il faut, que… murmura-t-il tout contre les lèvres de son partenaire. Oh mince !

Il garda les yeux plantés dans ceux de Ridley tout en balançant les hanches, en s'enfonçant en lui. Il glissait en lui et hors de lui sans aucune délicatesse tandis que son corps tout entier était balayé par la jouissance. Il abandonna toute idée de contrôle et se laissa aller au plaisir.

Ridley s'arqua et frotta son membre contre le ventre d'Alex. Il allait à la rencontre de chaque secousse tout en soutenant le regard de son partenaire, les paupières lourdes ; il ne parvint pas à garder les yeux ouverts lorsqu'il céda à son propre désir de délivrance. La tension de son corps se fit plus intense, jusqu'à ce que l'orgasme le déchire et qu'il hurle le nom d'Alex.

À bout de forces, Alex s'effondra sur le torse essoufflé de Ridley.

Il écouta les battements effrénés du cœur de son partenaire ; le sien battait tout aussi vite. Ils restèrent allongés sans remuer, sans parler, jusqu'à ce que leurs respirations haletantes se soient quelque peu calmées. Alex n'avait aucune envie de bouger, mais savait qu'il le devait afin de ne pas faire mal à Ridley ; il tourna sur lui-même en grognant et s'allongea sur le côté, puis prit Ridley dans ses bras. Peu lui importait qu'ils soient tous deux couverts de sueur et de sperme, il était bien trop heureux pour s'en préoccuper.

Ridley lui tira gentiment les cheveux :

— Tu n'avais pas dit que je n'aurais pas le droit de jouir ce soir ? Tu te laisses toujours attendrir, lui dit-il en ricanant.

Alex leva la tête en riant et rencontra le regard moqueur de Ridley.

— Moi ? Je me laisse attendrir ? répéta-t-il en fronçant les sourcils. C'est toi qui n'as pas su te taire et rester tranquille, dit-il en secouant la tête. Tu n'es jamais content.

— Oh, si ! Je suis très content ! Et je suis sûr que mon cul te remerciera demain matin...

Alex posa un doigt sur les lèvres souriantes de Ridley pour le faire taire.

— Ne parle pas trop vite. Ce n'était qu'un échauffement.

Puis il se pencha, prit le mamelon droit de son partenaire dans sa bouche et le mordit, arrachant un cri à ce prétentieux de Ridley. Content de lui, Alex roula en bas du lit et se dirigea vers la salle de bains.

— Où vas-tu ? protesta Ridley. Il me plaisait bien ce petit câlin d'après-coucherie.

Alex jeta le préservatif usagé, s'essuya, puis sortit du placard une boîte de préservatifs et deux autres tubes de lubrifiant. Il revint dans la chambre, l'air très sérieux, et posa tout l'attirail sur le torse de Ridley.

— Et maintenant, le plat de résistance.

Il éclata de rire en voyant la frayeur se peindre sur le visage de Ridley.

FIDÈLE à ce qu'il avait annoncé, Alex le baisa à lui faire traverser le matelas. Pour être précis, il le baisa sur le matelas, sur le sol, contre le mur, et lorsque Ridley ne fut plus qu'une nouille molle affalée sur le lit, il le baisa encore. Ridley était presque certain de s'être évanoui au cours de son dernier orgasme, puisqu'il ne se souvenait de rien entre le moment où Alex le défonçait comme un possédé et celui où il s'était réveillé seul dans le lit.

Ridley posa les pieds au sol précautionneusement, prit une profonde inspiration et fit la grimace lorsqu'il se leva et que la douleur se réveilla. Alors qu'il marchait à petits pas vers la salle de bains, pieds nus et en silence, il se demanda s'il était vraiment sain d'esprit pour se mettre dans des situations pareilles.

Il ne prit pas la peine d'allumer la salle de bains ; la lune éclairait suffisamment la pièce pour lui permettre de distinguer la cuvette en porcelaine et il n'était pas sûr d'avoir envie de constater les dégâts. Il ne se sentait pas au mieux de sa forme. Sa poitrine, ses testicules et son anus étaient en feu, et les muscles de ses membres étaient tout courbaturés à cause des positions farfelues que lui avait fait tenir Alex. Il l'avait tordu dans tous les sens comme un vulgaire bretzel et, pendant ce temps, son cul en demandait toujours plus, et plus fort, et plus vite. Ridley secoua la tête. Il était peut-être complètement débile, mais ça en avait valu la peine. Au moins sur le moment. Il n'en était plus si sûr désormais.

Il urina, se lava les mains et le visage. Il tâtonna dans l'obscurité et mit la main sur une serviette, qu'il jeta sur le sol après l'avoir utilisée. Maintenant, il allait partir à la recherche d'Alex. Certes, il était mal en point et marchait bizarrement ce matin, mais il savait qu'il avait aussi remporté quelques victoires impressionnantes sur son ami. Un large sourire s'afficha sur son visage à cette pensée.

Il se dirigea vers le salon en faisant le moins de bruit possible au cas où Alex dormirait sur le canapé. Mais celui-ci était vide, tout comme les fauteuils. Personne dans la cuisine. Il fit le tour de la maison ; elle n'était pas si grande et ne débordait pas d'endroits où Alex aurait pu se cacher. Il n'y avait pas de deuxième chambre.

Quelque chose à la fenêtre attira son attention. Il s'approcha discrètement, en prenant soin de rester hors du champ de vision d'un éventuel observateur extérieur.

Une berline noire était garée dans l'allée, feux de position allumés. Ridley ne voyait pas la personne au volant – il ne voyait même pas s'il s'agissait d'un homme ou d'une femme –, mais il reconnut immédiatement la tête blonde de l'homme avec qui cette personne s'entretenait et qui se tenait debout près de la voiture, agitant les bras frénétiquement.

Ridley n'entendait pas ce que disait Alex. Aucun son ne parvenait jusqu'à lui, même avec la fenêtre entrouverte ; le ronronnement du moteur ne lui facilitait pas la tâche. Ce qui était sûr, vu la façon dont Alex s'agitait, c'était que leur sujet de conversation, quel qu'il soit, le rendait furieux.

Tout à coup, Ridley pressentit un danger. Peut-être n'était-ce rien de plus qu'une dispute enflammée avec un ami ou un amant repoussé, mais étant donné les événements des semaines précédentes, Ridley eut peur pour Alex. Il envisagea un instant d'enfiler un pantalon et de le rejoindre, mais, pour une raison inconnue, il se retint.

Ridley fut soudain inondé de lumière ; le conducteur avait allumé ses feux de route et le moteur vrombit. Ridley se protégea les yeux et regarda la voiture reculer à toute vitesse en marche arrière, freiner puis faire un quart de tour en dérapage. Le moteur vrombit de nouveau et la voiture repartit en marche avant, en projetant au passage les graviers de l'allée.

Apparemment, cet entretien avait également énervé le conducteur. Ridley vit Alex revenir promptement vers la maison ; il s'éloigna vivement de la fenêtre. Il repartit dans la chambre aussi rapidement qu'il le pouvait sans faire trop de bruit, le cœur battant et le souffle court après la montée d'adrénaline que lui avait causée ce qu'il avait vu. Il se précipita dans la salle de bains, se sachant incapable de feindre le sommeil si Alex entrait.

Il laissa la porte entrouverte afin de ne pas faire de bruit, alluma, cligna deux ou trois fois des yeux le temps de s'accoutumer et tira la chasse d'eau. Il ne voulait pas qu'Alex découvre qu'il l'avait espionné. Il ouvrit le robinet et laissa couler l'eau pendant qu'il examinait son reflet dans le miroir. Ses cheveux étaient dressés dans au moins cent directions différentes, l'anneau avait disparu de sa lèvre inférieure, et sa poitrine qui se levait et s'abaissait à toute allure était couverte de traces de morsures, de suçons et d'hématomes de la forme des doigts d'Alex.

À sa grande surprise, il était en plus piteux état et avait davantage de marques sur le corps qu'après la première nuit qu'il avait passée avec Alex. Ridley secoua la tête, coupa l'eau et éteignit la lumière, puis il sortit de la salle de bains. La lumière était présente dans la chambre et Alex, vêtu d'un bas de survêtement bleu et les bras croisés, était appuyé sur le chambranle de la porte. Il avait l'air furieux.

— Prends tes affaires. Je te ramène chez toi.

— Un ex en colère ? suggéra Ridley.

— Comment ça ? demanda Alex, pris de court.

— Je t'ai vu parler avec quelqu'un devant la maison. Vu ton air et ce que tu me dis, j'en déduis que c'était peut-être un ex jaloux.

Alex leva les yeux au ciel.

— Si seulement c'était si simple…

Comme Alex en restait là, Ridley se contenta de hausser les épaules et commença à rassembler ses affaires.

Il retrouva son jean et son caleçon par terre dans la cuisine ; il posa le pantalon sur le dossier de l'un des tabourets le temps d'enfiler son caleçon.

— Ce n'est pas un ex, lui dit Alex en le rejoignant dans la cuisine. Je ne peux pas t'en dire plus, mais ce n'est pas un ex.

Ridley haussa les épaules encore une fois. Il était rongé par la curiosité, mais ne voulait pas insister.

— Je ne te demande rien.

Ridley enfila son jean, puis récupéra son T-shirt sur le bar. Il sentait le regard intense d'Alex sur son corps, mais ne voulait pas céder à la curiosité. Il avait l'horrible sensation que s'il insistait, il ne reverrait plus Alex, et il ne voulait pour rien au monde que cette hypothèse devienne réalité. Pas pour le moment.

Il alla s'asseoir sur le canapé avec ses chaussettes et ses chaussures à la main pour les enfiler. Il nouait ses lacets quand Alex le rejoignit.

— Tu n'as rien à me dire ?

— Que veux-tu que je te dise, Alex ? Tu m'as demandé de prendre mes affaires pour rentrer chez moi, et c'est ce que je fais.

— Tout ça… dit-il en agitant nonchalamment la main en direction de la porte, tout ça n'a rien à voir avec toi, conclut-il.

— OK.

Ridley bondit sur ses pieds et se dirigea vers la porte. Il attendrait dehors pendant qu'Alex finirait de s'habiller. Les battements rapides de son cœur étaient presque douloureux, et il avait l'impression que les murs de la pièce se refermaient sur lui. Il avait besoin d'air.

— Enfin, Ridley, arrête ça, grogna Alex, visiblement en colère.

Il lui saisit le bras et lui fit faire demi-tour.

— Tu n'es pas sincère quand tu dis ça.

— Parce que tu te crois capable de deviner mes pensées ? lui lança Ridley avec un regard mauvais.

— Je sais lire sur ton visage et je sais que tu as tort. Je te le répète : tout ça n'a aucun rapport avec toi.

— Mais oui, bien sûr, je te crois, rétorqua Ridley d'un air de défi. Si j'ai fini à l'hôpital, c'est bien parce que ça n'a aucun rapport avec moi. Kyle s'est presque pissé dessus de peur la dernière fois que je l'ai vu parce que ça n'a aucun rapport avec moi. Et si tu me demandes de m'habiller en pleine nuit pour me ramener chez moi, encore une fois c'est parce que ça n'a aucun rapport avec moi.

Ridley parlait de plus en plus fort à chaque phrase, jusqu'à littéralement crier au visage d'Alex.

— Tu sais quoi ? Va te faire voir ! Je rentre à pied.

Cette flambée de colère fut si soudaine qu'elle lui fit tourner la tête. Le sentiment d'incertitude et d'abandon, la perspective de ne plus revoir Alex et toutes les questions restées sans réponses, tout cela bouillonnait en lui, et il se laissa submerger par ces sensations. Il préférait de toute façon la colère à la tristesse. Il dégagea son bras et se dirigea vers la porte d'un pas décidé. Il l'ouvrit d'un mouvement brusque, un gros claquement se fit entendre et des éclats de bois volèrent dans la pièce. Ridley se sentit violemment projeté sur le côté. Son épaule cogna contre la porte en produisant un bruit sourd et douloureux.

— À terre, hurla Alex tout en claquant la porte.

Vient-on d'essayer de me tuer ? se demanda Ridley en essayant de reprendre ses esprits – ce qu'il n'eut pas le temps de faire. On lui frappa les jambes, ses pieds se dérobèrent et il se retrouva sur les fesses.

— J'ai dit à *terre* ! Maintenant, reste baissé et protège-toi la tête, lança Alex d'un ton sec avant de se mettre à ramper.

Il sortit son téléphone portable de sa poche et appuya sur les boutons tout en se déplaçant au ras du sol.

— Tu les as menés directement à moi, espèce d'abruti ! Reviens ici tout de suite ! cria-t-il dans le portable, puis, il prit un objet qui se trouvait entre les coussins du canapé, se retourna et s'accroupit sur ses pieds, sans se relever.

Ridley perçut des bruits métalliques juste avant de voir le pistolet qu'Alex tenait à la main.

— Reste baissé et cache-toi derrière le bar, ordonna Alex en lui indiquant la cuisine.

Une autre détonation retentit et la lumière du porche s'éteignit. Une seconde balle fit voler en éclats la baie vitrée, envoyant des morceaux de verre aux quatre coins de la pièce.

— Vas-y, maintenant, rugit Alex en s'avançant vers la porte.

Ridley s'exécuta. Il se déplaça à quatre pattes jusqu'à la cuisine et se cacha à l'endroit que son ami lui avait indiqué. De là, il avait une vue idéale sur Alex, toujours accroupi, une main sur la poignée de la porte d'entrée.

Merde, merde, merde. Ridley s'était bien douté qu'Alex avait un secret plutôt inhabituel, mais jamais il ne s'était imaginé quelque chose de ce genre. On était en train de leur tirer dessus. *Quel bordel !* grommela Ridley pour lui-même. On n'était pas dans le Far West tout de même…

— Si je me fais descendre, file dans ma chambre et appelle le 911. Compris ? lui demanda Alex en chuchotant avant de lui lancer le téléphone.

Ridley attrapa le portable en vol.

— Mais qu'est-ce qui se passe ? lui demanda Ridley d'une voix qui se dérobait sous le coup du stress.

— Je t'ai demandé si tu avais compris ? répéta Alex.

Ridley hocha la tête.

Alex fit rouler ses épaules, puis plaça l'arme près de la porte, qu'il ouvrit juste ce qu'il fallait pour faire passer le barillet. Un coup de feu fit un trou dans la porte à une trentaine de centimètres au-dessus de la tête d'Alex.

— Mince ! s'écria ce dernier en rentrant la tête pour laisser passer la pluie d'échardes. Heureusement que tu ne sais pas tirer, abruti ! hurla-t-il à travers la porte.

Une autre détonation résonna, mais Ridley ne vit pas voler le moindre éclat de bois ni, encore mieux, la moindre goutte de sang. Alex renifla en produisant un son qui ressemblait étrangement à un rire, puis il ouvrit la porte. L'instant d'après, il avait disparu, la porte refermée derrière lui.

Les yeux écarquillés, Ridley regardait l'endroit où Alex était posté quelques secondes plus tôt. Pourquoi n'avait-il pas tout simplement… Ridley se passa la main sur la mâchoire. Ce dingue venait de sortir de la maison afin d'affronter un type qui lui tirait dessus. *Mince, quelqu'un qui lui tirait* vraiment *dessus, qui le visait, pour lui faire exploser la tête.*

Ridley soupçonnait déjà Alex d'être différent de ce qu'il prétendait être. Il avait déjà eu à deux reprises la preuve que sur le plan sexuel, Alex était beaucoup plus dur que lui. Maintenant qu'il était recroquevillé sur le sol de la cuisine, le poing serré sur un téléphone portable, longtemps après que les derniers coups se soient fait entendre, il était sûr à cent pour cent d'une chose : Alex était un vrai bad boy. Et lui, non.

XII

Tapi dans sa cachette sous le porche, Alex s'efforça de ralentir les battements effrénés de son cœur et sa respiration haletante. Il était presque sûr d'avoir réussi à descendre le tireur, et soit il était seul, soit la voiture qui fonçait dans l'allée vers la maison avait fait fuir ses complices. Ses efforts pour se calmer s'avéraient inutiles : son cœur et ses poumons s'emballaient à un rythme aussi fou que la voiture qui venait de s'arrêter devant lui. Alex bondit sur ses pieds, dévala les marches et traversa la pelouse au pas de course pour rejoindre l'homme qui descendait du véhicule.

— Tu as vu ça ? s'exclama Alex en montrant du doigt les éclats de bois qu'il avait dans les cheveux. Non, mais, tu as vu ça ?

— C'est du bois ? demanda Mick en dégageant un éclat des boucles d'Alex pour l'examiner.

— Oui, du bois de ma porte d'entrée qui vient d'être pulvérisée à deux doigts de mon crâne. Quand on y a tiré une balle, tu vois, dit Alex en reprenant le morceau de bois de la main de Mick.

— Heureusement qu'il tirait mal, n'est-ce pas ? Sérieusement, qui peut rater une perruque pareille ? plaisanta-t-il en tirant sur l'une des boucles d'Alex.

— Ça n'a rien de drôle ! Tu les as conduits directement à moi, espèce d'idiot, l'accusa Alex, véritablement en colère.

— Attends, comment peux-tu être certain que c'est de ma faute ? le reprit Mick en lui lançant un regard exaspéré. D'ailleurs, s'ils savent où tu te trouves, je ne suis pas sûr que ce soit une bonne idée de rester ici, à découvert, pour m'accuser de tous les maux.

Alex dut se retenir pour ne pas lui décocher une droite en plein visage, ou… enfin, ce crétin avait raison. Alex était boosté par l'adrénaline et absolument furieux, si bien qu'il agissait de façon déraisonnée. Se balader dans le jardin et prendre le temps de faire des reproches à son ami au lieu de s'assurer que les lieux étaient sécurisés n'était pas du tout malin. Ce n'était pas la première fois que Mick l'accusait d'être fou, mais contrairement à ce que celui-ci pensait, Alex n'avait aucun penchant autodestructeur. Il était juste un peu trop impulsif. Après tout, il aurait peut-être effectivement besoin d'une thérapie pour se débarrasser de sa colère, comme Mick le lui avait suggéré à plusieurs reprises.

— Très bien, reconnut Alex en plantant un doigt sur le torse de Mick, mais dès qu'on est en lieu sûr, je te botte les fesses.

— Ah, je sais, mes fesses sont irrésistibles, rétorqua Mick en souriant. Mais combien de fois devrais-je te dire que tu n'es pas mon genre avant que tu te décides à jeter l'éponge ?

Alex leva les yeux au ciel. Mick plaisantait, mais il observait aussi les lieux d'un œil attentif et concentré, à l'affût de tout élément inhabituel. Il était celui des deux qui avait la tête sur les épaules.

— J'ai entendu le gars crier, ça venait de par là, dit Alex en désignant des buissons sur le côté de la maison. Donne-moi ta lampe de poche.

Mick alla chercher dans la voiture la lampe en question et la tendit à Alex. Celui-ci balaya les buissons du large faisceau et il se dirigea vers l'endroit d'où était venu le cri avec Mick sur les talons. Derrière les buissons, le sol avait été piétiné ; quelques douilles traînaient à terre, il y avait un peu de sang, et c'était tout.

— On dirait qu'il n'était pas le seul à ne pas savoir tirer, commenta Mick.

— Au moins, j'ai touché ma cible, grommela Alex en commençant à suivre les traces de sang en direction de l'est.

C'était une nuit sans vent et tous les animaux nocturnes s'étaient tus à la suite à ce tapage inattendu. Le seul son qui venait troubler le silence était le ronronnement du moteur de Mick. Ils débouchèrent sur un espace dégagé après avoir traversé un petit bosquet, où ils découvrirent des traces de pneus.

— Raté, se plaignit Alex en se frottant le cou, là où il commençait à se sentir tendu. As-tu croisé des voitures en revenant ici ?

Mick sortit son portable en secouant la tête.

— Il faut que je fasse remonter l'info.

— Ce n'est pas vrai… J'en ai assez de tout ce cirque !

— Arrête de pleurnicher ! Tu détestes travailler à la bibliothèque. Saisis ta chance de te trouver un boulot plus viril.

— Viril, viril… Il est là mon boulot viril, grogna Alex en posant la main sur sa braguette.

Mick éclata de rire, puis s'adressa à son interlocuteur au téléphone.

— Ici Ramirez. Ils l'ont retrouvé. Il s'est fait coincer.

Mick haussa les sourcils en regardant Alex.

— Encore une fois.

Alex lui fit un doigt d'honneur.

Il avait détesté cet endroit dès le premier jour. Il avait détesté la fac, son travail et puis, quelle personne saine d'esprit aurait voulu vivre dans le nord de la péninsule du Michigan ? En hiver en plus ! On lui disait qu'il était fou. C'étaient ceux qui habitaient dans cet endroit pourri qui étaient fous ! La seule chose qui avait rendu son séjour à Slater à peu près supportable, c'était la présence de Ridley.

— Mince ! Ridley !

Alex détala à toute allure.

— Eh ! mais où vas -tu ? lui cria Mick.

Alex l'ignora. Comment avait-il pu oublier Ridley, le seul élément positif de sa vie de ces dernières semaines ? Grâce à lui, la solitude qui accompagnait son anonymat était plus supportable. Il traversa la cour, monta les marches quatre à quatre et ouvrit la porte en grand.

— Ridley !

— Je suis là, cria-t-il depuis la cuisine.

Alex s'arrêta près du bar. Son cœur battait si fort qu'il sentit le sang lui monter à la tête et qu'il avait du mal à entendre. Ridley était là, assis par terre avec le dos aux placards, les bras autour de ses jambes repliées. Il avait l'air quelque peu décontenancé, mais sain et sauf.

Soulagé, Alex tomba à genoux près de lui.

— Tout va bien ? lui demanda-t-il en lui caressant la joue.

— Mais que s'est-il passé ? demanda Ridley en état de choc, les yeux écarquillés.

— Il va bien ? demanda Mick qui entra en trombe dans la pièce et percuta l'îlot central.

Mick Ramirez était un solide gaillard qui dépassait largement le mètre quatre-vingt et atteignait les cent trente kilos. Pourtant, il n'y avait pas une once de graisse sur ce corps et, lorsqu'il heurta le bar, cela fit un sacré bruit. Il était très imposant avec ses cheveux brun coupés très court et sa grande cicatrice qui descendait de la tempe au menton sur sa peau olive. Alex comprit parfaitement la surprise de Ridley, qui sembla se muer en pure terreur.

— Tout va bien, lui dit Alex d'une voix apaisante, cherchant d'instinct à le rassurer.

Il poussa un profond soupir lorsqu'il se rendit compte de ce qu'il était en train de faire, de ce qu'il pensait et de ce que Ridley commençait à signifier pour lui. Il lui tapota l'épaule pour le réconforter.

— Tout va bien pour toi.

— Qui…

La voix de Ridley se brisa et il dut s'éclaircir la gorge.

— Qui est-ce ? demanda-t-il en fronçant les sourcils.

— Ramirez, répondit Alex en se retournant pour regarder son équipier.

Mick n'était pas tout à fait son *équipier*, mais il avait été affecté à sa protection.

— C'était mon meilleur ami, *avant*, reprit-il. On dirait un dur à cuire comme ça, mais il n'est pas bien coriace.

— Salut, Ridley ! Tu peux m'appeler Mick. Je suis content que tu sois sain et sauf, dit Mick avant de se tourner vers Alex et de lever les yeux au ciel d'un air dramatique. Je dois m'occuper de quelques arrangements pour te sortir de ce bourbier. Crie si tu as besoin de moi.

Alex hocha la tête et dirigea de nouveau son attention sur Ridley, qui fixait la main d'Alex, les yeux écarquillés d'une façon impressionnante. Alex baissa les yeux et s'aperçut qu'il avait encore son arme à la main. Il la posa et prit le menton de Ridley pour le forcer à le regarder dans les yeux.

— Tu…

Ridley secoua la tête.

— Il y avait des coups de feu et… des vitres ont explosé et… et… Mais qu'est-ce qui ne tourne pas rond chez toi ? aboya Ridley en bondissant sur ses pieds, si brusquement qu'Alex perdit l'équilibre et atterrit sur les fesses.

Ridley posa les mains sur les hanches et posa sur lui un regard noir.

— Quand des balles fusent, une personne normale ne se jette pas au milieu du champ de bataille. À quoi pensais-tu ? Ils nous tiraient dessus. Et toi, tu… tu…

Ridley leva les mains dans un geste de frustration.

— Qui réagit comme ça ?

Alex se releva et ramassa son pistolet en grimaçant à cause de la douleur qui lui transperçait le pied droit. Il reposa son arme sur le bar et leva le pied : un gros morceau de bois était planté dans son talon. Maintenant que les effets de l'adrénaline retombaient, la douleur se faisait sentir – d'autant plus qu'il avait couru pieds nus sur les brindilles et les cailloux.

— Oh, tu saignes… murmura Ridley.

L'inquiétude avait fait disparaître toute colère de sa voix.

99

— Rien de grave, dit Alex en haussant les épaules avant de se hisser sur le bar en position assise et de poser son pied blessé sur sa cuisse. Pourrais-tu me donner un torchon ?

À y regarder de plus près, le morceau de bois n'était pas beaucoup plus large qu'un cure-dents, mais Alex avait l'impression qu'il était gros comme un tronc.

Ridley prit l'un des torchons pendus à la cuisinière et l'apporta à Alex.

— As-tu de quoi nettoyer la plaie ? Du désinfectant ? demanda Ridley en examinant la blessure.

— Sous le lavabo dans la salle de bains.

Quand Ridley eut quitté la pièce, Alex serra les dents, saisit le bout de bois et tira d'un coup sec.

— Saloperie ! siffla-t-il en pressant le torchon contre la plaie afin d'arrêter l'hémorragie.

Il examina son autre pied : quelques égratignures, quelques minuscules débris enfoncés dans son talon, mais rien de grave. Il ne saignait pas.

Ridley revint de la salle de bains avec quelques serviettes propres et la trousse de secours. Il déposa le tout près d'Alex et commença à examiner les plaies, notamment celles qui suintaient.

Alex sursauta à plusieurs reprises et fit la grimace, mais ne proféra pas une plainte. Il regarda Ridley qui désinfectait les plaies consciencieusement ; la concentration se lisait sur son visage. Alex ne dit pas un mot. Il trouvait que Ridley supportait assez bien le choc pour l'instant et se doutait qu'il était en train d'essayer de comprendre ce qui lui était arrivé.

Une fois les blessures désinfectées, Ridley pansa le pied droit d'Alex.

— Merci, lui dit ce dernier avec sincérité.

Ridley se contenta d'acquiescer, puis il rassembla les éléments de la trousse et les serviettes sales et quitta la pièce.

Alex passa la main dans ses boucles emmêlées, libérant au passage de petits morceaux de bois. Il fallait voir le bon côté des choses. Il lui fallait un nouveau look et sa folle *perruque* allait être la première à en faire les frais. Il allait enfin se couper les cheveux – ce qui était le seul point positif de cette situation insensée. Il soupira et descendit précautionneusement du bar. Il prit un paquet de café dans un placard – il en avait bien besoin. La journée serait longue. Dieu seul savait où il allait se retrouver. Mais avant cela, il avait un sacré paquet d'explications à donner.

Il espérait juste que Ridley lui pardonnerait tous ses mensonges.

LES MAINS figées sur la trousse de toilette, Ridley étudiait dans le miroir son reflet fantomatique. C'était la deuxième fois depuis son réveil qu'il se cachait dans la salle de bains. *Quelle histoire…* murmura-t-il à l'adresse de son reflet interloqué. Certes, il avait soupçonné l'existence d'un mystère derrière la façade lisse d'Alex, mais jamais de coups de feu, de fenêtres qui éclataient en mille morceaux… ni de gros Mexicains effrayants et armés. Il ne s'était pas non plus attendu à passer une partie de la nuit à trembler de peur sur le sol de la cuisine. Il comprenait mieux à présent l'expression qu'il avait lue sur le visage de Kyle. De la peur, pure et simple. Il comprenait au plus profond de lui ce que cela signifiait à présent.

— Il s'est jeté sous les balles, murmura Ridley, incrédule.

Il est sorti de la maison, sans hésiter ! Il s'est jeté sous les tirs ! Il aurait pu se faire tuer. Ridley sentait qu'il allait être malade.

Il avait l'estomac tout retourné et la bile commençait à lui brûler la gorge. Il se laissa tomber assis sur la commode, la tête entre les genoux. Comme cette position lui était familière… C'était apparemment l'un des effets secondaires inévitables d'une rencontre avec Alex Firestone – s'il s'agissait de son vrai nom.

Le plus triste, c'était qu'il ignorait ce qui l'ennuyait le plus : le fait d'avoir découvert qu'Alex n'était pas un doux et tendre bibliothécaire, mais un maniaque capable de mettre une raclée à cinq types et de se servir d'un flingue, ou sa propre réaction à toutes ces menaces. À deux reprises, il s'était révélé totalement inutile. La première fois, il s'était pris un coup sur la tête qui l'avait envoyé l'hôpital ; cette fois-ci, il était resté planqué dans un coin comme les petites filles des films d'horreur. Au moins, il n'avait pas crié – à vrai dire, il était bien trop terrifié pour crier.

Ridley secoua la tête, puis se la prit dans les mains. Quel nul…

Le plus gros nul, c'est celui qui se planque dans une salle de bains et s'apprête à vomir. Pas faux. Il devait se ressaisir. Il prit quelques grandes inspirations pour se remettre les idées en place et se releva. Il ouvrit le robinet, s'aspergea le visage d'eau fraîche et se rinça la bouche. Il ne se sentit pas mieux pour autant, mais il était temps de se conduire comme un grand garçon et d'obtenir enfin les réponses qu'il méritait. Il n'était pas impossible qu'il soit en train de tomber amoureux d'un criminel, et il ne savait pas trop quoi en penser.

Amoureux.

Ridley resta pétrifié d'horreur. Il n'était pas amoureux d'un criminel. Hors de question qu'il soit amoureux. Il désirait Alex, ça, oui, mais... Ridley poussa un gros soupir de soulagement. Oui, ce n'était que cela ; cela ne faisait aucun doute. Il adorait coucher avec Alex. Cet homme l'attirait comme aucun autre auparavant et il appréciait sa compagnie. Il aimait l'entendre rire, le voir sourire, et il aimait la façon dont leurs deux corps s'accordaient à la perfection. Le soupçon de danger qu'il avait perçu chez lui, lui avait plu, les nuits qu'ils avaient passées ensemble avaient été très agréables et ce type était vraiment super sexy. Ridley hocha la tête pour se conforter dans ses réflexions. *Ai-je mentionné le fait que j'adore avoir des relations sexuelles avec lui ?* plaisanta-t-il intérieurement en se faisant un clin d'œil.

Voilà, il désirait un criminel ; et désirer un criminel n'était pas grave du tout comparé à être *amoureux* d'un criminel. Ou à être amoureux tout court. Cette simple pensée le fit frissonner.

XIII

— Tu peux prendre du café si tu veux, dit Alex à Mick en désignant avec sa tasse la cafetière posée sur le bar.

— Comment va-t-il ?

— Je ne sais pas. Il m'a soigné le pied…

— Qu'est-ce qu'il a, ton pied ? L'interrompit Mick, en haussant les sourcils.

— Rien qu'une grosse écharde, répondit-il en levant son pied bandé.

— Oh, chochotte, ricana Mick en s'asseyant en face d'Alex.

— La ferme, grommela ce dernier, le nez dans sa tasse.

— Donc, tu disais… ?

— Il n'est pas sorti de la salle de bains depuis. J'étais sur le point d'aller tambouriner à la porte quand j'ai entendu la douche. Je pense qu'il est un peu secoué.

— Sans blague ? Ça ne doit pas lui arriver tous les jours qu'une fusillade éclate en plein milieu d'une partie de jambes en l'air !

— Nous n'étions pas en train de…

Gêné, Alex changea de position dans son fauteuil.

— C'était fini, marmonna-t-il.

— C'est du propre ! plaisanta Mick.

Mick était un agent du FBI qui avait donné une conférence sur le profilage à laquelle Alex avait assisté du temps où il était à l'académie. Il avait huit ans de plus qu'Alex, mais ils étaient devenus amis très rapidement. Alex ne s'était jamais particulièrement vanté d'être gay, mais il ne l'avait jamais caché non plus. Quant à Mick, il prétendait avoir un *gaydar* ultra-sophistiqué et avait essayé de caser Alex avec son frère peu de temps après l'avoir rencontré. Et Mick serait bien surpris s'il apprenait toutes les folies commises par Alex et son petit frère… Cette pensée fit sourire Alex, qui se reprit et lança un regard faussement furieux à son équipier.

— De quoi je me mêle ! grommela-t-il. Voilà plus d'un an que je suis coincé dans ce trou. Un homme a certains… besoins.

— Oh, pauvre bébé, lui lança Mick d'un ton sarcastique.

— En plus, je te signale que ma vie privée, tout comme tes parties intimes, est classée secret défense et n'a pas à être évoquée. À moins que... tu aies changé d'avis ? proposa Alex en adoptant un ton grave et lascif.

— Si c'était le cas, tu ne serais certainement pas la personne concernée.

— Oh, tu as donc eu certaines pensées...

— Ne me force pas à te frapper.

Alex éclata de rire en voyant Mick froncer le nez. Il avait beau n'avoir aucun problème avec la sexualité d'Alex, l'idée de sucer une queue ou de se faire prendre par-derrière le rebutait toujours. Alex comprenait parfaitement son aversion, puisque l'idée de fourrer son nez dans un vagin le dégoûtait lui-même un peu.

— Alors, qu'as-tu découvert ? demanda Alex en revenant aux choses sérieuses.

— Pas grand-chose, reconnut Mick en sortant un carnet de sa poche. Nous avons vérifié tous les hôpitaux des environs ainsi que toutes les pharmacies et tous les médecins de garde : aucune trace d'une blessure par balle. Soit la blessure était superficielle, soit l'homme est mort dans un coin.

— Sais-tu comment ils m'ont retrouvé ? demanda Alex en installant son pied blessé en hauteur.

— Non, cependant ne trouves-tu pas ça étrange que ce visiteur se soit pointé alors que tu as dû t'identifier au poste de police il y a quelques jours seulement, à cause de la bagarre ?

— Tu penses que l'info a circulé de l'intérieur ?

— C'est une hypothèse, dit Mick en haussant les épaules.

— Ça n'a pas de sens. Je sais bien que Gutierrez a le bras long, mais franchement, à Slater ? Dans ce trou paumé ?

— Si tu as une meilleure explication, je suis tout ouïe, rétorqua Mick avec une pointe de défi dans le regard.

Alex se passa la main sur le visage, puis se frotta le nez, consterné. Évidemment, Mick devait avoir raison. C'était la seule explication possible.

— Que fait-on maintenant ? demanda-t-il d'un air las.

— Pour l'instant, une équipe est en train d'établir un périmètre de sécurité autour de la maison, puis dès que tout est prêt, on bouge.

— J'en ai assez de tout ce cirque. Je suis à deux doigts de tout balancer et de rentrer chez moi, quel que soit le risque.

— Tu te ferais tuer en un rien de temps. Sois patient.

— Au départ, c'était pour six mois, puis un an. Il y a toujours de l'imprévu. Combien de temps vais-je encore devoir attendre ? J'étouffe, je ne tiens plus en place !

— Tu n'as jamais tenu en place, remarqua Mick avec un sourire en coin.

— Eh bien, la différence, c'est que maintenant je n'ai plus personne sur qui passer mes nerfs ni sur qui tirer.

— Je suis prêt à parier que le gars qui a repeint en rouge tes buissons aurait une autre version.

La plaisanterie arracha une esquisse de sourire à Alex. Savoir qu'il avait touché un homme n'aurait pas dû lui faire plaisir, et pourtant c'était le cas. Et puis, ce type avait tiré en premier, il avait bien mérité ce qui lui était arrivé.

— D'accord, j'attendrai encore un peu, finit par accepter Alex en lâchant un soupir sonore. Mais je veux un endroit où il fait chaud, au bord de la mer.

— Je vais voir ce que je peux faire. Et Ridley ?

Alex se figea, sa tasse à mi-chemin entre le bar et ses lèvres.

— Comment ça ?

— De quoi est-il au courant ? demanda Mick.

— De rien du tout, répondit Alex du tac au tac en posant son café. Je ne souffrais pas de la solitude au point d'aller pleurer sur son épaule. Allons, accorde-moi un minimum de crédit, tout de même.

— Ce n'est pas ce que je sous-entendais, poursuivit Mick sur un ton légèrement irrité. Il était présent lors de la bagarre dans l'allée et ce soir pour OK Corral. Peut-être l'ont-ils identifié.

— Mince !

Alex se mit à tapoter nerveusement sur le bar. La simple idée d'avoir pu mettre Ridley en danger, à la merci de ces brutes, lui donnait envie de commettre un meurtre. Il devrait s'assurer de ne pas en avoir l'occasion.

— OK, j'ai une idée : et s'il restait avec moi jusqu'à ce qu'on soit sûr qu'ils ne l'ont pas identifié ?

— Et s'ils l'ont identifié ? demanda Mick avec prudence comme s'il craignait la réaction de son interlocuteur.

— Eh bien, je l'emmène, répondit Alex sans hésitation.

— Tu sais bien que ça ne fonctionne pas comme ça. Nous ne sommes pas autorisés à prendre ce genre de décision. Mais, je peux t'assurer que…

— Je n'en ai rien à faire de la façon dont ça fonctionne, l'interrompit Alex. C'est moi qui l'ai entraîné dans cette histoire. Je me fiche des règles et des autorisations. Je préfère te l'annoncer tout de suite : Ridley vient avec moi.

— Je vais où ?

Alex se retourna subitement. Ridley sortait de la salle de bains et se séchait les cheveux avec une serviette.

— Eh bien, euh… tu vois, bredouilla Alex avant de lâcher un soupir de frustration.

Il fit un geste en direction de la cafetière.

— Sers-toi une tasse de café et viens t'asseoir.

— C'est grave à ce point ? commenta Ridley.

— Peut-être. Ça dépend du point de vue, répondit Alex sans développer plus.

— Eh bien, mon point de vue, c'est que quand je commence à me faire tirer dessus, c'est plutôt grave, remarqua Ridley en se servant une tasse de café.

Alex jeta un coup d'œil en direction de Mick, qui les observait tous les deux tour à tour d'un air amusé. Mick finit sa tasse de café et se leva.

— J'ai encore quelques coups de fil à passer. Je vous laisse discuter tranquillement.

— Traître, articula Alex silencieusement lorsque Mick passa devant lui.

Son équipier lui envoya un baiser. Il devait vraiment se choisir de meilleurs amis.

RIDLEY AJOUTA un peu de sucre et de crème à son café. La douche lui avait fait un bien fou ; il se sentait beaucoup plus calme désormais et capable de réfléchir à nouveau. Il s'était fait un petit discours d'encouragement dans la salle de bains afin de se convaincre qu'il était tout à fait naturel d'être un peu chamboulé quand on entendait des balles siffler autour de soi pour la première fois.

Il s'assit en face d'Alex, se redressa et se lança sans hésiter.

— Vas-y, je suis prêt.

— Je ne sais pas trop ce que je peux te révéler.

— Eh bien, si nous commencions par… tout ?

— Tout ? répéta Alex en inclinant la tête sur le côté.

106

— Ouais, et n'essaie pas de me raconter des carabistouilles ou d'enjoliver l'affaire, l'avertit Ridley. Je ne suis pas d'humeur à entendre d'autres conneries ce soir…

Il jeta un œil par la fenêtre, le soleil commençait à poindre

— … ou ce matin, bref.

Alex resta à l'observer pendant un long moment. Il s'éclaircit la gorge et se lécha les lèvres nerveusement.

— Je ne peux pas tout te dire. Certaines informations sont classées.

Ridley lui lança un rapide coup d'œil. Alex n'avait toujours pas enfilé de chemise. Ridley connaissait déjà son corps – il en avait caressé, embrassé, léché les moindres recoins –, mais dans ces nouvelles circonstances, il le voyait différemment. Les pièces du puzzle commençaient à s'assembler. Alex était en excellente forme physique, il s'entretenait. *Clic.* Il savait se servir d'une arme. *Clic.* Il avait un équipier. *Clic, clic.* Il prononçait des mots tels qu'affaires classées, règles et autorisations.

Clic. Clic. Clic. Le puzzle était presque complet. Ne lui manquaient plus que quelques pièces.

— J'ai bien compris que tu étais un flic ou un fédéral sous couverture, et que la personne qui est venue mitrailler la maison n'est pas venue pour un vulgaire petit étudiant. Par ailleurs, celui qui a envoyé le ou les tireurs savait très probablement que j'étais là, ou si ce n'était pas le cas, il le sait maintenant et croit sans doute que je fais partie… du truc dans lequel tu es impliqué, ce qui signifie que je suis en danger.

Il prit sa tasse, but une gorgée et regarda Alex par-dessus le bord.

— Alors, comment je m'en sors ?

Alex s'appuya sur le dossier de son tabouret, les bras croisés sur la poitrine et le sourire aux lèvres.

— Impressionnant, commenta-t-il avec une pointe d'ironie.

— Donc voici mes questions : dans quelle histoire suis-je impliqué, et où allons-nous ?

Alex continua à le regarder avec un sourire satisfait, mais au bout de quelques secondes, il soupira et se pencha en avant, les avant-bras posés sur le bar et sa tasse dans les mains. Il parla la tête baissée, sans le regarder.

— Je ne suis ni un fédéral ni sous couverture, mais, tu as raison, je suis flic.

— Je suppose que c'est mieux que de coucher avec un criminel, rétorqua Ridley, amusé. Ça pourra me servir si un jour j'ai une contravention.

107

— Désolé, mon pote, répondit Alex en riant, je ne peux rien faire pour toi en ce qui concerne la police locale. Je n'ai aucun pouvoir dans ce domaine. À vrai dire, je n'ai aucune existence officielle et Alex le bibliothécaire ne peut t'être d'aucune aide pour faire sauter tes contraventions.

— Alex, c'est ton vrai prénom ?

— Oui, répondit-il avec un brusque hochement de tête avant de lever les yeux vers lui et de le regarder derrière ses longs cils, avec un sourire espiègle. Mais j'ai volé le nom de Firestone à une star du porno pour qui j'avais le béguin quand j'étais plus jeune.

Ridley ricana.

— Sympa, approuva-t-il.

— Merci.

— Donc, je résume, tu es flic, mais tu te fais passer pour un étudiant employé de bibliothèque et tu aimes emprunter des noms d'acteurs pornos. Jusqu'ici, rien n'explique qu'on soit venu te tirer dessus en pleine nuit. Si tu n'es pas sous couverture, quel est ton statut et pourquoi veut-on ta mort ?

— Il va me falloir un peu plus de caféine pour cette partie, constata Alex en se levant.

— Je m'en occupe, proposa Ridley en repoussant son tabouret. Toi, tu parles, ajouta-t-il en se dirigeant vers la cafetière.

— J'étais sérieux quand j'ai dit que certaines informations étaient classées, reprit Alex. Et fais-moi confiance, il y a des choses que tu préférerais ne pas savoir ; mais je vais t'en dire autant que possible.

— Ça me va, approuva Ridley en remplissant les deux tasses.

— Ça faisait quelques années que j'étais sorti de l'académie et je croyais que j'allais changer le monde, un méchant à la fois. J'étais ambitieux, confiant et prétentieux.

— *Étais* ? répéta Ridley avec un petit sourire en coin alors qu'il apportait le sucre et la crème.

— Oui, répondit Alex en levant les yeux vers Ridley.

Sa tasse s'arrêta à mi-chemin et un sourire se dessina lentement sur ses lèvres.

— Bon, je n'ai pas tellement changé, reconnut-il avant de souffler sur son café chaud sans cesser de sourire.

Satisfait, Ridley s'appuya sur le dossier de son tabouret.

— Bien, continue.

Alex haussa les épaules, but une gorgée de ce café dont il avait tant besoin et reprit là où il en était.

— J'étais dans l'équipe de nuit, et mon équipier et moi nous sommes arrêtés à une station essence en dehors de la ville…

— Quelle ville ?

— Ça fait partie des informations que je ne te révélerai pas, dit Alex en secouant la tête. Mon équipier est parti nous chercher des cafés pendant que j'allais pisser. Les toilettes étaient fermées, donc je suis allé derrière le bâtiment.

Alex reprit une gorgée de café et soupira.

— Pour faire court, reprit-il, je suis tombé sur quelque chose que la police n'était pas censée voir et je me suis retrouvé témoin principal de l'accusation.

— Qu'est-ce que c'était ? demanda Ridley avec curiosité.

Alex le regarda dans les yeux sans rien dire, ses beaux yeux bleus s'excusant presque.

— Information classée, n'est-ce pas ? répondit Ridley pour lui.

— Oui, répondit Alex.

— OK, donc tu as vu quelque chose que tu n'étais pas censé voir. Mais il me semblait qu'il était courant pour les flics de témoigner au tribunal. Ça n'explique pas que tu aies dû te déguiser en geek et travailler dans une bibliothèque ces… – Ridley compta sur ses doigts – huit derniers mois.

— Ça fait un an et demi, rectifia Alex et ça s'explique parfaitement étant donné que les informations que je détiens pourraient faire tomber l'un des cartels de drogue les plus dangereux au monde.

Clic. La dernière pièce du puzzle se mit tout naturellement en place.

— Protection de témoin, murmura Ridley avant d'émettre un sifflement. Tout s'explique maintenant.

— Mais ça ne rend pas la situation plus sûre pour toi pour autant. Si tu n'étais pas aussi tenace, tu ne te serais pas retrouvé dans ce bourbier, grommela Alex.

— Je ne crois pas m'être plaint hier soir. En tout cas, pas avant que tu ne te réveilles.

Ridley releva sa chemise et baissa les yeux sur les nombreuses marques qu'il avait sur le torse, puis regarda Alex avec un sourire coquin.

— Tu vois, j'aime vivre dans le danger.

Alex promena son regard sur le corps de Ridley avec un sourire satisfait.

— Le danger te va bien, remarqua-t-il en se léchant les lèvres.

Alex releva brusquement la tête et regarda Ridley dans les yeux avec un geste de la main.

— Cache-moi ça, c'est du sérieux.

Ridley s'exécuta en ricanant, mais Alex n'était pas le seul à ressentir une certaine fierté. Le désir fugace qu'il avait lu dans le regard d'Alex était tout ce dont il avait besoin.

— Désolé, répondit-il sans se sentir désolé du tout. Je ne prends pas cette situation à la légère, vraiment pas. Se rendre compte au saut du lit à quel point on est nul pour éviter les balles est une expérience pleine d'enseignements et, pour être honnête, j'espère n'avoir jamais à me demander si je m'en sortirais mieux la deuxième fois.

— Et j'espère aussi qu'ils ne t'ont pas identifié, ou mieux qu'ils ne se sont pas aperçus de ta présence. Mick est en train de se renseigner à ce sujet. Mais tant que nous n'en savons pas davantage, tu dois rester ici – ce qui implique malheureusement que tu puisses te retrouver encore une fois dans une situation similaire à celle de cette nuit. Ces gens n'ont aucun scrupule à abattre des flics, des fédéraux ou des hommes politiques.

Alex serra les poings, manifestement en colère.

— Pour eux, nous ne sommes rien d'autre qu'un obstacle, quelque chose qui les gêne et dont ils doivent se débarrasser.

— Et s'ils ne savent pas qui je suis ?

— Alors tu pourras retourner à ta petite vie tranquille et reprendre tes études à l'université de Slater, sans rien dire à personne.

— Et toi ? demanda Ridley, un peu inquiet.

— Je m'évanouis dans les ténèbres et Alex Firestone cesse d'exister, déclara-t-il d'un ton neutre.

Ridley sentit son estomac se nouer à l'idée qu'Alex pourrait disparaître sans qu'il sache où il se trouvait, comment il allait, ni même s'il allait jamais le revoir. Comme il ignorait d'où il venait et jusqu'à son vrai nom, il n'avait aucune chance de retrouver sa trace un jour. Ridley se prit à espérer qu'il avait été identifié. Certes, cela signifierait qu'il était en danger de mort, mais c'était un moindre mal comparé à perdre Alex.

— Qu'est-ce que c'est que ce regard ? demanda Alex, tirant Ridley de ses rêveries.

— Comment ?

Ridley cligna deux ou trois fois des yeux en essayant de se débarrasser du sentiment de malaise qui l'envahissait afin de revenir à la conversation.

— Ce regard, répéta Alex en le désignant du doigt. On dirait que tu viens de perdre ton chien ou un truc du genre.

Ridley balaya sa remarque d'un geste de la main et réorienta la conversation sur les questions pratiques.

— Que fait-on maintenant ?

— On attend, répondit Alex du tac au tac. Tant que nous ne savons pas ce qu'ils savent, nous ne pouvons rien faire d'autre. Mais je veux que tu prennes pleinement conscience de la gravité de la situation, Ridley. À partir de maintenant et jusqu'au moment où je t'emmènerai avec moi ou te renverrai à ta vie d'étudiant, tu devras faire absolument tout ce que je te dis sans poser de questions. Compris ?

— Compris, convint Ridley.

— Ce ne sont pas des paroles en l'air, insista Alex. Si on part tous les deux, tu laisses tout derrière toi. Ta famille ne saura pas ce que tu es devenu. Es-tu prêt à faire cela ?

Son cœur battait si fort que Ridley ne put qu'acquiescer d'un signe de tête. Il se sentait déjà coupable de désirer partir avec Alex ; mais même en imaginant à quel point ses parents seraient brisés et terrifiés, en se représentant ce que sa disparition signifierait pour Rae, il ne pouvait s'empêcher de nourrir cet espoir.

XIV

ALEX AVAIT le front appuyé sur la vitre froide, le regard perdu dans l'obscurité extérieure, et le contact du verre sur sa chair échauffée le faisait frissonner. Il ne pouvait pas les voir, mais il savait qu'au moins une trentaine d'hommes lourdement armés et surentraînés cernaient sa petite maison – ce qui ne dissipait pas complètement le sentiment d'insécurité qui l'assaillait. Il avait été complètement idiot de baisser sa garde et de se laisser approcher par un inconnu. On n'était jamais parfaitement à l'abri d'un gars comme Gutierrez, et maintenant Ridley était embarqué dans le même bateau.

Il lui en avait déjà trop dit, mais s'en voulait en même temps de ne pas pouvoir lui en dire davantage. Il aurait voulu lui faire comprendre à quel point la situation était sérieuse, à quel point ils étaient en danger. Et pourtant, lui en révéler davantage ne ferait qu'aggraver la situation. C'était inenvisageable.

Il aurait voulu enlever Ridley et s'enfuir. Toute cette attente le rendait fou. C'était tout ce qu'il faisait depuis un an et demi – attendre. L'avocat de Gutierrez avait multiplié les stratagèmes pour retarder la comparution de son client devant le tribunal ; il se débrouillait très bien pour exploiter les failles du système. Certes, il n'avait pas réussi à le faire sortir de prison, mais là n'était pas l'essentiel. Le roi de la drogue était capable de mener ses affaires, préparer ses coups et financer son empire depuis sa nouvelle maison de six mètres carrés en béton et métal, sans faire le moindre faux pas. Alex n'avait aucune idée du laps de temps pendant lequel il lui faudrait encore patienter, mais au final, cela faisait-il la moindre différence ? Même une fois le procès de Gutierrez clos, même quand il aurait témoigné et même si le truand était condamné, emprisonné et qu'on avait jeté la clé de sa cellule aux oubliettes, Alex ne pourrait jamais retrouver une vie normale. Il ne pourrait jamais s'empêcher de surveiller ses arrières.

Il ferma les yeux, envahi par une vague de regrets qui le fit trembler. Tous ceux qu'il avait aimés, sa mère, son père, sa petite sœur, ses grands-parents et ses dizaines d'amis proches n'avaient aucune idée de ce qui lui était arrivé. Quelques heures à peine après avoir été témoin du coup fatal asséné par Gutierrez, Alex Castren avait *disparu dans l'exercice de ses fonctions.* Il comprenait bien la nécessité de ce procédé, mais cela n'allégeait en rien sa peine lorsqu'il imaginait ce qu'avaient dû endurer ses proches et ce qu'ils devaient continuer d'endurer au quotidien. Il ne pourrait plus jamais faire partie de leur vie, mais il se consolait avec la pensée réconfortante qu'une fois cet enfer terminé, ils pourraient enfin savoir ce qui lui était véritablement arrivé, enfin savoir qu'il était encore en vie. Cela soulagerait-il leur souffrance ? Sans doute un peu. La vie en serait-elle plus facile pour Alex ? Rien n'était moins sûr.

— Alex ! Tu tiens le coup ? lui demanda Mick en entrant dans la chambre et en s'appuyant contre le mur près de lui.

Alex lui lança un regard fatigué.

— J'ai assez attendu pour aujourd'hui : tu as du nouveau ?

Mick acquiesça en pinçant les lèvres. Son air renfermé fit comprendre à Alex qu'il n'allait pas apprécier ce qu'il allait entendre.

— On a chopé l'un des gars de Gutierrez... commença Mick d'un ton prudent.

Comme son équipier n'en disait pas plus, Alex s'énerva.

— Allez, accouche !

Le stress auquel il avait été soumis au cours des dix-huit dernières heures se faisait sentir, et il n'était pas d'humeur à tergiverser.

— Il essayait de pénétrer dans l'appartement de Ridley, annonça Mick d'un air sincèrement désolé.

— Ce n'est pas vrai ! rugit Alex.

Il serra les poings et consacra toute son énergie à essayer de contrôler sa colère. Il avait envie de se défouler et s'éloigna de la fenêtre avant de la faire voler en éclats – il y avait eu assez de dégâts dans la maison en une journée.

— Tu savais bien qu'il était probable qu'ils l'aient identifié, lui rappela Mick d'un ton calme et précautionneux, comme s'il s'adressait à un animal sauvage.

— Si tu espères faire passer la pilule, désolé, mais ça ne marche pas, maugréa Alex en faisant les cent pas dans la pièce.

Il devait absolument trouver un moyen d'évacuer sa colère ; il se sentait presque capable de commettre un meurtre.

— Il faut que je boive quelque chose, ou que je fume, ou... oh, je ne sais pas ce qu'il me faut, mais il me faut quelque chose, et vite !

Mick, faisant mine d'ignorer les vociférations d'Alex, sortit un paquet de cigarettes de sa poche et en tendit une à son équipier.

— C'est tout ce que je peux faire, mec, dit-il en haussant les épaules.

Alex prit la cigarette et se la glissa entre les lèvres. Mick craqua une allumette pour lui. Alex avala une grande bouffée de fumée qu'il expira lentement. Il fumait rarement, non pas parce qu'il n'aimait pas, mais parce qu'il détestait l'odeur de la cigarette froide. Sans compter que c'était mauvais pour sa santé, mais guère plus que d'être poursuivi par un baron de la drogue. Il tira une seconde fois sur sa cigarette.

Mick ne prononça pas un mot de plus ; il préférait laisser à Alex le temps de se calmer en terminant sa cigarette. Il avait l'habitude de ses sautes d'humeur et savait que s'il pouvait être extrêmement désagréable, ce n'était jamais dirigé contre lui. De même, Alex avait déjà vu Mick en colère et n'avait pas pris pour des insultes personnelles les expressions colorées, qui sortaient de sa bouche en ces occasions. C'était un point commun entre les deux amis, ils se comprenaient.

Une fois sa cigarette terminée, Alex posa le mégot sur la commode. Il fronça le nez en sentant l'odeur désagréable du tabac froid et alla se laver les mains avant de rejoindre Mick dans la chambre. Il s'était un peu calmé – un peu.

Mick était assis au bord du lit et regardait ses mains. Il leva les yeux vers Alex lorsque celui-ci entra dans la chambre.

— Ça va mieux ?

— Pas vraiment, grogna-t-il en s'asseyant près de lui. Le pire, c'est ce que je ne peux en vouloir qu'à moi-même. C'est moi qui l'ai attiré dans cette histoire.

— Tu sais très bien que ça ne sert à rien de se flageller. Ce qui est fait est fait et, au lieu de te morfondre, tu ferais bien de préparer tes bagages pour partir au plus vite.

— Tu veux dire que *Ridley et moi* devrions faire nos bagages ?

— Ta requête a été rejetée, mais…

— Mais ça m'est complètement égal ! s'écria Alex en bondissant sur ses pieds. Je t'ai bien dit que je n'irais nulle part sans lui, et ce n'étaient pas des paroles en l'air.

Il lança un regard furieux à Mick, qui le regarda à son tour d'un air exaspéré, la tête penchée sur le côté.

— Et si tu la fermais et prenais la peine de m'écouter, tu aurais entendu la fin de mon explication.

Alex se passa la main dans les cheveux et soupira en levant les yeux au plafond.

— Vas-y, dis-moi.

— J'aurai bien de la chance si je ne me fais ni virer ni envoyer en taule, mais je ne suis pas d'accord avec le chef et je pense effectivement que l'endroit le plus sûr pour Ridley est à tes côtés.

Mick se leva et fixa Alex avec insistance, un sourire en coin sur les lèvres.

— Je me plais à croire que je protège également les bonnes gens de Louisiane qui vont devoir subir ta présence en t'autorisant à emmener ton petit compagnon de jeu avec toi.

— Ce n'est pas un compagnon de jeu… s'esclaffa Alex, brusquement de meilleure humeur. Enfin, si, en quelque sorte. Alors, nous allons en Louisiane ? demanda-t-il, tout excité. J'adore La Nouvelle-Orléans.

— Ce n'est pas tout à fait à La Nouvelle-Orléans, grommela Mick juste assez fort pour qu'Alex puisse l'entendre lorsqu'il passa devant lui.

— Je connais ce ton, dit Alex d'un ton accusateur en fronçant les sourcils ; il se leva pour suivre Mick.

— Profitons encore quelques instants de ta bonne humeur, d'accord ? lui lança Mick par-dessus son épaule.

— Ça s'annonce bien, ronchonna Alex.

— Chut, lui fit Mick en désignant le canapé. Tu vas le réveiller.

Alex lança un regard noir à son équipier qui arborait un petit sourire narquois, mais n'insista pas davantage. Il se dirigea vers un placard et en sortit deux verres et la bouteille de bourbon presque vide qu'il posa sur le bar. Il versa deux doigts de liquide ambré dans chaque verre et en tendit un à Mick.

— Quand partons-nous ?

Mick regarda sa montre.

— Dans une heure environ.

— Ça ne me laisse pas beaucoup de temps pour le préparer à ce qui l'attend, remarqua-t-il en faisant tourner l'alcool dans son verre avant de tout engloutir en une gorgée.

— C'est sans doute mieux comme ça, répondit Mick en se tournant vers le canapé sur lequel Ridley, pelotonné sous une couverture dont seul le sommet de sa tête dépassait, dormait. Je veux dire, comment se préparer à une nouvelle de ce genre ?

Alex sentit son cœur se serrer lorsqu'il se remémora la première fois où on l'avait emmené de toute urgence à l'abri. Il se versa un autre de ces verres revigorants. Il était impossible de préparer quelqu'un à abandonner tout ce qu'il connaissait et tous ceux qu'il aimait. Il s'étira le cou ; il commençait à avoir mal au crâne à cause de toute cette tension.

— Je vais devoir conduire ? demanda-t-il en baissant les yeux vers son verre de bourbon.

— Non.

— Tant mieux.

Et il s'enfila son deuxième bourbon en faisant la grimace tandis que le liquide brûlant lui descendait dans l'estomac.

Mick reposa son verre sur la table sans avoir bu une seule goutte.

— Je vais parler avec le chef de l'équipe, dit-il d'un air morose. On part dans une heure.

Alex posa les mains à plat sur le bar et resta ainsi, tête baissée. Une heure. Cela ne lui laissait que peu de temps pour rassembler ses effets personnels et expliquer à un homme que sa vie allait être complètement chamboulée. Il secoua la tête.

— Tout ça à cause de ce truand de Gutierrez, marmonna-t-il pour lui-même.

S'il avait un jour l'occasion de poser la main sur ce sale type, il lui ferait comprendre l'effet que cela faisait d'être complètement chamboulé.

RIDLEY OUVRIT les yeux et cligna plusieurs fois des paupières en essayant de se rappeler où il se trouvait ; mais il faisait trop sombre et son cerveau n'était pas bien réveillé.

— Ridley.

Il sursauta en entendant son nom, et la couverture tomba à terre.

— Eh, ça va, ce n'est que moi, le rassura Alex en posant une main sur son mollet.

— Oh mon Dieu, marmonna-t-il, encore endormi, en se frottant les yeux. J'étais en train de faire un drôle de rêve.

— C'était agréable, au moins ?

Ses souvenirs étaient très flous. Lui restait juste une incroyable sensation de bonheur.

— Je crois que oui.

Il leva les bras au-dessus de sa tête, arqua le dos et s'étira. Lorsqu'il fut enfin capable de se concentrer sur le visage d'Alex qui l'observait depuis l'autre bout du canapé, la profonde tristesse qu'il lut dans ses beaux yeux bleus le fit tressaillir.

116

— Que se passe-t-il ? lui demanda-t-il, soudain inquiet, avant de repousser les couvertures et de poser les pieds sur le sol.

— Je suis désolé, Ridley. J'aurais vraiment voulu...

Alex s'interrompit, les lèvres pincées. Il secoua la tête. La tristesse qu'il ressentait laissait de nouveau place à la colère.

— L'un des hommes qui me cherchent a été retrouvé près de ton appartement.

Ridley s'approcha d'Alex et lui posa une main sur la cuisse afin de le calmer.

— J'ai beaucoup repensé à tout ce que tu m'as dit, et je m'attendais à une nouvelle de ce genre. C'est sûr, ça craint, et je préfère ne pas imaginer ce que ça implique pour ma famille et mes amis. Mais c'est comme ça, on ne peut rien y faire.

Alex pressa la main de Ridley.

— C'est drôle, Mick a dit exactement la même chose, et vous avez raison tous les deux. Nous devons accepter la situation telle qu'elle est, qu'elle nous plaise ou non – même si je ne pourrai pas m'empêcher de m'en vouloir de t'avoir attiré dans ce guêpier. En tout cas, je te promets de faire tout ce qui est en mon pouvoir pour te protéger.

Ridley laissa échapper un éclat de rire et toussa dans sa main afin d'essayer de le dissimuler. Vu la tête d'Alex, cette manœuvre n'avait pas été très efficace.

— Excuse-moi, ce n'est ni toi ni la situation qui me fait rire. Je me disais juste que c'était un virage à cent quatre-vingts degrés.

— Comment ça ?

— Je me suis toujours pris pour le gros dur qui se devait de te protéger de Kyle Bouche et sa bande. Vu ce que je connais de la situation à présent, je trouve ça tout simplement hilarant.

— N'abandonne pas trop vite ta panoplie de superhéros. On va devoir se protéger l'un l'autre jusqu'à ce que toute cette histoire se termine.

Il se pencha vers Ridley et lui mordilla la joue.

— Mais je suis content que tu sois encore d'humeur à rire malgré tout.

Ridley s'agrippa à la nuque d'Alex avant qu'il ait eu le temps de s'éloigner et pressa ses lèvres contre les siennes.

— Et rire n'est pas le seul témoignage de bonne humeur dont je suis capable, ajouta-t-il en gratifiant la lèvre inférieure de son partenaire d'un coup de langue.

— Vraiment ? dit Alex avec un sourire plein de malice. Pourtant, après cette nuit, je n'aurais pas cru…

Il haussa les sourcils et se dispensa de formuler à voix haute des pensées évidentes pour tous les deux.

— Eh bien, tu avais tort. Au fait, quand partons-nous ? S'empressa de lui demander Ridley pour changer de sujet avant de se remettre à penser à toutes ces choses que lui avait faites Alex et qui étaient la cause de ses douleurs aux fesses et… ailleurs.

— Dans une heure.

— Mince, s'écria Ridley en se levant précipitamment, ça ne me laisse pas beaucoup de temps pour faire mes bagages. Tu ferais bien de me déposer chez moi sans traîner.

— Ridley, l'interpella Alex en l'attrapant par le bras avant qu'il ne s'éloigne.

— Oui ? répondit-il d'un air distrait en réfléchissant déjà à ce qu'il devrait emmener et à ce qu'il pouvait laisser.

— Tu ne peux pas retourner chez toi.

— Quoi ? s'écria-t-il, interloqué, en tentant de se dégager. Mais il faut que je récupère mes affaires.

Alex refusait de le lâcher.

— Je suis désolé. Je ne peux pas te laisser rentrer chez toi pour prendre tes affaires.

— Mais pourquoi ?

Ridley le regarda sans comprendre. Pourquoi ne pouvait-il pas passer ne serait-ce même que cinq minutes chez lui, le temps de fourrer quelques affaires dans un sac, au moins des sous-vêtements propres et son ordinateur portable ?

— Tout d'abord, parce que ton appartement n'est pas un endroit sûr. Deuxièmement, nous devons éviter à tout prix de leur faire comprendre que nous partons. Mick s'assurera que personne ne vient saccager ton appartement jusqu'à ce que ta famille puisse récupérer tes affaires.

En l'espace d'une seconde, Ridley prit la mesure de ce qui était en train de lui arriver, et ce fut comme s'il était enseveli sous une tonne de briques. Il dut se concentrer pour rester debout sur ses jambes tremblotantes.

— Oh… fut tout ce qu'il parvint à extraire de sa gorge serrée.

Il cligna des yeux afin de retenir les larmes qui commençaient à lui brûler les yeux. Alex s'approcha de lui tout doucement et le serra dans ses bras.

— Tout va bien se passer, lui murmura-t-il à l'oreille. Je te le promets.

Ridley ferma les yeux, hocha la tête et posa son menton sur l'épaule d'Alex. Ce n'était pas pour lui qu'il s'inquiétait, mais pour ses parents. Et il espérait qu'une fois toute cette histoire enterrée, Rae lui pardonnerait.

XV

— Hackberry ? C'est une blague ? Et qu'est-ce que c'est que cette odeur ? s'exclama Alex en fronçant le nez, dégoûté.

— Je suis désolé, Monsieur, je ne fais que conduire la voiture. Ce n'est pas moi qui ai choisi la destination, se justifia l'agent Daigle en déposant les bagages d'Alex près de la porte. Et je pense qu'il s'agit d'une odeur de soufre, Monsieur.

— Vous voulez dire qu'on peut sentir la ville d'ici ? lui demanda Alex d'un air incrédule. Et arrêtez de m'appeler *Monsieur*. J'ai l'impression que vous parlez à mon grand-père.

— En fait, dans les mines de soufre, on injecte généralement de la vapeur dans le sol afin de liquéfier le minéral, ce qui permet de le pomper facilement depuis la surface. Et il suffit que le vent souffle dans notre direction pour qu'on sente l'odeur à des kilomètres, expliqua Ridley en prenant Alex par l'épaule. Tu t'y habitueras.

— Et comment sais-tu tout ça ? lui demanda Alex sans se défaire de son air ronchon.

— Eh bien, certaines personnes vont à l'université, tu sais, pour faire des études.

— Ha ! ha ! très drôle, rétorqua Alex d'un ton sarcastique, bien qu'il ne put se retenir de rire en voyant le sourire ridicule qu'arborait son ami.

Ridley avait tout accepté sans sourciller : s'enfuir en pleine nuit, se faire trimbaler de voiture en voiture, puis traverser le pays dans un vieux coucou avant de reprendre une autre voiture. Il ne s'était jamais plaint, n'avait posé aucune question et avait gardé le sourire pendant tout le trajet. Alex commençait à se demander s'il était d'un naturel joyeux ou s'il était complètement dingue ; le jury n'avait pas encore rendu son verdict, mais il penchait fortement en faveur de la deuxième solution.

— Vous trouverez dans la maison tout ce dont vous avez besoin. Je vous conseille de commencer par le bureau, leur dit l'agent Daigle en donnant à Alex une enveloppe qu'il venait de sortir de sa poche intérieure. Vos papiers d'identité, Monsieur.

Alex s'apprêta à lui demander encore une fois de ne plus l'appeler ainsi, mais renonça.

— Merci.

L'agent Daigle leur adressa un signe de tête et disparut.

— Alors, qui sommes-nous ? demanda Ridley avec l'impatience d'un petit garçon le matin de Noël.

Alex ouvrit l'enveloppe et en sortit le contenu. Il examina la première pièce d'identité, un permis de conduire de Louisiane sur lequel était collée la photo de Ridley.

— Tu t'appelles désormais officiellement Ridley Richmond, annonça-t-il en tendant le document à Ridley, ainsi qu'un acte de naissance et une carte de sécurité sociale.

— Ça sonne plutôt bien, tu ne trouves pas ? se réjouit Ridley.

Alex passa ensuite en revue ses propres documents et fronça les sourcils.

— Ridley, je peux voir ton acte de naissance ?

— Pourquoi, quelque chose qui cloche ? lui demanda Ridley en lui rendant le document.

Alex laissa tomber tous les autres documents sur la table et compara les deux certificats.

— Quel imbécile ! Je vais le tuer.

— Qui, ça ?

— Mick, répondit Alex en mettant les papiers sous le nez de Ridley. Regarde les noms de nos parents.

Les yeux de Ridley s'écarquillèrent comme des soucoupes lorsqu'il lut les documents.

— On est frères ?

Et il éclata de rire.

— Je ne vois pas ce que ça a de drôle. Il va en entendre parler.

Ridley riait toujours sans pouvoir s'arrêter.

— Excuse-moi, parvint-il à articuler entre deux gloussements.

Alex lui arracha les documents des mains et remit tout son contenu dans l'enveloppe.

— Oh, allez ! Vieux rabat-joie, le taquina Ridley en lui donnant un coup de coude dans les côtes. Tu dois bien admettre que c'est une bonne blague.

Alex leva les yeux au ciel, mais ne put s'empêcher de rire à force d'entendre Ridley. Certes, c'était un peu drôle. Pas aussi drôle que la fois où il s'était introduit dans l'ordinateur de Mick et lui avait changé sa photo de fond d'écran… Mick avait allumé son ordinateur pour montrer à leur collègue Carlton des photos de sa nouvelle Harley, et les deux flics s'étaient retrouvés devant une image de deux hommes en pleine action...

— Bon, je te l'accorde, concéda Alex en dissimulant son sourire. On verra si ça te fait toujours autant rire quand tu voudras une petite gâterie, parce qu'à mon avis, les occasions ne courent pas les rues dans cette grande ville de Hackberry.

— Et pourquoi irais-je chercher en ville alors que j'ai tout ce qu'il me faut à la maison ?

— Mon Dieu, non, s'indigna Alex. L'inceste ne sera pas toléré dans cette maison. Ce serait tout simplement...

Il fronça le nez et secoua les mains.

— Brrr...

— Je ne sais pas trop... susurra Ridley en se penchant vers Alex, qui lui échappa juste à temps. Oh, allez, dit-il en insistant tandis qu'Alex levait les mains pour se protéger. Serais-tu contre l'amour fraternel ?

— Beurk, beurk, beurk, dit Alex en faisant mine de l'éviter par la droite... avant de sauter sur la gauche.

Mais Ridley avait anticipé et il lui rentra dans le ventre avec l'épaule, le soulevant de terre.

— Mon Dieu, s'écria Alex en s'agitant en l'air dans l'espoir d'agripper quelque chose ; mais il finit la tête en bas, le corps posé sur l'épaule de Ridley. Repose-moi ! protesta-t-il.

— Allez, grand frère, apprends-moi ce que tu sais sur les oiseaux et les abeilles.

— Bon, ça commence à bien faire, se plaignit Alex en lui assénant une tape sur les fesses. Pose-moi maintenant.

Ridley était vraiment fort, Alex n'avait pas l'habitude de se faire malmener de la sorte. D'habitude, c'était plutôt lui qui malmenait les autres, mais, se dit-il en pétrissant de toutes ses forces les fesses fermes de Ridley, cette position n'était pas désagréable non plus.

Ridley s'immobilisa, les muscles bandés, et se mit à siffloter.

— Waouh, laissa-t-il échapper en reposant Alex sur le sol.

Alex suivit son regard et contempla la vue qu'ils avaient depuis la terrasse.

— Oh, waouh, fit-il à son tour.

— Je pense pouvoir m'habituer à une vue comme celle-là, commenta Ridley avant d'ouvrir la porte vitrée coulissante et d'inviter Alex à le précéder sur la terrasse.

Il ne s'agissait pas d'une plage, plutôt d'un marais, mais une sorte de ponton en bois avait été construit depuis leur jardin jusqu'à la mer bleue au loin, par-dessus le marécage. Un petit bateau de pêche était amarré au bout du pont. Non seulement la vue sur l'océan était magnifique, mais ils disposaient en plus d'un formidable espace extérieur aménagé, avec des chaises en rotin, tables en bois, barbecue à gaz et une piscine absolument démente !

— Waouh, on donne directement sur l'océan, s'extasia Alex.

— En fait, Hackberry n'est pas sur l'océan. Il s'agit du lac Calcasieu, rectifia Ridley. Mais c'est vraiment incroyable, non ?

— Attends, comment connais-tu autant de choses sur cet endroit ? lui demanda Alex en le regardant de travers.

— Pendant que tu étais occupé à te plaindre de la conduite de l'agent Daigle, j'échappais à tes vociférations en me plongeant dans un prospectus sur la paroisse de West Calcasieu que j'avais récupéré à la station-service.

— Je ne me plaignais pas, je commentais, précisa Alex d'un air malicieux.

— Oui, bien sûr, rétorqua Ridley, dubitatif. Bon, je propose que nous procédions à une rapide inspection des lieux avant de profiter d'une petite partie de pêche. Qu'en dis-tu ? suggéra-t-il en prenant Alex par l'épaule.

Lorsqu'on l'avait abandonné à Slater en plein milieu de la nuit, Alex n'avait ressenti aucune excitation à l'idée de découvrir son nouveau lieu de vie. Il était habitué à une vie sociale et professionnelle intense, il avait toujours été bien entouré, alors l'idée de se retrouver enterré dans un trou paumé et ennuyeux à mourir au milieu des bois le désespérait. Il avait mis plusieurs semaines à se ressaisir et à se bouger les fesses. Mais ce jour-là à Hackberry, tandis qu'il essayait discrètement de se coller un peu plus à Ridley pour regarder l'océan – euh, le lac –, il sut que tout était différent. Il serait heureux de ne voir personne d'autre que Ridley pendant des semaines. Il n'était pas sûr de savoir ce que cela signifiait et refusait d'explorer ses sentiments ; il était tout simplement... tout excité à l'approche de cette nouvelle vie.

— Une partie de pêche ! Voilà une soirée qui s'annonce bien, s'exclama Alex le sourire aux lèvres. Allons jeter un œil à la piaule.

L'INTÉRIEUR DE la maison était beaucoup plus humble que le terrain qui l'entourait. Construite dans les années trente, elle avait gardé dans toutes les pièces son parquet et ses boiseries d'origine, ainsi que la double porte vitrée qui séparait le salon de la salle à manger. Elle rappelait à Ridley la maison de sa grand-mère, sans les touches féminines, le papier peint horrible et la puanteur des boules à mites.

Ridley se surprit à sourire béatement lors de leur tour du propriétaire, ce qui était presque devenu son expression habituelle depuis qu'ils avaient quitté Slater. Il était bien conscient du danger qu'ils encourraient, mais tout semblait si irréel qu'il avait l'impression de tourner un film d'action avec pour partenaire une jeune star super sexy. Il savait bien qu'au final, le sentiment de culpabilité envers sa famille et ses amis l'emporterait, mais il n'avait pas le pouvoir de soulager leur peine, et s'apitoyer sur leur sort ne les aiderait en rien. Il préféra donc profiter de la joie et de l'excitation du moment, tout heureux qu'il était de passer du temps avec Alex.

— Voilà qui est presque aussi grandiose que la vue de notre jardin, murmura Alex en passant la main sur l'un des épais piliers en bois du grand lit à baldaquin de la chambre principale.

Ridley lui lança un regard interrogateur.

— Mec, je suis désolé, mais ton lit à baldaquin a beau être très chouette, dit-il en s'asseyant sur le matelas sur lequel il rebondit à plusieurs reprises, et très confortable, il n'arrive pas à la cheville ni du ponton ni de la piscine.

— Je ne parlais ni de son allure ni de son confort, remarqua Alex en ouvrant la porte du placard. Minuscule ! commenta-t-il. Heureusement que nous n'avons pas beaucoup de vêtements.

— Nous allons devoir faire les magasins sans tarder. Tes jeans me serrent un peu.

— C'est bien quand ça serre, remarqua Alex en ouvrant une autre porte qui donnait sur une petite salle de bains attenante.

— Je te parle des jeans, pas de mon cul, répliqua Ridley en s'esclaffant.

Il vint jeter un coup d'œil à la salle de bains par-dessus l'épaule d'Alex. Rien à signaler : une douche, un lavabo, un placard. La pièce était propre et la douche assez large pour deux. Ridley s'imagina Alex nu, mouillé et couvert de mousse, et se mit à durcir dans son jean déjà trop étroit.

— Et moi je parlais des deux, rétorqua Alex.

Ridley ne put se retenir de le toucher. Il le prit par la taille, l'attira contre lui et frotta son érection naissante contre ses fesses.

— Dis-moi à quoi tu pensais quand tu me disais que ce lit était aussi fantastique que la vue ?

Alex poussa ses fesses contre la queue de Ridley, qui durcit encore, ce qui arracha un gémissement à ce dernier.

— As-tu remarqué l'épaisseur de ces piliers ? lui demanda Alex tout en se frottant et en ondulant contre lui.

Ridley fit glisser sa main le long du corps d'Alex pour finalement s'arrêter sur son entrejambe proéminent.

— Oui, j'ai remarqué l'épaisseur, murmura-t-il contre la peau tiède du cou d'Alex, tout en serrant sa queue afin d'appuyer le sens de ses paroles.

Alex posa une main sur celle de Ridley afin de la presser encore plus fort sur son sexe.

— Comment aurait-ce pu t'échapper ? C'est un vrai monstre, souffla Alex.

— Un bélier qui défoncerait n'importe quel obstacle, reconnut-il en continuant de flatter l'ego impressionnant d'Alex, certain d'être bientôt récompensé pour ses efforts.

— Je parlais des piliers du lit, dit Alex en se retournant pour attraper les hanches de Ridley et presser son sexe contre le sien. J'ai envie de t'attacher par les poignets et les chevilles à ces piliers, grogna-t-il entre les lèvres de Ridley.

Ce dernier n'avait jamais été attaché auparavant, mais l'idée de se retrouver à la merci d'Alex le fit frissonner de la tête aux pieds.

— Ce serait chaud… répondit-il, la gorge sèche.

Pour toute réponse, Alex l'embrassa fougueusement, y mettant la langue et les dents, et ce baiser laissa Ridley avec le souffle coupé, le cœur battant, et le membre tressaillant.

— Mais il me semble que tu voulais aller pêcher d'abord, dit Alex d'un air taquin en s'éloignant brusquement de son partenaire pour retourner dans la pièce voisine.

Ridley baissa les yeux sur la bosse qui déformait son jean et qui était déjà maculée d'une petite tache humide.

—Ah, lui et ses manigances, grommela-t-il.

Il avait bien envie d'aller à la pêche, mais les vers et les cannes avec lesquels il voulait jouer n'avaient aucun rapport de près ou de loin avec les créatures marines.

— Eh, reviens ici ! cria-t-il en courant après Alex.

XVI

LE SOLEIL brillait et le ciel était sans nuages. Une légère brise marine rendait les trente degrés tout à fait supportables. Après les rigueurs de l'hiver du Michigan, c'était le paradis. Ridley, qui était allongé sur le pont du petit bateau, se releva pour placer sa canne à pêche dans le support. Cela faisait une demi-heure qu'il n'avait rien pris, mais cela lui était bien égal. Il n'avait même pas envie qu'un poisson vienne troubler sa tranquillité.

— Passe-moi une autre bière, s'il te plaît.

Alex, confortablement installé sur le siège du capitaine, se tourna vers lui d'un air endormi.

— Je n'ai pas envie de bouger, grommela-t-il. Mec, c'est pas la belle vie, ça, franchement ?

— Ce serait la belle vie si j'avais une bière. Allez, la glacière est à tes pieds, tu n'as même pas à te lever.

— Tu te prends pour le roi ? marmonna Alex en attrapant malgré tout une bière qu'il lança à Ridley.

Celui-ci l'attrapa sans effort et la mit dans la housse isotherme à la place de la canette qu'il venait de vider, puis il se rallongea contre les coussins et s'étira les jambes.

— Ah, maintenant c'est la belle vie !

Il ouvrit sa canette et s'enfila une gorgée. Les vagues et le clapotis de l'eau sur les parois du bateau le berçaient ; il dégusta sa bière en contemplant l'horizon. Il avait passé de longues heures à pêcher avec son grand-père quand il était petit et, à l'adolescence, la pêche était devenue une bonne excuse pour bronzer et boire avec les copains. Cependant, il s'attendait à ce que son nouveau travail de pêcheur ne soit pas aussi agréable que ses expériences passées.

— Y connais-tu quelque chose en pêche commerciale ? finit-il par demander, brisant le silence.

— Absolument pas, admit Alex. Mais ça ne doit pas être bien compliqué d'attraper un poisson !

— Ça fait une heure que nos cannes à pêche sont dans l'eau et rien n'a mordu, souligna Ridley.

126

— C'est normal, je n'ai pas mis d'appât sur mon hameçon, s'esclaffa Alex en jetant sa canette vide avant de prendre une autre bière. Si je suis ici, c'est uniquement pour l'eau du lac et le soleil.

— Super, mais j'ai comme l'impression que pêcher pour gagner sa vie n'a pas grand rapport avec ce que nous sommes en train de faire.

Une idée lui vint soudain à l'esprit et il se redressa subitement.

— Au fait, avons-nous vraiment besoin de gagner notre vie ou est-ce Oncle Sam qui paye les factures ?

— Oncle Sam est un peu radin. Nous n'avons pas à nous inquiéter pour la maison et toutes ces conneries, mais si on veut bien manger et profiter de la vie, expliqua Alex en brandissant sa bière, on va devoir bosser. Tu crois vraiment que je travaillais à la bibliothèque par plaisir ?

Ridley l'examina un instant. Malgré tout ce qu'il avait découvert sur Alex, sa première impression ne l'avait pas quitté.

— Et au lycée ? demanda-t-il par curiosité. Étais-tu un geek avant d'entrer à l'académie de police ?

Alex se redressa, releva ses lunettes de soleil et lança à Ridley un regard outré.

— Ai-je bien compris ta question ?

— Il n'y a pas de mal à être geek. D'ailleurs, c'est ce qui m'a attiré chez toi.

— Tu plaisantes ?

— Pas du tout. Je me souviens que je te trouvais terriblement mignon, lui dit-il en lui lançant un clin d'œil, et c'est toujours ce que je pense d'ailleurs.

— C'est ça, marmonna Alex en remettant ses lunettes de soleil. Dès qu'on rentre, je me rase la tête.

— Quoi ? s'écria Ridley, paniqué. Tu ne peux pas faire une chose pareille !

— Tu vas voir si je ne peux pas. Ce n'est pas très viril d'être *mignon* et, pour ton information, je n'étais pas un geek au lycée. J'étais un élève très moyen, et je ne crois même pas être déjà entré dans une bibliothèque avant de venir à Slater. Je faisais partie du groupe des athlètes, si tu veux tout savoir, dit-il en contractant ses biceps.

— Ah oui, comme Kyle, marmonna Ridley dans sa barbe.

— Que dis-tu ?

— Je disais, impressionnant, mentit Ridley en buvant une gorgée de bière pour dissimuler son sourire.

— Vraiment ? demanda Alex d'un air dubitatif.

— Je suis tout à fait sérieux. Et quels sports pratiquais-tu ?

— C'est un interrogatoire ?

— Je ne connais pas grand-chose de toi. Bien sûr, je comprends désormais pourquoi tu ne voulais pas parler de ton passé, mais j'ai toujours du mal à réconcilier l'homme que j'ai en face de moi et celui qui se jette sous les balles.

— Il n'y a rien à dire, dit Alex en haussant les épaules. Avant que tout ne se détraque, j'avais une vie on ne peut plus normale. J'ai grandi dans une petite ville du sud de la Californie. Mon père travaillait à l'usine et ma mère était secrétaire dans le lycée où j'ai étudié.

— Ça ne devait pas être drôle tous les jours, remarqua Ridley.

— Ça allait. Elle n'était pas embêtante et moi je me tenais à carreau. En revanche, ça ne plaît pas beaucoup à ma sœur.

— Tu as une sœur ?

— Oui. Emma n'a que dix-sept ans. Mes parents ont eu du mal à avoir un autre enfant après moi. Emma est l'insupportable petite sœur typique, une véritable enfant gâtée. Comme j'ai quitté la maison quand elle n'avait que dix ans, je suis en quelque sorte son héros. Le bon côté, c'est que j'ai échappé à la crise d'adolescence et que je n'ai jamais eu à éloigner les petits morveux qui venaient lui traîner autour, donc on s'entend bien.

— Ta famille doit te manquer...

Les lèvres pincées, Alex acquiesça et but une grande gorgée de bière.

— Oui, dit-il sèchement avant d'en prendre une autre.

Ridley comprit qu'Alex n'aimait pas aborder le sujet : il avait les épaules tendues et détournait le regard. Ridley avait réfléchi au malheur que sa disparition causerait au sein de sa famille, mais il ne pouvait imaginer toute la tristesse et la culpabilité qui devaient ronger Alex depuis plus d'un an maintenant.

— Tu as toujours voulu entrer dans la police ? demanda Ridley afin de changer de sujet.

— Oui, depuis que j'ai eu mon premier faux pistolet quand j'étais gamin. En fait, au début, je voulais être cow-boy, mais j'ai vite changé d'avis. Dès que je suis sorti du lycée, j'ai travaillé comme agent de sécurité parallèlement à l'université, puis j'ai intégré l'académie de police dès que j'ai eu l'âge requis. J'avais l'intention d'intégrer la criminelle, mais...

Alex termina sa bière et envoya la canette vide rejoindre ses congénères.

— Enfin, c'est la vie.

— Tu auras tout le temps d'atteindre ton objectif quand tout ça sera terminé, lui rappela Ridley.

— Ces gens n'ont pas la mémoire courte, Ridley, murmura Alex.

Il saisit sa canne à pêche et commença à rembobiner la ligne. Voyant qu'il n'ajoutait rien, Ridley se décida à parler.

— Que veux-tu dire ?

— Rien. Rembobine ta ligne. J'ai faim.

La conversation sur le passé d'Alex était close. Ridley savait quand était venu le moment de s'arrêter : lorsque Alex prenait cet air fermé, on ne pouvait plus lui soutirer la moindre information. Mais Ridley n'avait pas perdu son temps : il en avait appris davantage sur son passé en quelques minutes qu'en plusieurs semaines.

Ridley termina sa bière. Il rembobina sa ligne en silence. Alex mit le moteur en marche et ils retournèrent vers la rive.

— Et toi ?

— Quoi ? demanda Ridley en prenant place à l'avant à côté d'Alex.

— Et toi ? répéta Alex en examinant les tatouages de Ridley. Tu étais un geek ou un athlète ?

— Un athlète, admit Ridley en ricanant. Je jouais au basket.

— En te voyant, j'aurais dit que tu séchais les cours pour fumer de l'herbe.

— Tu aurais eu tort, et nous avons bien vu ce qui se passe quand on se fie aux apparences.

— Un point pour toi. Quel est le sens de tous ces tatouages ?

Ridley baissa les yeux sur ses bras colorés.

— Je pense que j'ai commencé par rébellion, expliqua-t-il en montrant un vilain diable dessiné sur son avant-bras. Ce n'est qu'ensuite que je me suis dit qu'ils devraient avoir un sens. La route vers le soleil couchant que j'ai sur le biceps symbolise le chemin que j'ai à parcourir vers... le bonheur, peut-être, dit-il en haussant les épaules.

— Crois-tu avoir trouvé le bonheur ?

— Oui et non. J'ai traversé des moments difficiles quand j'étais jeune. On m'ennuyait beaucoup à l'école. Je suis beaucoup plus heureux maintenant, mais ce tatouage est là pour me rappeler qui je suis, dit-il en montrant le mot *Outsider* sur son autre avant-bras. Je suis le protecteur des faibles... Enfin, j'essaie, ajouta-t-il en riant. Le ballon de basket, le

Pokémon et le Chapelier Fou sont simplement des références à des choses que j'aime.

— Et que j'aime moi aussi. C'est un assemblage plutôt étrange, mais le tatoueur devait être très doué pour créer une figure aussi belle et cohérente avec ces trois éléments, commenta Alex. Et les symboles chinois ?

— Ils représentent ma famille, ou plus précisément l'amour, la force et le foyer.

— C'est chouette. Tu veux bien me parler de ta famille ?

— Mon père est ingénieur et ma mère s'occupe de lui !

— Des frères et sœurs ?

— Non, je suis fils unique. Ma mère a eu des problèmes elle aussi, elle ne pouvait plus avoir d'enfants après moi. Mes parents ont pensé à adopter, mais je suppose qu'ils se sont dit qu'ils en avaient assez avec un comme moi.

Ridley sentit sa poitrine se serrer. Il se détourna d'Alex et se concentra sur les vagues qui venaient frapper le bateau afin de dissimuler la tristesse qui l'envahissait. Il ne voulait pas sous-estimer la peine des parents d'Alex, mais ses propres parents n'avaient que lui. Ils n'avaient pas de petite dernière en pleine crise d'adolescence. Il aimait passer pour un gros dur, mais au fond de lui, il était un fils à maman et détestait la faire souffrir.

Il lui fallut un peu de temps pour dominer ses émotions, mais il finit par se dire encore une fois qu'il ne servirait à rien de pleurer sur son sort. De plus, ses parents garderaient toujours l'espoir qu'il soit en vie, ce qui était tout de même mieux que d'assister à ses funérailles.

— Regarde !

La voix d'Alex le sortit de ses pensées noires. Il regarda l'endroit qu'il lui montrait du doigt, mais il ne vit que le lac et le ciel bleu. Il plissa les yeux et finit par apercevoir une tache grise qui émergeait de temps à autre de la surface de l'eau. Il vit un dauphin se propulser dans les airs, puis un second.

— Génial ! s'exclama-t-il.

Alex arrêta le moteur et ils restèrent un moment à observer les acrobaties des dauphins, en silence. Ridley était fasciné par ce spectacle ; les mouvements des animaux l'apaisaient. Ils les regardèrent jusqu'à ce qu'ils disparaissent au loin.

— Je crois que mon envie de poisson est passée, remarqua Alex. Que dirais-tu d'un bon steak au barbecue ?

Ridley hocha la tête sans quitter des yeux la surface de l'eau.

— C'est une brillante idée.

ILS RENTRÈRENT à la maison dans une atmosphère calme et silencieuse. Alex prit une douche rapide et n'enfila qu'un short de sport. Il avait pris des coups de soleil sur le dos et les épaules et n'avait aucune envie de porter une chemise. Mais il ne se plaignait de rien ; il avait eu la chance de passer un moment agréable au soleil en compagnie de Ridley. Cela faisait longtemps qu'il n'avait pas eu droit à une journée tranquille comme celle-ci. À force d'être constamment sur ses gardes, il avait appris à apprécier ces instants rares. Il était stupéfait de se sentir aussi à l'aise avec une personne qui n'était pas de sa famille et qu'il connaissait depuis peu. La seule autre personne avec qui il était aussi détendu était Mick, mais cela avait pris du temps pour en arriver là.

Ridley chantonnait sous la douche. Alex sortit deux steaks du réfrigérateur en souriant, se mit à la recherche d'épices dans les placards et se surprit bientôt à fredonner le même air. Il assaisonna les pièces de viande et les mit à mariner pendant qu'il allumait le barbecue.

À son retour dans la maison, il tomba sur Ridley juste sorti de la salle de bains, qui s'essuyait les cheveux. Il portait l'un des bermudas bleu et blanc d'Alex qui le moulait là où il fallait. Des gouttes d'eau tombaient sur la peau bronzée de son torse.

— Comme mes vêtements te vont bien ! s'exclama Alex avec un petit sourire en coin.

Ridley baissa les yeux vers son short, puis regarda de nouveau Alex. Il tourna sur lui-même en remuant les fesses.

— Peut-être un chouia trop serré, tu ne crois pas ?

— Oh si… murmura Alex, d'un ton rêveur en lui assénant une grosse claque sur les fesses.

— Eh ! protesta Ridley en esquivant le coup suivant.

Il brandit des deux mains la serviette mouillée et en menaça Alex en riant.

— Si tu me frappes avec ça, tu vas recevoir une sacrée raclée, l'avertit Alex en agitant un doigt menaçant.

— Ça ne me fait pas peur, au contraire, rétorqua Ridley.

Alex se jeta sur lui, attrapa la serviette et tira Ridley tout contre lui, immobilisant ses bras entre leurs deux corps.

131

— Attends un peu que je t'attache sur le lit, le menaça-t-il d'une voix lascive.

Les yeux de Ridley scintillèrent et il émit un grognement lorsque Alex lui mordilla le menton.

— Tu aimes cette idée, n'est-ce pas ? murmura Alex en lui léchant la lèvre inférieure.

— Aussi fou que ça puisse paraître, oui, admit Ridley en entrouvrant la bouche pour inviter Alex à y plonger la langue.

Alex ne se fit pas prier. Il explora la bouche de son partenaire jusqu'à ce que tous deux soient hors d'haleine.

— Je te promets que ça va déménager.

— Et pourquoi pas maintenant ? suggéra Ridley en pourchassant de ses lèvres celles d'Alex. Il faut profiter du moment présent.

— Tu dois avaler ta dose de protéines d'abord, répondit Alex en le relâchant.

— J'ai hâte, dit Ridley en laissant tomber la serviette sur le sol pour baisser le short d'Alex.

Mais celui-ci l'en empêcha d'une tape sur la main.

— Quel excité ! Je parlais des steaks.

— Oh oui, un long steak… C'est ce que je préfère.

Alex secoua la tête en se dégageant.

— Quelle pitié, plaisanta-t-il. Pour la peine, tu vas préparer la salade.

— C'était une bonne blague.

— Bien sûr, ironisa Alex.

Il ouvrit la porte du réfrigérateur et donna à Ridley la laitue et le nécessaire pour la garniture.

— Et toi, que feras-tu pendant que je me tuerai au travail ? demanda Ridley en commençant à laver la salade.

— Je serai par là à admirer les miches dans lesquelles j'insérerai mon long steak au moment du repas.

— Et c'est moi qui fais pitié ? s'esclaffa Ridley.

— Mais oui.

Il aimait tellement entendre le rire de Ridley… Il en avait des picotements dans le ventre. Il ne savait pas encore ce qu'il devait penser de toutes ces nouvelles sensations que Ridley suscitait en lui ; pour l'instant, il refusait de les nommer ou de les examiner. Ce qui ne l'empêcha pas de s'approcher de lui et de poser ses lèvres sur la chair tiède de son épaule.

— Tu as un rire magnifique.

Ridley pencha la tête et observa Alex par-dessus son épaule.

— Merci, répondit-il, presque gêné.

— De rien. Allez, ne chôme pas. J'ai faim, lui dit-il en lui tapant sur les fesses. Je m'occupe des steaks.

Ridley avait déjà ouvert la bouche, mais Alex lui lança un regard menaçant en prenant la poêle garnie de steak.

— Non, pas de blague !

Le rire qu'Alex aimait de plus en plus chaque jour le suivit jusque sur la terrasse, et il ne put s'empêcher de sourire.

XVII

Ils vivaient dans une bulle. Une bulle de bonheur, sans souci ni éclat, où ils n'étaient que tous les deux. Ridley et Alex avaient passé les derniers jours à pêcher au soleil et à baiser comme des lapins, comme s'ils n'avaient pas le moindre sujet d'inquiétude au monde. Bien sûr, ce n'était qu'une impression, ils avaient toutes les raisons de s'inquiéter. Ils vivaient sous la menace de mourir d'un instant à l'autre. Ridley était souvent réveillé en pleine nuit par Alex qui se levait pour aller regarder par les fenêtres. Même lorsque ce dernier paraissait détendu, Ridley savait désormais percevoir les signes infimes qui révélaient qu'il ne l'était pas vraiment. Alex avait presque toujours les épaules tendues ; il était sans cesse sur ses gardes. Et pourtant, Ridley se sentait bien à ses côtés, car il avait une confiance totale en lui et savait que les murs de leur foyer temporaire les protégeaient ; ils étaient en sécurité dans leur bulle. N'était-il qu'un idiot ? Peut-être, cependant il ne pouvait se forcer à envisager la situation autrement. Il était heureux, c'était le plus important.

Sortir en ville lui pesait, mais il devait bien remplir ses placards, même si Alex aimait beaucoup le voir porter ses vêtements trop serrés. Ridley devait laisser un peu plus d'air à certaines parties de son anatomie. Ils prirent donc le pick-up pour se rendre dans l'extraordinaire et illustre ville de Hackberry, qui pouvait se targuer d'un magasin de pêche, d'une station essence, d'un bar et d'une église – et c'était à peu près tout. Comme il n'avait pas l'intention d'investir dans des bottes en caoutchouc, le seul article d'habillement disponible dans la ville, ils poursuivirent leur route jusqu'à Lake Charles. Alex se plaignit encore de l'odeur de soufre, mais à part ça il était de bonne humeur tandis qu'ils avançaient vers leur destination au rythme de chansons country enjouées.

— Et si nous nous arrêtions pour manger un morceau et découvrir les spécialités cadiennes ? suggéra Alex en baissant le volume de la radio.

— Ça me semble être une excellente idée, mais je préférerais m'acheter quelques vêtements d'abord.

— Mais j'ai faim… se plaignit Alex.

— Comme d'habitude. Arrête de geindre, ça ne joue pas en ta faveur, le reprit gentiment Ridley, qui était stupéfait de constater la quantité de nourriture que cet homme si mince pouvait ingurgiter. En plus, je ne veux pas essayer mes pantalons avec le ventre plein.

Alex lui tira la langue.

— Je ne geins pas, dit Alex d'un ton qui contredisait ses propos. C'est que j'ai faim… Et pourquoi veux-tu essayer tes vêtements ? Tu n'as qu'à attraper au passage quelques shorts, quelques T-shirts et des sous-vêtements, et voilà, le shopping est fait.

Ridley se mit à fouiller dans la boîte à gants à la recherche des réserves qu'il avait faites en prévision d'occasions semblables.

— Tiens, dit-il en lançant à Alex une barre chocolatée. Mange-moi ça.

Alex lui lança un regard désespéré, mais accepta la friandise, dont il ne fit qu'une bouchée.

— Tu as intérêt à en avoir d'autres comme ça, sinon je m'arrête dans trente secondes pour déjeuner.

Ridley lui jeta une autre barre.

— Tu es si prévisible, commenta-t-il.

— Seulement en ce qui concerne mes habitudes alimentaires, répliqua Alex en mâchant gaiement.

— C'est ça. Et il faut absolument que j'essaie mes jeans pour être sûr qu'ils me vont. Je déteste cette nouvelle mode des pantalons serrés, ils me compriment les boules.

— Levi's 501, mec. Tu en prends dix paires, plus une pile de T-shirts, des chaussettes et des boxers, et BAM ! tu es rhabillé pour l'année. Quinze minutes chrono dans le magasin.

Ridley lui lança un regard incrédule.

— Quoi ? grogna Alex.

— Tu dis n'importe quoi. Laisse-moi te rappeler les nœuds papillon que tu portais, tes chemises élégantes et tes jeans slim… Tout ça t'allait très bien, soit dit en passant, dit Ridley en jouant des sourcils.

— Tu ferais bien de ne pas t'y habituer. Les vêtements tout comme la coupe de cheveux faisaient partie du déguisement d'Alex Firestone. Je suis Alex Richmond désormais, pêcheur professionnel dans un trou paumé au fin fond de l'Amérique. Finis les nœuds pap et les jeans slim !

— Hors de question que tu te coupes les cheveux, déclara Ridley sur un ton inflexible.

— C'est ce que tu crois, lui dit Alex en le gratifiant d'un sourire narquois.

Ils se disputaient sans arrêt à ce sujet depuis leur arrivée à Hackberry. Alex était terriblement impatient de couper sa *perruque*, comme il l'appelait, et Ridley le suppliait de ne rien en faire. Alex n'avait pas encore mis son projet à exécution, car Ridley avait toujours réussi à l'en empêcher grâce à des pipes ou autres distractions sexuelles qui l'avaient détourné au bon moment des ciseaux. Il devrait redoubler de créativité afin de sauver les boucles d'Alex.

— Un centre commercial annonça Ridley en montrant l'endroit par la fenêtre sans rebondir sur la menace proférée par Alex.

Alex se gara juste devant une boutique de vêtements.

— Ne prends pas toute la journée, d'accord ? marmonna-t-il en baissant la visière de sa casquette sur ses yeux.

— Tu ne viens pas avec moi ?

Alex secoua la tête, sortit son arme et la mit contre son ventre en la dissimulant avec son T-shirt. Ridley écarquilla les yeux, déconcerté, mais Alex l'ignora, occupé qu'il était à surveiller discrètement le parking. C'était comme si un interrupteur avait été actionné pour changer l'individu riant et moqueur en un homme sérieux et sous tension.

— Je fais vite, promit Ridley.

Il sentit l'inquiétude le gagner lorsqu'il descendit du pick-up. Ce qui venait de se passer dans le véhicule lui rappelait qu'il n'était pas en vacances, mais bien en fuite, poursuivi par de dangereux criminels qui cherchaient à se débarrasser d'un problème – Alex – susceptible d'anéantir leur empire. Ridley faisait désormais partie du problème lui aussi ; comme Alex, il était en sursis.

Il entra prestement dans le magasin climatisé. Une vague d'air froid le frappa de plein fouet et le fit frissonner, bien qu'il soit en sueur. Une cloche reliée à la porte annonça son arrivée. Une jeune femme derrière le comptoir leva la tête et l'accueillit avec un grand sourire.

— Bonjour ! Puis-je vous aider ? offrit-elle gentiment.

Ridley balaya le magasin du regard et fut soulagé de constater qu'il était le seul client.

— Bonjour, répondit-il en s'approchant du comptoir. Je dois renouveler toute ma garde-robe.

— Oh, vous avez perdu beaucoup de poids, c'est cela ? Bravo, dit-elle en arborant un sourire encore plus large, ce qui a priori aurait semblé impossible. Je serai ravie de vous aider. Je m'appelle Chloé.

Ridley s'apprêtait à la contredire, mais il se rendit compte qu'elle lui avait donné l'excuse parfaite.

— Merci, Chloé. J'ai besoin de chaussettes, de shorts, de sous-vêtements, bref, la totale, expliqua-t-il en jetant un œil en direction du pick-up. Et je n'ai pas beaucoup de temps.

— Aucun problème. Allons-y, lui dit-elle en l'invitant à la suivre d'un geste du doigt.

Elle se retourna vers Ridley afin d'évaluer sa taille.

— Quarante deux, estima-t-elle avec un petit hochement de tête satisfait. Boxers ou slips ?

— Oui.

Chloé pencha la tête d'un air confus, puis éclata de rire et prit un paquet sur l'étagère.

— Voici un paquet de boxers noirs. Les slips blancs, ça ne doit pas être votre genre.

— Bonne intuition. J'en prends deux, dit-il en lui adressant un clin d'œil.

Chloé, petite rousse d'une vingtaine d'années, était aussi serviable que charmeuse. Les regards enjôleurs qu'elle ne cessait de lui lancer le faisaient rire, mais quand elle allait trop loin et se mettait à battre des cils, il se contentait d'un hochement de tête et d'un petit sourire. Heureusement, elle était très efficace et ils se dirigèrent bientôt vers la caisse avec une pile de vêtements.

— D'où venez-vous ? lui demanda-t-elle en enregistrant les articles.

— Pourquoi cette question ? Vous ne croyez pas que je sois d'ici ?

— Pas avec cet accent, remarqua-t-elle d'une voix traînante. Vous venez du Midwest ?

— En effet, vous avez percé mon secret.

— Qu'est-ce qui vous amène à Lake Charles ? demanda-t-elle gaiement.

— Eh bien…

Il vérifia encore une fois que tout allait bien à l'extérieur. Alex était toujours assis au volant.

— J'avais besoin de changer d'air, dit-il sans entrer dans les détails.

— Je ne sais pas comment vous faites pour supporter les hivers là-haut, dit-elle en faisant mine de frissonner. Je mourrais sous toute cette neige. Oh mon Dieu ! Pas de soleil en hiver ! Non, merci !

Ridley ne prêtait pas vraiment attention au bavardage de Chloé sur le temps. Il ne pouvait s'empêcher de regarder Alex et de se reprocher de le faire attendre trop longtemps.

Il sortit de son portefeuille les billets qu'Alex lui avait donnés dans l'espoir de faire comprendre à la vendeuse qu'elle devait se dépêcher. Ridley avait d'abord voulu refuser l'offre d'Alex, mais ce dernier avait insisté en lui disant que c'était l'Oncle Sam qui payait. Ridley avait été bien obligé d'accepter quand Alex lui avait rappelé qu'il ne pouvait plus utiliser sa carte de crédit. Les seize malheureux dollars qu'il avait dans son portefeuille ne lui auraient pas permis d'aller bien loin, et le désir d'avoir ses propres sous-vêtements était plus fort que la réticence à l'idée de se les faire payer par Alex.

— Ce qui nous fait trois cent vingt-quatre dollars et seize cents.

Ridley compta les billets, ajouta vingt dollars et lui donna le tout.

— Merci pour votre aide, Chloé.

Il prit ses sacs et se dirigea vers la sortie.

— Si vous avez besoin d'un guide pour visiter la ville, revenez me voir. Je travaille tous les jours, sauf le mardi et le vendredi, lui cria-t-elle juste avant qu'il ne sorte.

Désolé, mais n'y compte pas trop...

— Merci, j'y penserai, dit-il en poussant la porte avant qu'elle insiste pour lui donner son numéro.

— Tu en as mis du temps, grogna Alex dès qu'il revint au pick-up.

— Ce n'est pas de ma faute : l'employée est tombée sous mon charme et voulait absolument me garder. J'ai bien cru qu'on allait me tomber dessus au milieu des slips et des boxers.

— Tu aurais dû lui dire que tu préférais te faire prendre plutôt que l'inverse, remarqua Alex d'un ton cinglant en démarrant le moteur.

Ridley regarda en direction du magasin et essaya d'en distinguer l'intérieur, mais les reflets du soleil sur la vitrine l'en empêchèrent.

— Comment sais-tu qu'il s'agit d'une fille et pas d'un gars ?

Alex lui lança un regard suffisant, et ils quittèrent le parking sans qu'il ajoute un mot.

— Alors ? finit par insister Ridley.

— Elle s'appelle Chloé, déteste le froid et t'a proposé de te faire visiter la ville.

Ridley le regarda sans comprendre.

— Alors, pas mal, non ? lança Alex.

— Mais comment sais-tu tout ça ? s'écria Ridley. On ne pouvait même pas voir à travers la vitrine à cause du soleil !

— Je suis fort, c'est tout, répondit-il en haussant les épaules avec nonchalance. Bon, on va manger ? Je meurs de faim.

Ridley se tourna vers Alex pour le regarder, incrédule. Alex n'avait pas pu pénétrer dans le magasin, et encore moins entendre la conversation qu'il avait eue avec Chloé.

— Pas question d'aller manger tant que tu ne m'auras pas expliqué comment tu as fait.

— Je te l'ai dit, je suis fort, c'est tout.

— N'importe quoi ! Mais comment...

Ridley s'interrompit et lança tout à coup à Alex un regard furieux en plissant les yeux.

— Ne me dis pas que je suis sur écoute ?!

— Crois-tu que je ferais une chose pareille ? demanda Alex en accompagnant ses paroles d'un geste désinvolte de la main.

— Oui, je crois que tu en es capable.

Ridley tira le col de son T-shirt afin d'examiner sa poitrine, puis il passa en revue ses bras, ses jambes et ses poches.

— Mais qu'est-ce que tu cherches ?

— Un micro, dit-il en retirant l'une de ses chaussures pour l'inspecter. Rien.

Il retira l'autre chaussure, sans plus de succès.

— Je ne sais pas comment tu t'y es pris, mais je suis sûr que tu as caché un micro quelque part.

— Tu es parano, dit Alex en riant. Que dis-tu du Grill du Bayou ?

— Le Grill du Bayou ? répéta Ridley sans comprendre et sans cesser de chercher le micro imaginaire – Alex n'avait pas pu s'y prendre autrement.

— Pour déjeuner.

— Enfin, Alex, où est-il ?

— Juste là, dit-il en désignant le restaurant. Ça tombe bien, je ne sais pas si je te l'ai dit, mais je meurs de faim.

— Je ne parlais pas de ça et tu le sais très bien, se plaignit Ridley.

Il sortit son portefeuille et en inspecta la moindre poche, le moindre rabat, avant de passer à son contenu, cartes et papiers, toujours en vain.

— Écrevisses à volonté, chouette ! C'est pile ce qu'il me faut, commenta Alex d'un air enjoué. Ça te va ?

Ridley leva la tête et constata qu'ils s'étaient arrêtés devant un restaurant.

— Je finirai par comprendre, se promit-il avant de descendre du véhicule.

— Depuis quand es-tu confronté à ce problème de paranoïa ? lui demanda Alex lorsqu'il le rejoignit à l'entrée du grill.

Il cachait difficilement son sourire.

— Va te faire…

— Où tu veux, quand tu veux, ronronna Alex.

Ridley leva les yeux au ciel.

— Je finirai par comprendre, se répéta-t-il à voix basse.

XVIII

RIDLEY FUT sidéré par le décor du Grill du Bayou. Sur les murs étaient peints d'immenses bateaux à aubes sur un fond jaune vif. Des affiches des carnavals des années précédentes attiraient l'œil par leurs couleurs criardes, accrochées entre de vieux instruments de musique. Des guirlandes lumineuses multicolores pendaient au plafond. Le sol était recouvert de carreaux anciens et les tables protégées par des nappes en papier brun. L'ensemble était assez tape-à-l'œil, mais la forte odeur d'épices, d'ail, d'oignon et de piment était plus qu'alléchante et fit gargouiller l'estomac de Ridley. Enivré par ce délicieux parfum, il oublia pendant quelques secondes qu'il devait percer à jour les manœuvres d'Alex.

— Asseyez-vous où vous le souhaitez, les invita un jeune serveur qui passait avec un plateau de boissons.

Alex se dirigea vers un box dans un coin de la salle d'où ils voyaient la totalité du restaurant ; un seul autre couple s'y trouvait. Alex prit un menu et en tendit un à Ridley avant de s'installer dans son siège et de parcourir la salle des yeux.

— Voilà un endroit intéressant, n'est-ce pas ? lui fit remarquer Ridley en se plongeant dans le menu.

— J'espère que leur chef est meilleur que leur décorateur. Ai-je déjà dit que je mourais de faim ?

— Une centaine de fois environ, grommela Ridley.

— Je voulais m'assurer que tu avais bien compris, rétorqua Alex avec un grand sourire.

— Bonjour, je m'appelle Crosby. Bienvenue au Grill du Bayou. Souhaitez-vous commander une boisson pour commencer ? leur demanda le serveur.

C'était un homme grand et mince, vêtu d'un jean et d'un T-shirt décoré du logo du restaurant. Il avait les cheveux bruns, et son teint hâlé lui donnait une allure exotique. Crosby était un très bel homme qui devait avoir à peu près le même âge qu'Alex et Ridley.

— Je vais prendre un thé glacé sucré, mais je suis également prêt à commander, commença Alex. Je vais prendre les écrevisses à volonté avec un bol de gombo, s'il vous plaît. Et vous aurez un bon pourboire si je suis servi rapidement.

— Bien, Monsieur, et pour vous ? demanda-t-il à Ridley.

— Mince, je n'ai même pas encore regardé la carte, grommela celui-ci en parcourant le menu à toute vitesse. Euh, je vais prendre...

Il avait du mal à se décider, tout lui paraissait si bon. Il adorait la cuisine cadienne, et encore plus quand elle était bien épicée. La sœur de sa mère avait vécu à La Nouvelle-Orléans quand elle était plus jeune et avait appris à cuisiner les plats locaux, qu'elle leur préparait souvent quand ils allaient lui rendre visite.

Alex se racla la gorge et se mit à tapoter sur la table.

— Oh, pardon, marmonna Ridley. Je vais prendre le gombo au poulet et à l'andouille et l'étouffée aux écrevisses, dit-il en reposant le menu.

— Excellent choix, remarqua Crosby. Et comme boisson ?

— Du thé glacé sucré également.

— Très bien. Je vous apporte vos boissons tout de suite.

— Apparemment, je ne suis pas le seul à mourir de faim, murmura Alex en repoussant sa casquette vers l'arrière, découvrant par la même occasion un minuscule fil près de son oreille.

Le mystère était donc résolu. Ridley ne lui en voulait pas. Il n'aurait pas été étonné d'apprendre qu'ils étaient constamment sous surveillance – même s'il espérait que ce n'était pas le cas dans la chambre... Cependant, Alex méritait une petite punition pour son attitude de monsieur-je-sais-tout. Il allait y réfléchir.

Crosby apporta les boissons et posa en même temps une grande assiette remplie d'écrevisses sous le nez d'Alex qui n'en pouvait plus de saliver.

— Oh mon Dieu, gémit-il. Ça a l'air délicieux. Sers-toi, proposa-t-il à Ridley en attrapant un crustacé auquel il arracha la tête.

— Non, merci.

— Tu ne sais pas ce que tu manques, dit Alex en aspirant l'intérieur de la tête avant de jeter ce qui en restait et d'ouvrir en deux la carapace de l'animal. Enfin, ça en fait plus pour moi.

— C'est moche, commenta Ridley en fronçant le nez.

— Qu'est-ce qui est moche ? demanda Alex en mâchant, en chantonnant, attrapant gaiement une autre écrevisse qu'il dévora avec force bruits de succion et gémissements.

— Tu as la bouche qui déborde de cerveaux de crustacés, dit-il d'un air dégoûté en avalant une gorgée de thé. Tiens-toi bien, mec, dit-il en lui lançant une serviette. Veux-tu que je demande à Crosby s'il peut t'apporter un bavoir ?

— Bonne idée, dit Alex en engloutissant un autre morceau d'écrevisse avec des exclamations de plaisir.

Ridley tenta d'ignorer Alex et ses manières douteuses, bien conscient que ses remarques ne faisaient que l'encourager. Alex ne lui facilitait pas les choses. Les bruits suggestifs qu'il ne cessait d'émettre évoquaient dans l'esprit de Ridley des images de lui en train de sucer une autre sorte de friandise. Il eut un début d'érection. Encore une autre chose à faire payer à Alex.

Lorsque Crosby apporta le reste du repas, Ridley était déjà incroyablement dur et devait serrer les dents. Il voyait bien à l'expression qu'arborait Alex que ce dernier était parfaitement conscient de son effet.

— Je reviens tout de suite, grommela Ridley en se levant de table.

— Où vas-tu ? Tu vas manger froid.

Ridley ne fit aucun commentaire et réajusta discrètement son jean trop serré sur le chemin des toilettes. Il aurait dû s'attendre à ce genre de petit jeu de la part d'Alex et enfiler l'un des pantalons plus confortables qu'il avait achetés au magasin. Ça excitait ce voyou de le voir se débattre.

ALEX SE mordit la lèvre pour se retenir de rire en voyant Ridley avancer d'un pas rigide vers les toilettes. C'était tellement drôle d'exciter ce type ultra-sexy, et il ne lui fallait pas grand-chose pour démarrer, ce qui contribuait grandement au succès de leur vie sexuelle. Un coup de vent suffisait à le faire bander. En plus de cela, il avait l'esprit vif et ils s'amusaient bien tous les deux.

Alex veillait à ne pas baisser sa garde, mais il n'avait rien remarqué d'inhabituel et s'autorisa à se détendre et à profiter du repas. Il leva son verre de thé glacé et s'arrêta à mi-hauteur quand il entendit un gémissement.

Il regarda autour de lui, mais fut incapable de localiser l'origine de ce son. L'autre couple qui se trouvait dans le restaurant était en train de discuter gaiement et Crosby était hors de son champ de vision. Il haussa les épaules et but une gorgée de thé.

— *Mon Dieu, elle est si dure…*

Alex tourna vivement la tête de tous côtés. Il était sûr d'avoir entendu quelqu'un. Leur table était contre le mur, il ne pouvait donc y avoir personne derrière lui. Peut-être les murs étaient-ils fins et mal insonorisés, se dit-il.

143

— *Mmmh, c'est si bon...*

Ces paroles prononcées par une voix désincarnée furent suivies d'une série de claquements rythmés qui évoquaient étrangement un bruit de masturbation.

— Mais qu'est-ce que c'est que ce truc ? marmonna Alex en se penchant pour regarder sous la table.

Évidemment, il n'y avait personne sous la table, mais il était à court d'hypothèses. Toute cette histoire n'avait aucun sens.

— *Oh oui, Alex, suce-moi !*

Alex fronça les sourcils et pencha la tête, conscient désormais que la voix qu'il entendait était celle de Ridley. Il décrocha l'écouteur de sa casquette et se le fourra dans l'oreille.

— *Mmmh... Oh... J'aime quand tu me mets ton doigt dans mon cul. Oh oui, plus profond.*

Alex sentit son sexe se raidir instantanément lorsqu'il se représenta les scènes dépeintes par la voix suave de Ridley. Il posa une main sur son entrejambe et se mit à gigoter dans le box.

— *Oh oui, vas-y, mets-en un autre. Plus vite, plus vite.*

Le bruit qui accompagnait ses paroles s'accéléra ; Alex serra les dents et ferma les yeux. Ce cinglé aurait droit à une bonne fessée quand il reviendrait à table.

— *Tu vas me faire jouir tellement fort... Je vais te remplir la bouche. Mmmh, oui... Alex... Oh oui, avec les dents...*

— Y a-t-il un problème avec votre plat ?

Alex ouvrit les yeux et vit Crosby qui se tenait devant lui, l'air inquiet.

— *Joue avec mes couilles, serre-les fort.*

— Je...

Flap flap flap. Alex s'éclaircit la gorge.

— Tout va très bien, merci, finit par dire Alex avec un sourire crispé.

— *Tu sens à quel point tu me fais bander ? Ça te plaît ? Tu aimes sentir mon sexe trembler ?*

Flap flap flap.

Alex émit un grognement à peine perceptible.

— Vous êtes sûr ? s'enquit Crosby. Vous n'avez pas l'air dans votre assiette, Monsieur.

Le fesser était une punition trop légère pour ce que Ridley lui faisait endurer ; il allait lui mettre une sacrée raclée. *Flap flap flap.*

— *Vas-y plus fort avec tes gros doigts !*

Enfin, il le baiserait d'abord, puis le mordrait, puis… Alex ferma les yeux tandis que son sexe commença à se contracter douloureusement à chaque battement de cœur.

— Monsieur ?

— Ça va, ça va, grogna Alex en se forçant à ouvrir les yeux.

— *Oh, mon Dieu, je vais venir. Es-tu prêt à recevoir la cargaison ?*

— Pourrais-je avoir un autre verre de thé glacé, s'il vous plaît ?

— Bien sûr, je vous l'apporte tout de suite.

— *Oh… oh…*

Le claquement régulier perdit peu à peu de sa vitesse pour devenir plus erratique, couvert par les halètements de Ridley. Alex grogna de nouveau et son membre se mit dans une position inconfortable, à l'étroit dans le jean. Alex gigota sur son siège afin d'alléger la pression, en vain, tandis que dans l'écouteur résonnaient toujours les gémissements, les jurons et le babillage incohérent de Ridley. Alex sentait la sueur lui couler le long des tempes.

— *Oui, oui, oui, oh ! Ça vient.*

Crosby posa un verre de thé sur la table en regardant Alex d'un œil interloqué.

— Voulez-vous que j'appelle une ambulance ?

— *Je jouis !*

Flap flap flap.

— *Vas-y, prends tout, avale tout ! Ah !*

Alex se pencha en avant et se cogna la tête sur la table tout en faisant signe à Crosby de s'en aller.

— Je n'ai pas besoin de médecin, le rassura-t-il en tapant du poing sur la table afin de s'empêcher de jouir dans son jean. Épicé, c'est juste trop épicé. Du pain, s'il vous plaît.

Crosby se précipita en cuisine.

Alex s'était à peine remis de ses émotions qu'il vit Ridley sortir des toilettes avec un large sourire de satisfaction. Il s'approcha de la table d'un pas nonchalant et s'assit à sa place.

— Mais qu'est-ce que ça veut dire ?

Ridley planta sa fourchette dans une crevette qu'il engloutit.

— Je dois avoir bu trop de café ce matin. J'étais plein ! Je ne pouvais plus m'arrêter, raconta Ridley tout en mâchant. Dis donc, c'est super épicé ! Pas étonnant que tu transpires autant !

Il but une gorgée de thé afin de se cacher dans son verre, mais cela ne suffit pas à dissimuler son visage rayonnant.

— J'espère que tu te rends compte que c'est une déclaration de guerre, siffla Alex.

— Je ne vois pas du tout de quoi tu parles. C'est incroyable, mec, tu trembles tellement tu as chaud. Ça t'ennuie si je goûte ? demanda-t-il en pointant sa fourchette vers le gombo d'Alex.

Celui-ci mit le bol hors de sa portée en lançant un regard furieux à cet impertinent. Ridley haussa les épaules et se consola avec une crevette de sa propre assiette.

Crosby revint avec un verre de lait et un panier rempli de différentes sortes de pain qu'il posa devant Alex.

— Un peu de lait aide à faire passer, dit-il.

Ridley se couvrit la bouche pour dissimuler un fou rire, que révélait malgré tout la couleur rouge de ses joues et les soubresauts de ses épaules.

— Merci, ce sera tout, lui dit Alex.

Crosby regarda Ridley d'un air interrogateur, mais ne fit aucun commentaire. À peine s'était-il éloigné de la table que Ridley éclata de rire.

— Moi aussi je trouve que le *lait* c'est bien quand on a chaud, dit-il d'un ton plein de sous-entendus.

— Tu ne perds rien pour attendre, grommela Alex.

Il entama un morceau de pain tandis que Ridley continuait de rire sans retenue. Il ignorait les regards assassins que lui lançait régulièrement Alex, mais finit par se calmer. Il essuya les larmes qui avaient coulé sur ses joues et prit une gorgée de thé pour se remettre.

Ridley prit un air pensif en appuyant un doigt sur son menton.

— Si je n'avais pas une entière confiance en toi, je serais prêt à parier que tu m'as mis sur écoute.

Il inclina la tête pour mieux observer Alex pendant quelques secondes, puis balaya ses propos d'un geste de la main.

— Quel imbécile je suis, me revoilà avec ma paranoïa.

Alex s'abstint de tout commentaire et se contenta de mâchonner son pain. Il était capable d'admettre qu'il avait perdu et de se taire – pour l'instant. Car il avait peut-être perdu la bataille, mais il n'avait pas perdu la guerre.

XIX

Un vieux pick-up Chevrolet rouillé était garé dans l'allée. Sur le qui-vive, Alex sortit son arme lorsqu'il vit un vieil homme assis devant leur maison.

— Qui est-ce ? demanda Ridley, inquiet.

— Je n'en sais rien.

Alex fit avancer lentement le pick-up dans l'allée en maintenant le volant avec son genou tout en sortant le revolver de son étui ; il vérifia que tout était en ordre et remit l'arme en place.

— Baisse la tête, ordonna-t-il à Ridley.

Alex se pencha légèrement. Le soleil donnait directement sur le pare-brise, ce qui l'empêchait de voir correctement, mais le protégeait aussi du regard de l'étranger. Il immobilisa le véhicule et observa l'étranger sans couper le moteur.

Il portait une chemise et un pantalon en jean, ainsi qu'une casquette de baseball qui lui cachait presque les yeux. Les cheveux blancs et bouclés qui dépassaient de son couvre-chef étaient de la même couleur que sa barbe soigneusement taillée. Tandis qu'Alex l'observait, l'homme semblait parfaitement à son aise et détendu. Il crachait de temps à autre un jet noir de chique qui atterrissait sur le sable au bord du chemin piéton.

Alex sortit un deuxième revolver de la boîte à gants et le donna à Ridley.

— Reste baissé et ne sors pas du pick-up, lui ordonna-t-il avant d'ouvrir la porte, prêt à bondir, l'arme à la main. Puis-je vous aider ? cria-t-il en direction du vieil homme.

— Je ne crois pas, puisque c'est moi qui suis venu pour vous aider, répondit l'étranger avant de ponctuer sa phrase par un crachat.

— Pardon ? demanda Alex, confus. Vous dites que vous êtes ici pour m'aider ?

— C'est ce que je viens de dire, non ? dit le vieil homme en tapotant sa montre. Mick avait dit que vous seriez probablement en retard. Le temps, c'est de l'argent, mon garçon.

— C'est Mick qui vous envoie ? demanda Alex d'un air suspicieux. Il ne m'a pas prévenu de votre passage.

— Il a aussi dit que vous diriez ça… Maintenant, posez ce fichu revolver et ramenez vos fesses si vous voulez apprendre un jour à pêcher correctement.

Du Ramirez tout craché. Il s'était sans doute bien marré en préparant ce petit numéro. Alex détestait être pris au dépourvu, et Mick en profitait. Il devait penser à s'acheter un de ces petits carnets que Mick avait toujours sur lui. Il pourrait le remplir de tout ce qu'il avait à faire payer à son équipier.

— Garde ton arme dissimulée sous tes sacs quand tu sors et reste vigilant. Compris ? recommanda Alex à Ridley en attendant que ce dernier acquiesce.

Alex rangea son arme et il mit pied à terre.

— Vous me prenez au dépourvu. Apparemment, vous me connaissez, mais moi je n'ai aucune idée, qui vous êtes ?

L'homme se leva pour venir à sa rencontre. Ils se serrèrent la main.

— Ron Porter. Mes amis m'appellent Cap.

Il fit un pas en arrière, s'essuya la main sur son jean et cracha par terre.

— J'ai connu Mick quand il n'était pas plus grand qu'une sauterelle. Il m'a raconté tout ce qu'il fallait savoir à votre sujet. Vous pouvez m'appeler Ron, expliqua-t-il d'une voix traînante qui contrastait avec l'étincelle malicieuse qui brillait dans son regard.

— Ne croyez pas tout ce qu'il vous raconte. Il a reçu trop de coups sur la tête. Voici Ridley, lui dit Alex en désignant son compagnon d'un geste du pouce par-dessus son épaule.

Ron pencha la tête sur le côté et fronça les sourcils en examinant Ridley.

— C'est drôle, on ne dirait pas que vous êtes frères, remarqua-t-il.

— C'est parce qu'il a été adopté, dit Ridley. Ils l'ont retiré à sa maman parce qu'elle l'avait laissé tomber trop de fois sur la tête, c'est pour ça que Mick et lui s'entendent si bien.

Alex lui donna un coup de coude dans les côtes, qui arracha à Ridley un petit cri.

— Vous me plaisez. *Vous*, dit-il en s'adressant à Ridley, vous pouvez m'appeler Cap. Maintenant, rangez ces flingues avant de vous faire du mal et suivez-moi. Je n'ai pas que ça à faire.

Les deux jeunes hommes échangèrent des regards surpris et s'exécutèrent. Ron sortit de l'arrière de son pick-up une boîte grillagée, une corde et un flotteur jaune vif qu'il posa à terre. Il sortit ensuite de la poche de sa chemise une feuille de papier pliée qu'il donna à Alex.

— Cette carte indique l'emplacement de tous mes pièges à crabes. J'ai fait une croix sur ceux dont vous allez vous occuper.

Alex déplia la carte : de nombreux petits X rouges étaient disséminés sur le lac.

— On va pêcher des crabes bleus ? Je pensais qu'on serait dans la pêche commerciale.

Ron le regarda un moment sans ciller, puis secoua la tête.

— Les casiers restent bien tranquillement au fond du lac. La couleur de ces flotteurs indique que ce sont les miens. Vous n'aurez qu'à approcher le bateau du flotteur, l'attraper et hisser le casier jusqu'à la surface de l'eau.

Il retourna le casier et défit un crochet relié à une épaisse bande en caoutchouc.

— On met l'appât ici. On s'assure que tout est en place et l'on referme, dit-il en remettant le casier à l'endroit. Ensuite, on s'assure que la corde n'est pas emmêlée, et on fait descendre, tout simplement.

Il fit descendre le casier exactement comme il l'expliquait, et celui-ci atterrit sur le sol, l'endroit désigné pour l'appât sur le gravier.

— Puis on passe au suivant. À moins d'avoir des soucis avec la météo, vous devriez en sortir deux cents par jour.

— Comment fait-on sortir les crabes ? demanda Ridley en examinant le piège.

— Ils entrent par ces petites ouvertures sur les côtés et, une fois dedans, ils ne peuvent plus sortir. Vous devez donc ouvrir cette trappe sur le dessus, puis retourner le casier et le secouer pour faire tomber les crabes dans le cageot.

— Ça a l'air facile, commenta Alex.

— Vous me direz s'il est toujours du même avis après avoir sorti les deux cents casiers, dit Ron à Ridley d'un air amusé en jetant son équipement à l'arrière de son pick-up. Je vous ai laissé plein de cageots et de sacs en toile de jute sur le ponton. Assurez-vous de garder les sacs bien humides et étalez-les sur les crabes pendant la journée. Ça les empêche de sécher et d'essayer de sortir du cageot.

— Merci, c'est vraiment gentil de prendre le temps de nous expliquer tout ça. Je vais poser ces sacs à l'intérieur, dit Ridley en désignant sa nouvelle garde-robe. Pouvons-nous vous offrir quelque chose à boire ?

— Madame m'attend à la maison : je crois qu'elle a du travail pour moi, dit Ron en s'essuyant le front. Mais un homme a besoin de s'hydrater, avec cette chaleur… Je prendrais bien une bière si vous en avez.

— Et une bière bien fraîche ! Et toi, demanda-t-il à Alex, tu veux quelque chose ? Je peux te préparer un de ces délicieux milk-shakes dont j'ai le secret en un rien de temps.

C'est ça, continue tes coups bas…

— Je crois que je préfère garder le milk-shake pour plus tard, rétorqua Alex avec un clin d'œil. Je vais opter pour la bière.

Dès que Ridley fut entré dans la maison, Alex se tourna vers Ron afin d'obtenir davantage de renseignements.

— Que vous a dit Mick exactement à mon sujet ?

— Que vous étiez arrogant, impulsif et désobéissant.

— Voilà un bon résumé, mais d'habitude, il ajoute vulgaire.

— Ah oui, j'avais oublié.

Ron sortit un mouchoir de sa poche et s'essuya le front en s'appuyant sur la portière de son pick-up.

— Vous avez réussi à vous faire de bons ennemis, remarqua Ron.

Alex se tendit aussitôt.

— Nous réussissons tous à nous en faire au cours de notre vie.

— Pas d'aussi terribles, rétorqua Ron sans plaisanter le moins du monde. J'ai passé toute ma carrière à essayer de les faire tomber et vous réussissez à les mettre en boule rien qu'en allant pisser. C'est pas juste…

— Vous êtes un fédéral ?

— À la retraite.

Alex passa la main sur sa mâchoire.

— Je comprends mieux pourquoi Mick a choisi cet endroit. Il s'est dit que j'aurais bien besoin d'une baby-sitter, n'est-ce pas ?

— Ce n'est pas avec la misérable pension qu'on me verse que je vais prendre le risque de me faire tirer dessus pour un petit nerveux comme vous, s'exclama Ron. Mais je rêve de voir ce salaud de Gutierrez moisir derrière les barreaux, alors oui, je vais prendre bien soin de vous. Au verso de la carte, vous trouverez des nombres écrits au hasard. Ils se lisent dans le sens contraire des aiguilles d'une montre depuis le nombre du milieu en bas. Ce sont des coordonnées qui n'ont rien à voir avec l'emplacement d'un casier à crabes. Au moindre soupçon, vous rappliquez en quatrième vitesse avec Ridley. Compris ?

Au claquement de la porte vitrée, ils se retournèrent tous les deux vers Ridley qui descendait les marches avec trois bières.

— Compris. J'ai l'impression d'être dans un James Bond avec tous ces codes secrets. Est-ce que j'ai droit à quelques gadgets aussi ? Et dois-je manger la carte une fois que j'aurai mémorisé les coordonnées ?

Ron alla chercher à l'arrière de son pick-up un long manche en bois avec un crochet fixé à l'extrémité.

— Voilà pour le matériel, mais je ne vous conseille pas de manger la carte, sauf si vous tenez à vous retrouver perdu au milieu du golfe.

Alex examina l'outil qu'il avait dans les mains.

— Les gadgets de James Bond avaient une plus belle allure, grommela-t-il. Je vais me plaindre auprès de mes supérieurs.

Le regard de Ron rencontra celui d'Alex, et il ne semblait pas d'humeur à plaisanter.

— Faites en sorte de rester en vie assez longtemps pour aller jusqu'au bout de l'affaire, OK ?

Ron n'avait pas de souci à se faire : Alex comptait arriver jusqu'au tribunal. Et il devait protéger Ridley. L'échec était inenvisageable. Il se contenta d'un signe de tête discret juste avant que Ridley ne les rejoigne pour leur donner leur bière.

— DE QUOI parliez-vous avec Ron ?

Alex lui prit la main et l'attira vers lui. Il était allongé sur l'une des chaises longues du salon et se déplaça sur le côté afin de laisser suffisamment de place à Ridley, qui vint s'étendre contre lui.

— Il me disait qu'il était persuadé que je ferais un parfait capitaine et toi un second de confiance.

— Mon œil, railla Ridley en appuyant sa tête sur sa main afin de regarder Alex dans les yeux. Sérieusement, que t'a-t-il dit ? Tu n'es pas obligé de me rapporter ses propos exacts, mais j'aimerais juste savoir si je peux dormir sur mes deux oreilles ou si je dois garder un œil ouvert et une arme sous mon oreiller.

— Je ne vais pas te mentir, Ridley. Tu es en danger, tu ne dois pas prendre la situation à la légère. Mais l'arrivée de Ron n'a ni augmenté ni diminué les risques.

— D'accord, acquiesça Ridley.

Il se tourna d'un quart de tour, si bien qu'ils pouvaient tous deux observer le lac. Le soleil allait bientôt se coucher, et ils avaient pris l'habitude de le regarder chaque soir ; c'était leur petit rituel. Maintenant qu'il était devenu normal pour eux de se faire des câlins, ce moment était pour Alex le meilleur de la journée. Le seul qui pouvait le concurrencer était l'instant où il se réveillait dans les bras de Ridley.

Il commençait à percevoir les avantages des véritables relations comparées aux coups d'un soir. Même si Ridley et lui n'étaient pas vraiment dans ce qu'on pouvait appeler une *véritable relation*... Il déposa un baiser sur la tempe de Ridley. Oui, décidément, c'était chouette.

— En quel honneur ? lui demanda Ridley d'un air perplexe.

— Comme ça, parce que j'en ai le droit.

— Bon, ça me plaît.

Ridley prit la main d'Alex dans la sienne et leurs doigts s'entremêlèrent. Alex baissa les yeux sur leurs mains unies. La chaleur qui l'envahissait l'étourdit un instant, jusqu'à ce qu'il se rende compte qu'il n'avait jamais pris un autre homme par la main. Les seuls hommes qu'il avait tenus par la main étaient son père et son grand-père quand il était gamin. Mon Dieu, il devenait complètement nigaud. Il entendait des chansons d'amour et des oiseaux gazouiller juste parce que la main de Ridley se trouvait dans la sienne.

Il dégagea sa main et se leva.

— Je vais me chercher une bière avant le début du spectacle. Tu en veux une ?

— Bien sûr, répondit Ridley, inconscient du malaise qu'il avait suscité chez son compagnon.

Il s'étira les bras au-dessus de la tête et croisa les chevilles, parfaitement détendu, le regard rivé sur l'horizon.

Alex sortit deux bouteilles du frigo en tremblant. Il s'appuya sur le plan de travail et se moqua de lui-même. Si Mick le voyait, il ne pourrait se retenir de le faire marcher. Un bad boy dans tous ses états parce qu'on lui avait pris la main. Incroyable.

Il était tout à fait à l'aise dans son rôle de flic protecteur, et plus encore dans celui de partenaire sexuel. Il s'apercevait qu'il avait beaucoup de points communs avec Ridley. Ils se faisaient rire mutuellement et seraient devenus amis même s'ils n'avaient pas été contraints de se rapprocher par les circonstances. Mais ça ? Il ne savait pas bien ce qu'il ressentait, mais c'était un sentiment totalement nouveau qui lui faisait perdre ses repères. Et il détestait perdre ses repères.

— Bon, Castren, reprends-toi. Vous vous êtes juste tenu la main ; ce n'était pas non plus une demande en mariage… Allez, on y retourne.

Il se sentit un peu mieux après ce discours qu'il s'était fait à lui-même. Il était prêt à rejoindre Ridley.

— Et voilà ! s'exclama-t-il en lui donnant sa bière et en s'asseyant sur un siège près de lui. À notre coucher de soleil du jour ! dit-il en levant sa bière.

— À la tienne, dit Ridley en trinquant.

Ils burent tous deux une longue gorgée et restèrent assis en silence à observer la lente descente du soleil vers l'horizon, ce spectacle stupéfiant de rouges, de jaunes et d'oranges qui chatoyait sur les flots.

La magie de la vue, la fraîcheur de la brise et le cri des mouettes firent disparaître les dernières traces de malaise qu'Alex ressentait. Il glissa sa main libre dans celle de Ridley. Leurs doigts s'entremêlèrent encore une fois. Alex leva sa bouteille et en but la moitié d'un seul coup. Pas de chansons d'amour ni de gazouillis dans sa tête. Juste un petit frisson dans le ventre. C'était agréable.

Ils restèrent ainsi main dans la main, sans dire un mot, bien après que le soleil eut disparu et qu'ils eurent fini leur bière. Ce fut Ridley qui brisa le calme de ce moment. Il retira sa main et se leva, s'étira et se gratta le ventre. Sa façon de bouger et les ondulations de sa peau lisse et bronzée étaient aussi fascinantes que le spectacle du coucher de soleil. *Mmmh.* Alex avait de nouveau une mélodie en tête, mais pas une de ces chansons mièvres à l'eau de rose. C'était plutôt quelque chose comme *Let's Get It On* de Barry White. Ça, c'était un sentiment qu'il comprenait parfaitement.

Ridley s'aperçut qu'il était observé. Il haussa les sourcils et sourit. Il se dirigea d'un pas nonchalant et en bombant le torse vers la porte de la terrasse, en prenant soin de balancer les hanches juste un peu plus que d'ordinaire.

— Et si tu revenais vers moi pour balancer tes hanches au-dessus de moi ? suggéra Alex.

Ridley fit glisser la porte coulissante et s'immobilisa, une main sur la poignée et le regard planté dans celui d'Alex.

— Plus tard, peut-être. J'allais me préparer un milk-shake.

— Je te déteste ! s'écria Alex en se remémorant ses magouilles du restaurant.

Il bondit de son siège et se lança à la poursuite d'un Ridley hilare.

— OK, c'est maintenant que les choses sérieuses commencent, annonça Alex.

XX

RIDLEY SE rendit compte rapidement que la pêche au crabe n'avait rien à voir avec la pêche à la ligne. Il apprit la leçon dès le premier jour ; Alex, le jour suivant. En moins d'une semaine, leurs conversations au petit déjeuner tournaient exclusivement autour de la question : qui sera capitaine aujourd'hui ?

Ce jour-là, Ridley avait perdu la bataille. À cause de ce foutu Alex avec ses fossettes et ses longs cils. Il avait intérêt à travailler sa résistance ; s'il craquait tous les jours devant ce ravissant visage, il était bon pour passer tout son temps du mauvais côté du flotteur. Le problème, c'était qu'Alex savait parfaitement comment s'y prendre pour le manipuler comme une marionnette.

Ridley poussa un long soupir en attrapant le premier flotteur jaune de la journée. La saison de pêche serait longue.

Il tira la corde et ramena le casier rempli de crabes à la surface en maudissant son sort. L'eau salée nauséabonde piquait les nombreuses plaies qu'il avait sur les mains et les bras. C'était pour éviter ça qu'il avait travaillé au lycée et s'était démené pour obtenir une bourse et aller à l'université de Slater. Le travail manuel, même quand on avait un collègue torse nu à reluquer toute la journée, ce n'était pas la panacée.

Ridley attrapa le casier, le secoua au-dessus du cageot pour en faire tomber les crabes, le referma, le retourna et ouvrit la trappe à appâts. Dégoûté, il fronça le nez en prenant une poignée de morceaux de poissons à moitié pourris qu'il fourra dans le piège. Puis il jeta le casier dans l'eau, en s'assurant que la corde ne s'emmêlait pas.

— Comment me suis-je débrouillé pour me coltiner tout le travail encore aujourd'hui ? grogna Ridley en essuyant ses mains poisseuses sur son tablier.

— C'est parce que j'ai un bobo, lui rappela Alex en levant son doigt enveloppé dans un bandage.

Ridley s'agrippa au bord du bateau tandis qu'Alex démarrait le moteur pour diriger l'embarcation vers le casier suivant.

— Tu t'es très légèrement coupé, cria-t-il pour couvrir le bruit du démarrage.

Alex ralentit près du flotteur suivant et poussa Ridley en avant, mais son pied glissa sur le sol humide et il perdit l'équilibre. Il se rattrapa à la dernière minute et ignora le ricanement moqueur de Ridley.

— En plus, dit Alex, je te rappelle que je suis le capitaine de ce navire et que toi, en tant que fidèle second, tu te dois de m'obéir.

— Vraiment ? demanda Ridley d'un air de défi.

Il répéta toute la procédure – je remonte, j'ouvre, je secoue, je remplis, je remets – quand, tout à coup, il prit conscience de quelque chose et plissa les yeux en se tournant vers Alex.

— Alors comme ça, tu es le capitaine ?

— Oui, et en tant que capitaine, j'ai le contrôle de mon bateau. Au travail, matelot ! ordonna Alex dans une imitation de pirate assez ridicule.

Il fit repartir le bateau. Une fois les secousses du départ passées, Ridley retira ses gants et son tablier, jeta le tout sur le pont et se dirigea d'un pas décidé vers Alex. Lorsqu'ils s'immobilisèrent près du casier suivant, Ridley se tenait près de son compagnon, le regardant de haut.

— Hé ! s'écria Alex lorsqu'il vit Ridley tout près de lui.

— Tu as le contrôle de ton bateau, hein ? répéta Ridley d'un air dubitatif.

— Tout à fait, un contrôle absolu, répondit Alex avec un sourire satisfait.

Je vais te montrer ce que c'est que le contrôle, se dit Ridley, bien décidé à faire disparaître du visage de son ami cet air suffisant. Il attrapa le dossier du siège du capitaine auquel il fit faire un demi-tour et posa ses mains sur les accoudoirs. Il se pencha jusqu'à ce que leurs nez ne soient plus qu'à quelques millimètres.

— Serais-tu prêt à parier sur tes capacités à diriger ton navire ?

Alex le regarda quelques secondes d'un air pensif.

— Bien sûr, finit-il par répondre.

— Si tu parviens à garder un *contrôle absolu* sur ton vaisseau, proposa Ridley en dissimulant sa ruse derrière une expression neutre et son regard amusé derrière ses lunettes de soleil, je te considérerai comme le capitaine légitime de ce bateau et je relèverai le reste des casiers sans me plaindre.

— Et si j'échoue ?

— Tu t'occuperas des casiers et j'endosserai le rôle de capitaine sans me vanter.

156

Alex ne répondit pas immédiatement afin de prendre le temps d'estimer ses chances de succès. Mais Ridley savait à quel point son amant aimait la compétition...

— Enfin, si tu penses que tu ne peux pas me battre, ajouta-t-il en haussant les épaules.

— Je suis partant.

Ridley dut embrasser Alex afin de cacher son sourire, et le marché fut conclu dans un baiser.

Alex avait eu raison d'hésiter : il ne faut jamais parier sans connaître toutes les données. Alex pouvait faire confiance à son instinct et avait l'habitude de se fier à ses premières impressions, mais Ridley était content qu'il ait dérogé à la règle cette fois-ci. Il était même absolument ravi, et pas peu fier. Il tomba à genoux.

— Mais qu'est-ce que tu fais ? lui demanda Alex tandis que Ridley défaisait le nœud de son short, qu'il baissa brusquement afin d'exposer son sexe.

— Eh bien, j'effectue une vérification sur votre navire, capitaine, rétorqua Ridley, le sourire aux lèvres.

— Mais... commença à protester Alex.

Mais il eut bientôt le souffle coupé lorsque Ridley glissa ses doigts sous ses testicules et se mit à les presser doucement. Puis il gémit lorsque Ridley se pencha en avant et donna un grand coup de langue sur l'extrémité dilatée de son membre.

— Qu'ai-je entendu ? demanda Ridley, le regard levé vers Alex, en se léchant les lèvres.

Alex était comme hypnotisé par les mouvements de la bouche de Ridley, ce dernier se lécha les lèvres de nouveau, en fit tout le tour avec le bout de sa langue avant d'effleurer avec ses dents sa lèvre inférieure. Ridley se souriait à lui-même en voyant Alex peiner à déglutir.

— Tu triches, murmura Alex.

— Mmmh, regarde, ton vaisseau commence à faire vrombir ses moteurs, dit Ridley d'un air malicieux en faisant glisser son doigt le long du membre durci de son amant, avant de suivre le même chemin avec le bout de sa langue.

— Je suis le capitaine, murmura Alex comme s'il tentait de se convaincre lui-même plutôt que Ridley.

Alex gigota dans son siège ; les muscles de ses jambes se contractaient et résistaient. Le sourire de Ridley s'élargissait au fur et à mesure qu'il gagnait en confiance. Il donna de petits coups de langue de l'extrémité jusqu'à la base du membre, faisant de temps à autre un détour par les bourses.

Ridley prenait son temps pour explorer chaque détail du relief de l'anatomie de son partenaire. Il fit tourner le bout de sa langue autour de l'extrémité sensible, s'introduisant parfois dans la minuscule fente, jusqu'à ce que le membre soit en érection complète, vibrant à chaque battement de cœur. Ridley le prit alors dans sa bouche en raclant tout doucement la chair délicate avec ses dents. Il sentit un frisson parcourir tout le corps d'Alex. Une petite goutte jaillit de la fente et Ridley l'avala instantanément, s'enivrant de son amertume.

— Je crois que ton vaisseau prend l'eau, le taquina Ridley avant d'avaler tout son sexe et de le sucer énergiquement en y mettant la langue et les dents.

— Non, non, non, répondit Alex en secouant la tête.

Il se recula sur son siège et tenta d'échapper à l'emprise de Ridley, mais ce dernier suivait le moindre de ses mouvements et l'avalait encore plus profondément.

— C'est une mutinerie, se plaignit Alex. Je ne tolérerai pas cela.

Mais ses actes contredisaient ses paroles : il avait une main posée sur le crâne de Ridley qu'il maintenait sur son sexe au lieu de tenter de le repousser.

Ridley commença à étouffer lorsque la queue d'Alex atteignit le fond de sa gorge, mais il trouva rapidement un angle satisfaisant et se mit à aller et venir à un bon rythme. Tout en s'occupant de son sexe avec sa bouche, il promenait sa main sur son ventre et son torse recouverts d'une fine pellicule de sueur.

Alex gémit lorsque Ridley s'attarda sur l'un de ses mamelons durcis qu'il pinça et tritura entre son pouce et son index.

— C'est une croisière bien agréable, juste une… oh mon Dieu, que c'est bon… haleta Alex lorsque Ridley glissa un doigt derrière ses testicules et entre ses fesses.

L'élastique du short d'Alex gênait les mouvements de Ridley, qui se recula et s'assit sur ses talons. Le membre d'Alex s'échappa de sa bouche, rouge et dur, et Ridley retira carrément le short de son partenaire.

— Voilà qui est mieux, ronronna-t-il en jetant le short à terre derrière lui.

Alex s'agrippa aux accoudoirs et écarta les jambes. Son torse se soulevait et s'abaissait rapidement au rythme de sa respiration effrénée.

Ridley commençait à sentir les effets de ses actes sur son propre sexe. Il contempla la peau bronzée d'Alex et la façon dont la lumière du soleil glissait sur les sinuosités moites de son ventre. Son sexe recourbé vers le haut lui mettait l'eau à la bouche. Il était incroyablement sexy, et Ridley n'avait qu'une hâte : le dévorer.

Il se pencha de nouveau en avant, mais Alex le retint en posant la paume de sa main contre son front.

— Attends une minute.

— Que se passe-t-il, capitaine ? demanda-t-il d'une voix gourmande en inclinant la tête. Tu es prêt à passer la barre à ton successeur ?

Alex émit un grognement sourd, posa une main sur la nuque de Ridley et le poussa vers son sexe.

— Et si tu te servais de ta bouche pour quelque chose d'utile ?

Ridley gloussa – il était si facile d'agacer son amant – et engloutit la queue d'Alex. Tout en suçant et en léchant, il introduisit un doigt dans la bouche d'Alex. Celui-ci se mit à le sucer en gémissant, imitant les mouvements de Ridley sur son propre sexe. Lorsque son doigt fut bien humide, il le retira d'entre les lèvres de son partenaire, qui gémit en signe de protestation.

Mais Alex ne se plaignit pas longtemps, car Ridley introduisit bientôt son doigt mouillé dans un endroit bien plus sensible. Le muscle serré résista tout d'abord à l'invasion, mais Ridley parvint à le faire céder à force d'insister.

— Oh oui… vas-y… plus profond, exigea Alex tout en propulsant son membre dans la bouche de Ridley avant de presser ses fesses vers le bas pour s'emmancher sur le doigt de Ridley.

Continue, Capitaine, prends le contrôle, l'encouragea silencieusement Ridley. Bien qu'il ne soit jamais passif, Alex n'était pas contre quelques stimulations par-derrière pour accompagner les fellations. La combinaison des deux le faisait décoller à coup sûr.

Alex se balançait d'avant en arrière entre ces deux plaisirs, tout en tenant fermement à deux mains la tête de Ridley. Les sons pornographiques qu'il émettait faisaient tressaillir le membre de Ridley.

— Oh… Oh, non !

Ridley sentit Alex se raidir au moment où il s'enfonçait au plus profond de sa gorge et comprenait son erreur.

— Je ne peux pas… Oh mince, ne t'avise pas de bouger, grogna-t-il à l'intention de Ridley.

Je te tiens, Capitaine. Ridley déglutit, la gorge resserrée autour de l'extrémité de la queue d'Alex.

— Salaud ! cria Alex en se cambrant au moment où il éjaculait dans la gorge de son amant.

Ridley glissa sa main libre dans son short et se caressa tout en avalant avidement chacune des gouttes qu'Alex déversait dans sa gorge.

Alex finit par s'affaler sur son siège en bredouillant ce qui ressemblait à des injures entre deux inspirations précipitées.

Ridley bondit sur ses pieds. Alex gémit lorsqu'il retira son doigt de son anus. Tout en continuant à se caresser vigoureusement, Ridley baissa son short.

— C'est comme ça qu'un capitaine dirige son navire ! railla-t-il.

Encore deux allers-retours, ses orteils se recroquevillèrent et il balança son chargement de sperme sur le sexe à demi-mou et le torse pantelant d'Alex. Puis il se laissa tomber en avant et atterrit lourdement sur Alex, si bien qu'ils furent tous deux couverts de sperme et de sueur.

— Enfoiré, grommela Alex d'un ton où perçait une pointe d'amusement.

— *Capitaine* Enfoiré, matelot, rectifia Ridley en enfouissant son visage dans le cou d'Alex pour y lécher sa peau salée.

Alex grogna et asséna une claque sonore sur les fesses de Ridley.

— Oh ! s'écria Ridley en sursautant. Si tu recommences, je te jette par-dessus bord, menaça-t-il en frottant sa fesse meurtrie.

Alex remit son short et prit la serviette sur laquelle il était assis. Il s'essuya le torse et passa la serviette à Ridley, qui l'attrapa aisément.

— À notre retour à la maison, c'est moi qui vais te faire passer par-dessus bord, tu vas voir, avertit Alex.

— C'est ça, cause toujours. En attendant, lève tes fesses. Les casiers ne vont pas se remonter tout seuls.

Sans cesser de se plaindre, Alex se leva et s'apprêta à se mettre au boulot.

— Petite précision Capitaine, remarqua Alex d'une voix pleine de sarcasme, je n'ai jamais accepté de remplir cette tâche sans râler.

Ridley s'installa sur le siège du chef et s'amusa à le faire tourner sur lui-même. Il fit vrombir le moteur.

— Alors, plains-toi, matelot !

Et il alluma la radio, le volume au maximum.

Le soleil était haut dans un ciel bleu dégagé. Une brise marine tiède rafraîchissait sa chair brûlante, et son sexe était satisfait. Il avait le contrôle du navire ainsi que la promesse d'une partie de jambes en l'air. La journée s'annonçait parfaite.

Il prit un soda dans la glacière et dirigea le bateau vers l'un des flotteurs. Il décapsula sa bouteille et savoura la fraîcheur du liquide qui lui coula dans la gorge tout en se délectant du spectacle d'Alex qui tirait sur la corde afin de remonter le casier. Les muscles de son dos et de ses bras se contractaient. Ses lèvres ne cessaient de bouger, mais le son de la radio couvrait ses paroles.

— Oui, vraiment, tout est parfait.

XXI

LE SOLEIL qui tapait sur son dos nu, le vent tiède et le doux bruit des vagues sur le rivage auraient dû avoir un effet relaxant sur Ridley ; il n'en était rien. Son cœur battait la chamade tandis qu'il dévorait des yeux Alex, allongé sur un banc de musculation dans un simple short et occupé à lever et baisser une barre chargée de poids lourds. Il était fasciné par les muscles gonflés de ses bras, par son torse tendu et par le mouvement hypnotique de la barre qui montait et descendait avec la régularité d'un pendule.

Tout avait changé si rapidement. Ce qui avait d'abord attiré Ridley chez Alex, c'étaient sa douceur, ses cheveux blonds et ses fossettes qui lui donnaient un air angélique – même si les fantasmes qu'il lui inspirait étaient plutôt du genre diabolique. En tout cas, malgré les pensées osées que lui inspirait le tendre bibliothécaire, Ridley avait toujours ressenti le besoin de le protéger. Il trouvait ironique de se trouver désormais sous la protection d'Alex. Même s'il sentait toujours en lui un certain instinct de protection, les deux hommes étaient presque sur un pied d'égalité, des partenaires en quelque sorte. Ridley appréciait cette situation. En revanche, il n'était pas très à l'aise avec certains de ses sentiments : Alex lui faisait un peu trop tourner la tête à son goût.

D'un potentiel partenaire sexuel, Alex était devenu… Il ne savait même pas décrire son nouveau statut. Ce dont il était sûr, c'était qu'il était heureux de se réveiller à ses côtés tous les matins, heureux de passer ses journées avec lui et de s'endormir dans ses bras le soir. Alors qu'il l'observait s'exercer avec les poids, son corps puissant en pleine tension et son beau visage figé par la concentration, Ridley prit conscience qu'il lui était devenu inenvisageable de passer un jour sans lui.

— Ridley ?

— Oui ? répondit Ridley, arraché à ses pensées.

— Euh… j'aurais besoin d'un petit coup de pouce, grommela Alex.

Il avait le visage rouge écarlate et ses bras tremblaient sous le poids de la barre qu'il essayait de soulever.

— Oh mince, désolé.

Il saisit la barre et aida Alex à la remettre dans les taquets.

— Ouf ! lâcha Alex en se relevant et en se dégourdissant les bras. Eh bien, quel bon assureur tu fais ! commenta-t-il avec ironie.

— J'ai été déconcentré.

Alex regarda autour de lui, puis se tourna vers Ridley, déconcerté.

— Par quoi ?

Ridley baissa les yeux sur le corps trempé de sueur d'Alex, puis le regarda dans les yeux d'un air entendu. Alex secoua la tête, prit une serviette et s'essuya le torse.

— Tu veux dire que je me suis presque fait une hernie à cause de tes penchants pervers ? Je ne te félicite pas !

— Je croyais que tu étais habitué à mes penchants pervers, le taquina Ridley en le poussant sur le côté. Maintenant, bouge de là, c'est mon tour.

— Dis donc, tu deviens un peu trop autoritaire !

Alex se leva, passa la serviette sur le banc et la jeta à Ridley, qui ne prit même pas la peine de l'attraper. Il prit une autre serviette qu'il avait glissée dans l'élastique de son short et l'étendit sur le banc avant de s'allonger. Il agrippa la barre, ajusta sa position et planta fermement ses pieds dans le sol. Alex vint se placer près de sa tête et posa ses mains sur celles de Ridley.

— J'espère que je ne vais pas me laisser déconcentrer, dit-il avec un clin d'œil.

Ridley lui lança un regard soupçonneux. La malice qu'il lisait dans les yeux d'Alex n'annonçait rien de bon.

— Essaie juste de garder le rythme, lui dit Ridley en soulevant la barre.

Alex ricana, mais redevint vite sérieux, les mains planant juste au-dessus de celle de Ridley pendant qu'il levait les poids.

Ils ne cessèrent de s'observer pendant tout le temps de l'exercice et restèrent extrêmement concentrés au fur et à mesure que la barre s'alourdissait. Lorsque Ridley eut terminé sa dernière série, il était trempé de sueur et ses membres tremblaient de fatigue. Il resta un moment allongé sur le banc afin de reprendre son souffle et d'essuyer la transpiration de ses yeux brûlants.

— Beau travail, le complimenta Alex. Rentrons à la maison : je meurs de faim.

— Tu meurs toujours de faim.

— C'est normal, j'ai beaucoup travaillé. Je mérite de manger.

Même si l'on prenait en considération son jogging quotidien et sa pratique fréquente de la musculation, la quantité de nourriture qu'Alex était

163

capable d'ingurgiter en une journée était époustouflante. Ridley se releva et jeta sa serviette à terre.

— Si tu viens nager avec moi, je prépare le déjeuner, proposa Ridley en passant la main sur son torse humide, le nez froncé. Il faut que je me débarrasse de toute cette sueur.

— Le dernier arrivé fait la vaisselle, le défia Alex en détalant à toute vitesse.

— Tricheur ! cria Ridley en se lançant à la poursuite de son compagnon hilare.

À la seconde où il pénétra dans l'eau, Ridley oublia la compétition, la vaisselle et tout le reste. La sensation de fraîcheur sur sa peau brûlante était indescriptible. Alex, au contraire, était resté sur le mode compétitif. Dès que Ridley le rejoignit dans l'eau, Alex bondit sur son dos et s'agrippa à lui pour le faire plonger. Ils tournèrent sur eux-mêmes, leurs mains glissant sur leur peau mouillée. Ridley l'attrapa, se débattit, donna des coups de pied jusqu'à enfin réussir à le maîtriser. Mais il commit une erreur critique : il sous-estima Alex. Tandis qu'il jubilait d'avoir triomphé, Alex le poussa en arrière et le fit tomber, si bien que Ridley avala une grande gorgée d'eau.

Il émergea et se mit à tousser sans pouvoir s'arrêter, les yeux exorbités tandis qu'il luttait pour recracher toute l'eau qui était entrée dans ses poumons. Il commença à paniquer lorsqu'il se rendit compte qu'il ne parvenait plus à reprendre son souffle. Heureusement, Alex garda son sang-froid. Il appuya le poing sous le diaphragme de Ridley à plusieurs reprises, ce qui facilita l'expulsion de l'eau et permit à Ridley de retrouver une respiration normale.

— Assez de folies pour aujourd'hui, remarqua Alex en lâchant Ridley. Et en plus, j'ai…

— Faim, je sais, l'interrompit Ridley. J'ai failli mourir et tu ne penses qu'à ton estomac.

— Tu dramatises un tout petit peu, tu ne crois pas ? suggéra Alex en lui prenant la main.

— Recracher de l'eau par le nez, *c'est* dramatique, rétorqua Ridley en laissant Alex le guider hors de l'eau. C'est même un traumatisme. Et n'oublie pas que tu as triché, donc c'est à toi de faire la vaisselle.

Ridley avait pris soin d'adopter un ton plaintif et attendrissant. Il avait même légèrement avancé sa lèvre inférieure afin de renforcer l'effet. Ce fut inefficace. Alex leva les yeux au ciel.

— Tu es ridicule.

Il se pencha vers Ridley pour lui déposer un baiser sur la joue.

— Mais je reconnais avoir triché, donc si tu fais la cuisine, je fais la vaisselle. Marché conclu ?

— Marché conclu.

Faire la cuisine ne le dérangeait pas, on pouvait même dire que ça lui plaisait, mais la vaisselle, c'était une autre histoire. Il était prêt à tout – même à bouder – pour y échapper.

— N'y pense même pas, l'avertit Alex sans lever les yeux de l'évier dans lequel il rinçait les plats.

— Comment ça ?

— Si tu me frappes avec ce torchon, je te fais la peau.

Après un long moment de silence, Ridley s'appuya la hanche contre le plan de travail à côté d'Alex, les sourcils froncés et le fameux torchon à la main.

— Qu'est-ce qui te fait penser que j'allais te frapper ?

— Je ne sais pas, peut-être le fait que tu essaies de le faire chaque jour depuis environ deux semaines, avança Alex.

— Je deviens prévisible…

— *Deviens* ? rétorqua Alex en lançant à Ridley un regard incrédule.

— Pardon : je *suis* prévisible, dit Ridley en riant. Mais tu l'aurais bien mérité pour m'avoir forcé à cuisiner couvert de sel et de toutes les saletés du lac.

— J'avais faim, répliqua Alex d'un ton qui n'avait rien de confus.

— Ouais, ouais, ouais.

Alex posa le dernier plat sur l'égouttoir et ferma le robinet. Il arracha le torchon à Ridley, se sécha rapidement les mains et jeta le morceau de tissu derrière lui. Il glissa ses bras autour de la taille de son partenaire, l'attira vers lui et enfouit son visage dans son cou.

— Tu me pardonnes ? murmura-t-il tout contre la peau de Ridley encore chaude de la douche, avant de dessiner un chapelet de baisers jusqu'à son oreille.

Ridley frissonna.

— Mmmh, gémit-il en penchant la tête afin de laisser le champ libre à Alex.

— C'est bien ce que je croyais, dit Alex en ricanant.

Il embrassa Ridley sur le nez, puis s'écarta et se dirigea vers le frigo.

— Et si nous passions le reste de l'après-midi devant un film en compagnie de quelques bières ?

— D'accord, mais c'est moi qui choisis le film.

— Ah ça, pas question.

Alex prit des bières dans le frigo et alla rejoindre Ridley qui s'était précipité dans le salon. Ridley avait des goûts horribles, comme ces mauvais films de zombies de série B qui selon lui étaient des classiques qu'il fallait voir plusieurs fois avant d'apprendre à les apprécier. Alex avait beau avoir passé de longues et pénibles heures à les regarder, il n'en voyait toujours pas l'intérêt.

Ridley plongea sur le canapé et s'empara de la télécommande.

— Eh si, c'est moi qui choisis. J'ai la baguette magique, s'écria-t-il gaiement en brandissant l'objet de son désir.

— Tu es vraiment un enfant, soupira Alex en s'asseyant près de lui et en lui donnant une bière.

Alex décapsula la bouteille, prit la capsule entre son pouce et son index et l'envoya valser à travers la pièce.

— Et c'est moi l'enfant ? s'indigna Ridley.

— Ouep, répliqua Alex, le sourire aux lèvres, juste avant d'entamer sa bière.

Heureusement, il n'y avait pas de film de morts-vivants pourrissant sur place au programme cet après-midi-là. Après avoir passé en revue toutes les chaînes au moins deux fois, Ridley renonça et opta pour un western. Une fois le programme choisi, il ne leur fallut pas longtemps pour mettre les bières de côté et adopter ce qui était devenu une position familière : Alex allongé sur le canapé et Ridley dans ses bras, la tête appuyée sur le torse d'Alex.

Alex se mit à caresser la tête de Ridley. Il aimait sentir la barbe courte lui chatouiller le bout des doigts. À vrai dire, il aimait beaucoup de choses en Ridley. Il aimait les fous rires et les taquineries qu'ils partageaient, leur camaraderie facile, la bonne entente qui régnait entre eux pendant les heures de travail. Et puis, il y avait le sexe. Sur le plan physique, leur relation était sensationnelle. Alex n'avait jamais atteint ce degré de satisfaction et de plénitude. Ce sentiment venait sans doute du fait que pour la première fois de sa vie, il faisait l'effort d'apprendre à connaître le corps et les envies d'un autre homme au lieu d'accumuler les expériences d'une nuit. Et pourtant, Alex savait qu'il y avait davantage – c'était Ridley, tout simplement.

Il avait détesté les mois passés à Slater, mais ne s'était jamais vraiment senti seul. Maintenant, il suffisait que Ridley le laisse pendant une heure pour qu'il lui manque. Alex déposa un baiser sur le sommet de son crâne. *Qu'es-tu en train de me faire ?* La réponse de Ridley fut un autre baiser, juste sur le cœur d'Alex.

Tout cela allait forcément mal finir… Il devrait repartir en Californie et Ridley, dans le Michigan. Tous deux devraient retourner à leur vie d'avant. Alex en était malade. Il se blottit un peu plus profondément dans le canapé, serra Ridley plus fort contre lui et, tout en ayant conscience de l'absurdité de son souhait, espéra rester à Hackberry avec lui le plus longtemps possible.

XXII

ALEX SE redressa subitement dans le lit et parcourut rapidement la chambre du regard en tendant l'oreille. Il ne vit ni n'entendit rien qui puisse expliquer son réveil en sursaut. Ridley renifla près de lui, se roula en boule et se cacha la tête sous le drap. Le cœur d'Alex bondit dans sa poitrine lorsqu'il perçut le son qui avait probablement interrompu son sommeil : un bruit de plancher qui craque, comme si quelqu'un marchait sur le porche devant la porte d'entrée.

Il prit le revolver qu'il gardait toujours sous son oreiller et se leva sans faire de bruit pour ne pas réveiller Ridley. Il se glissa jusqu'à l'entrée, à l'affût du moindre signe d'une présence étrangère. Le soleil commençait tout juste à se lever, mais la maison était suffisamment éclairée par la lumière du jour pour permettre à Alex d'avancer en toute sécurité. Évidemment, cela signifiait que l'individu qui se trouvait devant la porte aurait les mêmes facilités pour tirer une fois qu'il serait entré dans le salon.

Son arme pointée devant lui, Alex jeta un coup d'œil furtif à l'extérieur et émit un soupir de soulagement quand il vit Mick debout devant la porte-fenêtre, son portable à l'oreille.

Alex remit la sécurité sur son arme afin de s'assurer qu'il ne tirerait pas sur Mick dans un moment de colère pour lui avoir fichu une frousse pareille ; il posa le revolver sur la table, se dirigea vers la porte et l'ouvrit en grand.

— Tu te rends compte que tu étais à deux doigts de te prendre une balle dans les fesses ?

— Je te rappelle, dit Mick à son interlocuteur avant de raccrocher. Et te revoilà à me parler de mes fesses, soupira-t-il. Il va falloir te faire à l'idée que tu ne les auras jamais.

Alex se retint de lever les yeux au ciel.

— Qu'est-ce que tu fous ici ?

— Tu rentres à la maison, lui annonça Mick, rayonnant, en levant la main pour toper.

— Je… Quoi ? demanda Alex, déconcerté.

168

— Mec, ne me laisse pas poireauter comme ça, se plaignit Mick, la main toujours en l'air.

Il ne comprenait pas ce que Mick était en train de lui dire.

— C'est quoi, ces conneries ?

Mick regarda sa main d'un air confus et haussa les épaules.

— Alvarez a tout balancé.

— Le lieutenant de Gutierrez ? demanda Alex d'un air incrédule.

— Exactement. Apparemment, il a appris que sa tête avait été mise à prix et a livré tout un tas de documents qui suffisent à faire tomber le cartel entier, comme ça, expliqua-t-il en ponctuant sa phrase d'un claquement de doigts. Ton petit cul a tout à coup perdu toute sa valeur.

Alex s'affala contre la balustrade du porche ; il avait besoin de se tenir à quelque chose pour ne pas perdre l'équilibre.

— Tu te moques de moi ?

— Pas du tout. Tu ne vaux plus rien, répéta Mick avec un sourire radieux.

— Je rentre à la maison ? murmura Alex sans prendre ombrage de l'insulte à sa valeur personnelle.

Je rentre à la maison ? Il se gratta la mâchoire d'un air absent, puis regarda son équipier bouche bée comme si une deuxième tête venait de lui pousser – ce qui ne lui aurait pas semblé plus étrange que les âneries qu'il était en train de déballer. *À la maison ? Impossible.*

— Bon, ce n'est pas la réaction à laquelle je m'attendais, soupira Mick.

— C'est terminé ? Mais comment c'est possible ? s'énerva-t-il.

— Il me semblait que c'était une bonne nouvelle.

— Terminé !

Alex repoussa la balustrade. Il s'approcha de Mick les yeux plissés.

— Mais comment, comment tout ça peut-il être *terminé* ?

— Mais qu'est-ce qui te prend, mec ? s'écria Mick en reculant d'un pas.

Alex leva les mains dans un geste de confusion extrême et descendit les marches du porche. Il sentait la colère monter, ses nerfs s'enflammaient.

— Et c'est tout ? Toutes ces vies qu'on a inventées, le danger permanent, les secrets, toutes ces conneries…

Il se tourna vers son équipier, qui désormais le regardait *lui* comme s'il avait deux têtes, et pointa le doigt vers sa chevelure.

— J'avais des échardes dans les cheveux, Mick !

— Tu perds la boule, marmonna Mick en secouant la tête.

— J'ai brisé le cœur de ma mère. Ma famille et mes amis me croient mort depuis un an et demi, et tout d'un coup, plus rien ? demanda Alex sans attendre de réponse. C'est n'importe quoi, Mick, continua-t-il sans cesser d'aller et venir, de fulminer et de jurer. C'est n'importe quoi, et ça n'a pas de sens. Qu'est-ce que c'est que cette fin ?

— Une fin où le héros ne se fait pas tuer, lui rappela-t-il patiemment.

— Alex ! Qu'est-ce qui ne va pas ? demanda Ridley en surgissant par la porte d'entrée.

Son regard s'arrêta sur Mick, et il s'approcha lentement d'Alex.

— Que se passe-t-il ? s'enquit-il précautionneusement.

— Alex fait son show, répondit Mick, exaspéré. Comment vas-tu, Ridley ?

Alex lança un regard furieux à son équipier.

— Bien, merci, bredouilla-t-il en jetant des regards interrogateurs à Alex et Mick tour à tour. Quelqu'un pourrait-il m'expliquer ce qui se passe ?

— Alex, je t'en prie, dit Mick en s'inclinant élégamment devant le jeune homme.

Alex ne se départait pas de son air furieux. Il était envahi par un flot d'émotions contradictoires. L'excitation, la confusion, la colère et le soulagement se battaient tous pour occuper le premier rang. Il ne savait plus du tout où il en était. C'en était fini de ces dix-huit mois de folie. Comme ça, en un claquement de doigts ? Fini ?

— Alex ? l'incita Ridley tout en posant tendrement la main dans le creux de son dos.

Alex ferma les yeux.

— Nous rentrons à la maison.

Il sentit Ridley se raidir.

— Pardon ?

Alex expira longuement avant de se tourner vers Ridley, qui était manifestement tout aussi interloqué.

— On rentre à la maison. Le lieutenant de Gutierrez a fourni toutes les preuves nécessaires, le cartel va tomber. Eddie Alvarez prend notre place dans le programme de protection des témoins. On rentre à la maison.

Ridley écarquilla les yeux.

— Tu es sérieux ?

— Et si nous parlions de tout ça autour d'une bonne tasse de café ? suggéra Mick. Je suis debout depuis des heures et sans café, je vais finir par être grognon.

Ridley continua à fixer Alex, le visage désormais impassible. Alex lui passa un bras autour de la taille.

— Allons prendre un café, c'est une bonne idée.

Ridley acquiesça et se laissa guider à l'intérieur de la maison. Il prépara le café pendant qu'Alex sortait trois tasses du placard, de la crème et du sucre.

— Bon, et ça s'est passé quand, tout ça ? demanda Alex à Mick en s'asseyant.

— Il y a trois jours, Alvarez a passé la porte du bureau avec un carton rempli de documents et a demandé la protection de la police.

— Sans qu'on ne lui demande rien ? s'étonna Alex, qui avait encore du mal à prendre conscience de ce qui était en train de lui arriver.

— Eh oui. On l'a rapidement emmené dans une salle d'interrogatoire et une fois que la sécurité a décrété que le carton n'était pas piégé, on a constaté qu'il contenait tous les noms, numéros de téléphone, rapports comptables et contrats qu'il nous fallait pour faire s'effondrer l'empire Gutierrez.

— Pourquoi a-t-il fait ça ? demanda Ridley en servant le café.

— Gutierrez a des tendances paranoïaques…

— Jolie façon de dire qu'il est complètement dingue, l'interrompit Alex.

— Et c'est compréhensible. Un homme dans sa position doit toujours être sur ses gardes. Le danger peut autant venir de la loi que d'autres criminels qui font partie ou non de son cartel.

— Je comprends bien, poursuivit Ridley, mais Alvarez devait être un homme de confiance s'il était si haut placé dans l'organisation.

— Gutierrez ne peut faire confiance à personne à cent pour cent. Il a eu dix-huit mois pour réfléchir à tout ça, expliqua Mick par-dessus le bord de sa tasse. Je pense que plus Alvarez avait du mal à éliminer leur problème – c'est-à-dire Alex –, plus Gutierrez a soupçonné autant ses capacités que sa loyauté. D'après ce que j'ai compris, Gutierrez a mis sa tête à prix après l'échec de la tentative d'assassinat de Slater et Alvarez, craignant pour sa vie, est venu nous voir.

— Et quelles sont les conséquences de tout cela pour nous ?

— Vous, vous rentrez chez vous, répondit Mick avec un grand sourire. Plus besoin de vous cacher.

Le sentiment de malaise qui l'avait déjà envahi assaillit Alex de nouveau. Il n'aurait pas dû s'inquiéter de la façon dont Gutierrez était mis à terre. Après tout, s'il se cachait, c'était bien pour permettre la destruction de son cartel ; ç'avait été son unique but. Et pourtant, il se sentait lésé, comme si on lui avait retiré le privilège d'être celui par qui la chute arriverait. Peut-être, sa fierté était-elle atteinte, ou peut-être avait-il juste l'impression qu'il s'était caché pendant un an et demi pour rien ?

Alex lança un regard oblique en direction de Ridley, qui fixait Mick sans rien dire, sous le choc.

— C'est incroyable, grommela Mick après quelques minutes de silence. Je m'attendais à une autre réaction de votre part à tous les deux.

Les regards des deux jeunes hommes se rencontrèrent, et c'est à ce moment qu'Alex comprit quelle était la cause de sa déception. Certes, il était frustré de ne pas être celui qui causerait la perte de Gutierrez, mais il y avait également une raison plus personnelle : il n'était pas prêt à quitter Hackberry et Ridley. Et en voyant la tristesse au fond des yeux de ce dernier, Alex comprit que Ridley pensait la même chose. Mais Mick les observait tous les deux, et ce n'était pas le moment de discuter de leurs impressions.

Alex se détourna de Ridley pour se tourner vers son équipier.

— OK, quel est le programme ?

— Nous partons d'ici toi et moi – Mick consulta sa montre – dans une heure.

Alex eut tout à coup un sentiment d'immense vide.

— Si tôt ? Et Ridley ? Je ne veux pas le laisser ici tout seul.

— Ce sera à lui de décider, répondit Mick en haussant les épaules. Ridley, tu peux partir en même temps que nous ou prolonger tes vacances. La maison reste à ta disposition aussi longtemps que tu le souhaites et nous assurerons ta sécurité tant que nous ne serons pas sûrs à cent pour cent que tu ne cours plus aucun danger.

— Et moi ? intervint Alex. Pourquoi ne pourrais-je pas prolonger mes vacances et assurer sa protection ?

Mick lui jeta un regard exaspéré.

— Parce que ceux qui signent ta fiche de paie, là-haut, tiennent à ce que tu ramènes tes fesses vite fait pour te débriefer.

— Je...

Ridley s'éclaircit la gorge.

— Je pense que je préfère rentrer dès maintenant. Je peux appeler ma famille ?

— Bien sûr, répondit Mick avec le sourire. Tu n'as qu'à utiliser le portable sécurisé que je t'avais laissé. Ils seront soulagés d'avoir de tes nouvelles.

— Merci, murmura Ridley.

Sans regarder Alex, il quitta la pièce.

Alex le regarda partir, le cœur lourd. Il n'était pas prêt à quitter leur petite tanière, il n'était pas prêt à dire au revoir. Pour la première fois dans sa vie d'adulte, Alex s'était senti heureux, satisfait et épanoui. Il ne voulait pas que tout s'arrête, pas maintenant. Et peut-être jamais, d'ailleurs.

— Mec, il y a quelque chose qui ne va pas ? lui demanda Mick, sincèrement inquiet.

La boule qui s'était formée dans sa gorge l'empêcha de répondre, et il n'osa pas affronter le regard de son équipier – pas tant que les larmes qu'il retenait lui piquaient les yeux.

RIDLEY SOUPIRA en entrant dans la chambre. Il se laissa tomber sur le bord du matelas ; ses jambes flageolantes avaient du mal à le soutenir. Il savait que ce moment devait arriver un jour, mais avait toujours évité d'y penser. Sa bulle de bonheur venait d'éclater, et il se retrouvait tout bête.

Il appuya ses avant-bras sur ses genoux et laissa tomber sa tête en avant. Il savait bien qu'il aurait dû se précipiter sur le téléphone pour appeler ses parents, mais il ne pouvait s'y résoudre. Il avait besoin d'un peu de temps pour lui, aussi égoïste que ce soit, pour remettre de l'ordre dans ses pensées. Depuis la nuit où il avait vu Alex se précipiter sous les balles, tout n'avait été qu'une aventure irréelle. Il avait été capable d'ignorer à la fois la culpabilité qu'il ressentait à l'égard de ses parents et la peur du danger. Il avait passé, avec Alex, le meilleur moment de sa vie.

Qu'allait-il se passer maintenant ? Reverrait-il Alex une fois qu'ils seraient chacun retournés chez eux, lui dans le Michigan et Alex en Californie ? Comment pourrait-il redevenir un petit étudiant sage, faire ses devoirs, passer ses examens, vivre dans un minuscule appartement, sans aucune aventure, et sans Alex ?

Il ne lui restait plus qu'une heure.

Il se frotta le visage et se ressaisit. S'il lui restait si peu de temps, il n'allait pas le passer à se plaindre et à pleurer. Ce n'était pas le moment de faiblir.

Il alla chercher le portable dans le tiroir de la table de chevet. Il retourna s'asseoir sur le lit et composa le numéro qui lui était si familier.

—Allô ?

C'était la voix de sa mère.

173

— Maman, c'est Ridley.

— Doux Jésus, Ridley !

Il entendit sa mère sangloter.

— Où étais-tu passé ? Nous avons été si inquiets. Nous pensions…

Ses sanglots l'empêchèrent de continuer et il l'entendit pleurer. Ridley sentit son cœur se serrer.

— Maman, tout va bien. Tout va bien. Je rentre à la maison, je vais tout vous expliquer.

— Quand ? parvint-elle à articuler entre deux sanglots.

— Tout à l'heure. Je vous rappellerai quand je serai à l'aéroport. Maman, chut… murmura-t-il afin d'essayer de l'apaiser. Papa est-il là ?

— Non, il travaille.

— Écoute-moi. Je vais raccrocher, je dois faire mes bagages. Appelle papa et annonce-lui la bonne nouvelle, d'accord ? Tu peux faire ça ?

— Oui. Oh, Ridley. J'ai eu tellement peur. J'étais tellement inquiète.

Ses pleurs redoublèrent d'intensité, et elle fut enfin capable de dire ce qui lui pesait tant.

— J'ai cru que tu étais mort.

— Je sais, je suis désolé. Je vous expliquerai tout une fois à la maison.

Ridley se massa la poitrine en attendant patiemment que sa mère se calme et soit capable de parler.

— D'accord. Je t'aime, dit-elle.

— Je t'aime aussi. À très bientôt.

Ridley raccrocha et essuya ses larmes. La douleur qu'il avait perçue dans la voix de sa mère lui déchirait le cœur, d'autant plus qu'il savait en être la cause. Il devrait trouver un moyen de se racheter auprès de ses parents.

Il posa le téléphone et alla prendre une douche aussi rapide que possible, puis il mit ses quelques affaires dans un sac en toile et rejoignit Alex.

Ridley trouva Alex et Mick assis sur le porche. Ils levèrent tous deux les yeux vers lui lorsqu'il franchit la porte.

— Je vous laisse deux minutes, dit Mick en se levant.

Ridley prit sa place auprès d'Alex et regarda Mick marcher jusqu'à sa voiture.

— Quelle aventure… commenta Ridley d'un air sombre.

— Tu l'as dit.

Alex passa un bras autour de la taille de Ridley et laissa sa main sur sa hanche. Ce geste familier resserra encore l'étau qui emprisonnait le cœur de Ridley.

Il lutta pour trouver quelque chose à lui dire, mais les mots se dérobaient. Cela ne faisait pas si longtemps qu'il avait dit à Alex qu'il ne voulait pas s'engager et, à l'époque, il y croyait. Avant de venir à Hackberry, sa vie insouciante et solitaire d'étudiant lui convenait, d'autant plus qu'il s'était trouvé un bon ami et partenaire sexuel régulier. Désormais, ce qu'il voulait ne comptait plus. Alex et lui allaient retrouver leur vie d'avant, chacun de leur côté, séparés.

— Tu as pu joindre tes parents ? lui demanda Alex en caressant la hanche de Ridley avec son pouce.

— Oui. C'est moche d'entendre sa mère pleurer, mais bon…

Ridley haussa les épaules.

— Ça va aller mieux maintenant. Tu as appelé les tiens ?

— Non. Je me suis dit qu'après tout ce temps, ils avaient besoin de me voir en chair et en os pour croire à mon retour. Je vais franchir la porte, me pencher en avant et supporter la fessée comme un homme, plaisanta Alex.

Un silence pesant s'ensuivit – un silence suffocant qui n'avait rien de commun avec celui des couchers de soleil, lorsqu'ils étaient tous les deux allongés sur la chaise longue. Ce silence-ci était lourd de tristesse et d'incertitude.

Alex le sentait sans doute lui aussi, car au bout de dix minutes, il tapota Ridley sur la hanche.

— Je ne regretterai jamais de t'avoir embarqué dans cette aventure, chuchota-t-il avant de l'embrasser sur la tempe. Tu vas me manquer.

Ridley n'eut la force ni de répondre ni de retenir Alex quand il se leva et remonta les marches. Ridley resta assis longtemps au même endroit, même une fois Alex rentré dans la maison. Il était encore sous le choc de la nouvelle, plongé dans une sorte de torpeur qui l'empêchait de pleurer.

Il fit le trajet jusqu'à l'aéroport seul, en silence.

Première semaine.

Es-tu bien rentré chez toi ?

Son SMS ne reçut aucune réponse.

Deuxième semaine.

Salut, Alex, c'est Ridley. Je commence à m'inquiéter, comme tu n'as pas répondu à mes messages… De mon côté, tout va bien. Mes parents sont contents de m'avoir retrouvé, mais… enfin… Je pense souvent à toi. Tu me manques vraim… Bip.

Alex ne répondit pas au message.

Troisième semaine.

Après avoir laissé encore un autre message, Ridley resta allongé sur son lit à fixer le plafond, son téléphone portable posé sur sa poitrine.

Alex n'appela pas.

ÉPILOGUE

RIDLEY ENTENDIT un léger coup à la porte de sa chambre, suivi de la voix douce de sa mère.

— Ridley ?

Cela faisait un mois qu'il était de retour à la maison, et sa mère se comportait avec lui comme lorsqu'il n'était qu'un enfant. Elle s'assurait sans cesse qu'il allait bien, lui cuisinait ses plats favoris et passait chaque soir dans sa chambre pour l'embrasser et lui chuchoter *Je t'aime* avant d'aller se coucher.

Il n'avait pas l'habitude d'être couvé, mais ne s'en plaignait pas. Sa mère avait été anéantie par la nouvelle de sa disparition. Elle avait pris dix ans et son père aussi, durant ces trois mois passés à se demander s'il était mort ou vivant. Elle avait bien le droit de dorloter son fils unique.

— C'est ouvert, cria-t-il.

Il lui sourit lorsqu'elle entrouvrit la porte pour jeter un œil avant de l'ouvrir en grand pour entrer. Il ignorait ce à quoi elle s'attendait, puisqu'il lui avait dit d'entrer, mais il trouva cette précaution adorable.

Elle était pâle et se tordait les mains nerveusement. Autrefois, pétillante et optimiste, elle n'était plus que l'ombre d'elle-même. Ridley regretterait toute sa vie le tort qu'il avait causé à ses parents, mais il ne pouvait rien faire d'autre que prier pour qu'une fois remis du choc, leur personnalité ressurgisse avec davantage d'éclat que leur angoisse.

Ridley bondit sur ses pieds, immédiatement sur ses gardes.

— Que se passe-t-il ?

— Il y a quelqu'un à la porte qui te demande.

— Ne t'inquiète pas, maman, dit-il calmement en la prenant dans ses bras. S'il était là pour me faire du mal, il ne frapperait pas à la porte.

Il sentit sa mère trembler et, quand il baissa les yeux, s'aperçut qu'elle riait en silence.

— Je ne suis qu'une idiote.

Ridley l'embrassa sur le front.

— Non, tu es juste inquiète parce que tu es ma maman, et c'est pour ça que je t'aime. Bon, allons voir qui est cet inconnu à la porte !

— C'est un très beau jeune homme avec d'adorables boucles blondes, commenta-t-elle en souriant. Peut-être l'un de tes admirateurs.

— Je n'ai pas d'admirateurs. Et non, dit-il afin de la faire taire tandis qu'elle s'apprêtait à parler, je n'ai pas *besoin* d'admirateur, alors arrête de jouer les agences matrimoniales.

L'un des nouveaux aspects de la personnalité de sa mère était de le taquiner sans cesse sur le beau jeune homme qu'il pourrait rencontrer, le mariage, les enfants, la maison avec le jardin et le chien. C'était ce que la plupart des parents voulaient pour leurs enfants et le fait qu'il soit gay ne changeait rien au rêve américain qu'imaginait sa mère pour lui. Bien sûr, il pourrait avoir ce genre de vie un jour s'il le souhaitait, mais pour l'instant, ce n'était pas du tout dans ses projets. Il aurait préféré vivre de folles aventures avec… *Holà, une minute.* Son cœur s'emballa.

— As-tu parlé de boucles blondes ?

— Oui, c'est…

Ridley n'attendit pas la suite. Il sortit de la chambre à toute allure, le cœur battant. Ça ne pouvait pas être lui, c'était impossible. Il n'avait même pas reçu un seul SMS de la part d'Alex depuis leurs rapides adieux, mais l'infime possibilité qu'il s'agisse de son ancien amant le fit dévaler l'escalier quatre à quatre. Dans sa précipitation, il rata la dernière marche et vint s'écraser contre la porte d'entrée. Un énorme craquement retentit lorsque son épaule vint frapper le bois.

— Oh, m… Aïe !

Il se frotta l'épaule en grimaçant de douleur.

— Tu devrais te méfier de cette marche, c'est un piège.

Ridley se retourna. Appuyée sur le chambranle de la porte du bureau, se trouvait la plus belle tête couverte de boucles blondes qu'il n'ait jamais vue.

Il n'y réfléchit pas à deux fois. Il fit les deux pas qui les séparaient et, faisant fi de la douleur qu'il ressentait dans sa propre épaule, asséna un grand coup dans l'épaule droite d'Alex.

— Mais enfin, Ridley ! Qu'est-ce que ça veut dire ? s'indigna Alex en massant la zone que Ridley avait prise pour cible.

Le coup n'avait pas suffi à l'envoyer sur les fesses, mais il avait bien compris le message.

— Un mois entier, Alex. Pas de coup de téléphone, pas de mail, pas même un pauvre SMS pour me dire que tu allais bien. Peux-tu t'imaginer à quel point j'étais inquiet ?

— Je crois comprendre que j'ai manqué à quelqu'un, commenta Alex avec un sourire en coin.

— Ridley ? Tout va bien ? demanda sa mère en descendant l'escalier.

— Tout va bien, maman, la rassura-t-il sans quitter Alex des yeux. Sarah Corbin, Alex Castren. C'est lui qui…

— Je sais qui est Alex Castren, l'interrompit sa mère en se précipitant vers Alex pour le prendre dans ses bras. Merci d'avoir veillé sur mon fils.

Alex n'eut plus l'air si sûr de lui tout à coup ; il lui tapota maladroitement le dos, apparemment mal à l'aise.

— Euh, je vous en prie.

— Vous resterez bien pour le dîner ? Richie serait dévasté de savoir qu'il a manqué l'occasion de vous rencontrer et de vous remercier.

— Bien sûr qu'il reste, répondit Ridley à la place d'Alex en lui lançant un regard de défi.

— Fantastique, s'écria sa mère, toute excitée, en frappant dans ses mains. Que voulez-vous manger ? J'ai un rôti au four, mais si vous préférez…

— Le rôti sera parfait, répondit Alex avec douceur. Merci beaucoup pour l'invitation.

— Ridley, ne sois pas impoli. Prends le manteau de notre invité et offre-lui quelque chose à boire.

Elle lui donna une tape sur les fesses et se dirigea vers la cuisine.

— Je l'ai mieux éduqué que ça, lança-t-elle par-dessus son épaule avec un clin d'œil à Alex.

— Elle est adorable, dit Alex.

— Oui, mais il ne faut pas l'embêter. Alors, c'est quoi cette histoire ? Ne me dis pas qu'en un mois, tu n'as pas pu trouver quelques secondes pour me donner des nouvelles ! protesta Ridley en ramenant la conversation au sujet qui lui tenait à cœur.

Alex se frotta le bras et son sourire satisfait reparut.

— Donc, tu admets que je t'ai manqué ?

— Bien sûr que tu m'as manqué, imbécile, je t'aime.

Ridley écarquilla les yeux et sentit son cœur s'arrêter dans sa poitrine. Depuis leur arrivée à Hackberry, il avait su qu'il était amoureux d'Alex – et peut-être même avant, cependant il s'était bien gardé de le dire à voix haute. Il n'avait évidemment pas eu l'intention de lâcher le morceau.

— Vraiment ? demanda Alex sans une once de surprise dans la voix. Tu m'aimes ?

— Je, euh… N'essaie pas de changer de sujet, marmonna-t-il dans une tentative désespérée d'éluder la question.

Alex s'approcha et le prit par la hanche ; il agrippa le tissu en coton de son bas de survêtement. Il soutint le regard de Ridley, et son propre regard bleu métallique étincelait. Comme ces yeux magnifiques avaient manqué à Ridley… Ce regard intense, ce sourire confiant, sa peau, sa voix, la chaleur de son corps : tout en Alex lui avait terriblement manqué.

Alex lui caressa la joue de sa main libre, les yeux mis clos.

— Je suis désolé, dit Alex d'une voix pleine de regret. Ils m'ont gardé pas mal de temps pour le débriefing et je ne pouvais contacter personne tant qu'ils n'étaient pas sûrs à cent pour cent que j'étais hors de danger. Dès qu'on m'a laissé partir, je me suis précipité à l'aéroport pour venir te rejoindre.

Alex pressa sa bouche contre celle de Ridley et parla tout contre ses lèvres.

— Tu me pardonnes ?

— Un mois entier, gémit Ridley avant de l'embrasser.

Il enveloppa un bras autour de sa taille et l'attira contre lui.

— Et si je te disais que moi aussi, je t'aime ? susurra Alex entre deux baisers. Cela suffirait-il, afin que tu me pardonnes ?

En entendant Alex lui dire qu'il l'aimait, Ridley se sentit tout retourné ; c'était comme si son corps entier s'était mis à vibrer. Une boule se forma dans sa gorge et il se trouva incapable de prononcer un seul mot. Il chercha les lèvres d'Alex et savoura le goût qu'il avait tant regretté pendant les dernières semaines. Il recula sans lâcher Alex jusqu'à pouvoir atteindre la porte du bureau avec son pied. Dès que celle-ci fut fermée, il fit demi-tour et plaqua Alex contre le mur.

— Peut-être, murmura-t-il avant de l'embrasser à pleine bouche.

Ridley explora chaque recoin de la bouche d'Alex tout en touchant, en caressant, en pétrissant chaque centimètre carré de son corps à sa portée. Il s'attarda sur les muscles tendus de son dos et de ses fesses, sur ses hanches fines, sur son ventre plat et sur son torse ferme, sans cesser de profiter de ses lèvres. La chaleur monta en lui et son membre commença à durcir, mais il n'était pas question de sexe – même si cette perspective était plus qu'alléchante. Ce qui les reliait n'était pas uniquement physique, c'était bien au-delà. S'il embrassait Alex, s'il le touchait, c'était pour l'accueillir, pour fêter son retour, pour lui dire *Tu m'as manqué* et *Ne t'avise pas de me refaire le coup de t'en aller.*

Il se souvenait parfaitement de son corps. Il avait réussi à survivre à ce mois loin d'Alex en se remémorant les détails de son anatomie et en rêvant de lui. Il connaissait chaque creux, chaque cicatrice, mais il devait pourtant relier contact avec ce type arrogant, têtu, sincère et fier dont il était irrémédiablement tombé amoureux.

Ridley mit fin à leur baiser fougueux ; il était totalement essoufflé et enfouit son visage dans le cou tendre et tiède d'Alex, inhalant à grandes inspirations son odeur enivrante.

Alex passa la main dans ses cheveux et l'attira contre lui.

— Je suis vraiment désolé de n'avoir pas pu appeler. Je devenais fou sans toi, tu m'as terriblement manqué.

— Tu m'as manqué aussi.

Ils étaient heureux tous les deux de s'être retrouvés, de pouvoir se toucher et respirer côte à côte.

Un fracas en provenance de la cuisine les fit sursauter et les rappela à la réalité.

— Viens, on ferait bien d'aller voir si elle a besoin d'aide avant qu'elle ne se mette à notre recherche. On pourra discuter plus tard, non ? demanda Ridley.

— Je ne vais nulle part. Surtout s'il y a un rôti au four.

Ridley lui donna un dernier baiser et se dirigea vers la porte, mais Alex le rattrapa en le prenant par la main.

— Que savent-ils à notre sujet ? Je ne voudrais pas mettre ta mère mal à l'aise.

— Je ne lui ai rien dit, mais elle sait que nous avons eu une relation. Ça ne lui pose pas de problème.

— Et ton père ?

— Sois toi-même, et soit il t'adorera, soit il voudra te faire passer par la fenêtre. Tel père, tel fils.

— Je vais bien me tenir.

Ridley emmena Alex jusqu'à la cuisine en le tenant par la main. Juste avant qu'ils n'entrent dans la pièce, Alex se pencha vers Ridley pour lui murmurer quelques mots à l'oreille.

— Enfin, jusqu'à ce qu'on se retrouve seuls tous les deux.

Ridley fut parcouru d'un frisson.

— Maman, peut-on faire quoi que ce soit pour t'aider ?

Le visage de sa mère s'illumina lorsqu'elle vit qu'ils se tenaient par la main.

— Tu n'as qu'à mettre la table. Alex, en tant qu'invité, vous avez le droit de vous asseoir ! dit-elle en lui présentant une chaise. Que puis-je vous offrir à boire ?

— Rien, merci, Madame, et ça ne me dérange pas de vous aider !

— Appelez-moi Sarah, je vous en prie, dit-elle sans lâcher le dossier de la chaise.

— À ta place, je ne la contrarierais pas, lui conseilla Ridley en sortant une pile d'assiettes du placard. Souviens-toi de ce que je t'ai dit.

— Ne l'écoutez pas et asseyez-vous, lui dit-elle avec ce ton maternel qui parvenait encore à instiller un soupçon de crainte en Ridley.

Alex était un jeune homme intelligent, il jugea préférable de s'asseoir.

En mettant la table, Ridley profita de toutes les occasions qui se présentaient pour le frôler. Ils souriaient tous les deux comme des adolescents tandis que la mère de Ridley ne cessait de parler sans être très attentivement écoutée. Ridley tenta de se concentrer lorsqu'elle fit passer un nouvel examen à Alex, lui demandant qui étaient ses parents, ce qu'il faisait dans la vie, ce qu'il pensait de la vie en Californie, etc. Mais il devait surtout se retenir d'enlever Alex, de l'emmener dans sa chambre et de fermer la porte à clé, ou mieux, d'aller s'enfermer dans une chambre d'hôtel où ils auraient un peu de calme.

Non, non, non, se raisonna-t-il en silence. Il ne tenait pas à se mettre dans une situation embarrassante devant ses parents. Pas de pensées cochonnes.

— Sarah, je suis rentré, cria le père de Ridley depuis l'entrée.

— Le timing est parfait, murmura sa mère en retirant le rôti du four. Les garçons, allez vous laver les mains.

— Oui, Madame, dirent-ils en cœur avant de se précipiter vers l'évier où ils se battirent à coups d'épaules, chacun voulant chasser l'autre.

— À qui est la voiture noire garée dans l'allée ? demanda le père de Ridley en entrant dans la cuisine, juste avant d'apercevoir Alex. Oh, bonjour !

— Je te présente Alex, lui dit son épouse en se précipitant vers lui pour l'accueillir avec un baiser sur la joue. C'est lui qui a veillé sur notre Ridley.

Alex s'avança en lui tendant la main.

— Alex Castren. Ravi de vous connaître, Monsieur.

— Rich Corbin, répondit-il d'une voix rauque, manifestement envahie par l'émotion.

Ridley aurait payé cher pour voir le visage d'Alex lorsque, au lieu de lui serrer la main, son père l'attrapa et le serra dans ses bras.

— Papa, laisse-le respirer, le pauvre, dit Ridley en riant.

— Excusez-moi, dit son père en donnant quelques tapes dans le dos à Alex avant de le relâcher. Je suis content de pouvoir enfin te rencontrer, mon garçon. Nous te sommes très reconnaissants de tout ce que tu as fait pour notre fils.

— Je suis moi aussi très heureux de vous rencontrer, Monsieur, répondit Alex, un peu mal à l'aise.

— Je t'en prie, appelle-moi Rich.

Alex parut soulagé de pouvoir se rasseoir. Ridley s'assit près de lui et posa la main sur sa cuisse. Ses parents avaient toujours eu pour habitude de prendre les gens dans leurs bras. Cela pouvait surprendre, mais ils avaient bon cœur et Ridley savait qu'ils mettraient Alex à l'aise en un rien de temps.

Ce fut en effet ce qui arriva. Alex se montra patient et répondit à toutes les questions que lui posa le père de Ridley – même s'il venait juste d'y répondre lorsque sa mère les lui avait posées. En revanche, Ridley ne parvint pas à se détendre. Ce fut sans exagération le repas le plus pénible de toute sa vie. La nourriture était délicieuse – sa mère était une excellente cuisinière et le rôti l'un de ses plats favoris –, mais il devenait fou à force d'attendre. La jambe d'Alex était tout contre la sienne et de délicieux effluves émanant de son corps lui parvenaient régulièrement. Malgré tous ses efforts, il ne pouvait s'empêcher de regarder Alex et d'espérer se trouver ailleurs rien qu'avec lui.

Ridley soupira intérieurement quand sa mère se leva enfin en prenant son assiette.

— Qui veut du café avec le dessert ?

Oh non, pas le dessert. Ridley lança un regard implorant à Alex dans l'espoir qu'il décline la proposition.

— Cela vous ennuierait-il que nous attendions un peu pour le dessert ? demanda Alex en s'essuyant la bouche avant de poser sa serviette dans son assiette vide. J'ai quelque chose à montrer à Ridley. Ça ne prendra pas plus d'une heure.

Alex aurait droit à un magnifique baiser en remerciement.

— Bien sûr, pas de problème, répondit la mère de Ridley en débarrassant les assiettes. Ridley et vous devez avoir plein de choses à vous raconter. Le dessert, ce sera pour une autre fois ! Vous allez bien revenir dîner avec nous un de ces jours, n'est-ce pas ?

— Oui, Madame, répondit Alex, le sourire aux lèvres.

Ridley déposa une pile de plats dans l'évier.

— Laisse tout sur le plan de travail, lui dit sa mère. Ton père va m'aider à faire la vaisselle. Filez, vous deux.

— Tu es sûre ? Ça ne me dérange pas de t'aider.

— File, répéta sa mère en l'embrassant sur la joue. Allez vous amuser.

— Merci, répondit Ridley en l'embrassant à son tour. Je t'aime, lui murmura-t-il à l'oreille.

— Je t'aime aussi, répondit-elle en lui tapotant la joue.

— Je suis ravi de t'avoir enfin rencontré, Alex. Reviens quand tu veux, lui dit le père de Ridley en le prenant encore une fois dans ses bras.

Après bien d'autres promesses et embrassades, Ridley réussit enfin à arracher Alex à ses parents.

— Ils sont vraiment super, dit Alex une fois qu'ils furent sortis de la maison.

— Ouais, fut la seule réponse de Ridley jusqu'à ce qu'il soit assis sur le siège passager de la voiture de location d'Alex. Je te préviens, je ne sais pas ce que tu as l'intention de me montrer, mais ça a intérêt à ressembler à un lit.

Alex démarra le moteur sans répondre, mais le sourire qu'il avait sur le visage était plus que révélateur. Alex était aussi insatiable que Ridley et, après un mois de séparation, Ridley était presque sûr qu'ils se dirigeaient vers un hôtel. Il espérait juste que celui qu'Alex avait choisi n'était pas trop loin.

Alex semblait penser la même chose. Ridley était tout tremblant, son cœur battait la chamade et son sexe était déjà dur comme de la pierre lorsqu'ils s'arrêtèrent devant le Holiday Inn cinq minutes plus tard.

À peine avaient-ils franchi la porte qu'il sentit Alex sur lui, ce qui lui convenait parfaitement puisqu'il faisait tout son possible pour rester en contact avec son corps. Il sentit l'arrière de ses mollets heurter le bord du matelas et attira Alex dans sa chute sur le lit, une main perdue dans les boucles blondes, l'autre posée sur sa hanche.

Ridley sentit sur lui tout le poids familier du corps d'Alex. Leurs lèvres s'effleurèrent, puis se joignirent rapidement en un baiser furieux et possessif, un combat de lèvres, de langues et de dents. Leurs mains écartaient frénétiquement pantalons et chemises, chacune assistant les autres afin d'accélérer le déshabillage, tandis que les pieds envoyaient valser les chaussures.

Alex interrompit leur baiser le temps de retirer son T-shirt.

— Qu'est-ce que tu m'as manqué, dit-il en lançant son vêtement dans la pièce avant de revenir à la charge.

— Toi aussi, tu m'as manqué, lui susurra Ridley à l'oreille.

Il lui avait terriblement manqué. L'inquiétude, l'incertitude et la tristesse des dernières semaines s'évanouissaient tout à coup du cœur de Ridley pour laisser place à tant d'amour et de bonheur qu'il était sur le point d'exploser.

Il n'aurait pas été aisé de dire comment ils y parvinrent dans toute cette confusion, mais ils se retrouvèrent nus au milieu du lit, Alex chevauchant les hanches de Ridley. Ils bougeaient à l'unisson, respiraient à l'unisson sans cesser de se toucher ni de se caresser. Ridley absorbait la chaleur du corps d'Alex ; le désir et l'envie montaient en lui aussi vite que le feu s'embrasait entre eux.

Ridley agrippa les hanches d'Alex, serra les doigts et encouragea ses balancements. Ils se mirent tous deux à gémir au rythme de leur mouvement.

Ridley, haletant, fit glisser ses lèvres le long de la mâchoire de son amant, puis il lécha le recoin tendre qui se trouvait sous son oreille.

— J'ai tellement besoin de toi, murmura-t-il.

Alex frissonna et passa les mains sous les bras de Ridley afin de saisir ses épaules. Alex gémit en se frottant dans le creux du cou de Ridley tandis qu'ils continuaient à remuer l'un contre l'autre.

Leurs mouvements devinrent peu à peu plus frénétiques, plus brusques. Leurs mains se refermèrent sur la chair, ils s'empoignèrent ; leurs sexes glissaient l'un contre l'autre, tremblant d'un désir et d'une passion longtemps réprimés. Ridley aurait voulu ramper jusqu'à l'intérieur d'Alex et ne plus jamais le quitter.

Alex cria le nom de Ridley lorsque son corps se tendit, parcouru de soubresauts. Quand il mordit l'épaule de Ridley et lui murmura, *Je t'aime*, Ridley perdit tout contrôle de lui-même. Il jouit dans une dernière expiration tremblante en criant le nom d'Alex, *Je t'aime*, *Tu m'as manqué* et d'autres mots insensés. Il resta agrippé à Alex jusqu'à ce que la tension se dissipe, puis s'effondra sur le lit, exténué.

Ils restèrent ainsi, dans les bras l'un de l'autre, à redescendre paisiblement des hauteurs de la jouissance. Pour la première fois depuis un mois, Ridley se sentit satisfait et serein.

Ils s'allongèrent sur le côté, face à face.

— Je commençais à me demander si je te reverrais un jour, avoua Ridley.

Il repoussa tendrement une boucle rebelle de la joue d'Alex.

— Je suis si heureux que tu sois là, continua-t-il.

— Je suis désolé. Je voulais vraiment te donner des nouvelles, je suis sincère. Ce fut le mois le plus long de toute ma vie, mais je t'assure que tu occupais toujours mes pensées. Tu n'imagines même pas, Ridley : je ne pouvais même plus manger, dormir ou respirer sans penser à toi. J'étais obsédé par l'idée de te retrouver.

— Ce que tu me dis me rend ridiculement heureux, dit Ridley en déposant un doux baiser sur les lèvres de son amant, sans pouvoir se retenir de sourire.

Alex se releva et s'appuya sur son coude.

— Je ne veux plus jamais vivre loin de toi, jamais. J'ai demandé à être transféré. J'ai opté pour deux postes différents et j'ai juste besoin de savoir lequel tu vas choisir.

Ridley le regarda sans y croire.

— Vraiment ? demanda-t-il malgré la boule qu'il avait dans la gorge.

Alex acquiesça.

— Oui. Le premier, n'est pas loin de Slater, à une heure environ, mais je pourrais faire les trajets le temps que tu termines tes études.

— Toi, habiter dans le Michigan ? Tu détesterais, se moqua Ridley.

— Je serais prêt à le faire pour toi. Je ne te l'ai jamais dit, sans doute parce que je ne m'en suis pas rendu compte avant d'être séparé de toi, mais je veux commencer et finir chaque journée dans tes bras.

— Je ressens la même chose, murmura Ridley d'une voix rauque tout en chassant des larmes de soulagement et de joie. Et où se trouve l'autre poste ?

— Eh bien, l'autre poste supposerait que je me déplace régulièrement pour des missions, mais quand je serais à la maison, on pourrait travailler ensemble. Et le temps est bien meilleur qu'à Slater, dit Alex en restant volontairement vague.

— Et ?

— Et j'ai déjà trouvé la maison. J'ai parlé au propriétaire qui serait plus que ravi de nous la vendre à un prix raisonnable.

— Mais enfin, Alex, tu ne peux pas tout simplement me dire où c'est ? s'impatienta Ridley.

— Il y a un super endroit avec des chaises longues très larges d'où nous pourrions contempler le coucher de soleil tous les soirs.

Ridley suspendit sa respiration.

— Tu…

Il dut s'éclaircir la gorge, car l'excitation lui faisait perdre sa voix.

— Tu voudrais qu'on s'installe à Hackberry ?

Alex hocha la tête et Ridley se jeta sur lui, le plaqua sur le dos, lui monta dessus et l'assaillit de baisers.

— Oh mon Dieu !

— Je crois comprendre que tu préfères la deuxième solution, dit Alex en riant.

— Oui ! Oui ! Oui ! Je pourrais terminer mes études là-bas et aménager mon emploi du temps pour t'aider à pêcher.

Son cœur battait à tout rompre. Les moments qu'ils avaient partagés à Hackberry lui avaient tellement manqué. Il avait passé des heures à rêver d'une vie là-bas, à travailler avec Alex et à l'aimer.

— Quand part-on ?

— Quand tu es prêt, parvint à lui répondre Alex en riant entre deux salves de baisers.

— Laisse-moi juste le temps de prévenir papa et maman et de préparer mon sac.

Alex le retourna et atterrit au-dessus de lui. Il baissa les yeux vers son amant, sans sourire désormais.

— D'accord, mais à une condition.

— Laquelle ? demanda Ridley, quelque peu déconcerté par l'air soudain sérieux de son compagnon.

— C'est moi le capitaine ! Compris matelot ?

Ridley attrapa une poignée de boucles et lui colla un baiser sonore sur les lèvres sans répondre. Qu'Alex soit le capitaine ne lui posait aucun problème ! Alex était peut-être un bad boy en chef, mais Ridley, en tant que second, ne s'en laissait pas conter, et il savait très bien diriger le vaisseau du capitaine.

SJD PETERSON

MASTERS
&
BOYD

Carrick Masters et Edward Boyd ont déjà trouvé le véritable amour – c'est le 'ils vécurent heureux jusqu'à la fin de leurs jours' qui leur échappe. Entre le travail de Carrick comme chirurgien orthopédiste et la carrière d'Ed comme avocat de la défense, ils n'ont guère de temps à passer ensemble, et le peu d'heures qu'ils partagent semblent être empoisonnées par le ressentiment. Carrick et Ed savent qu'ils ont besoin de se recentrer pour faire fonctionner leur mariage, mais ils ont sérieusement besoin de plus qu'une nuit de rendez-vous épicé une fois par semaine pour les remettre sur la bonne voie.

www.dreamspinner-fr.com

CHIOT

LES GARDES DE FOLSOM

SJD PETERSON

Les gardes de Folsom, tome 1

Micah 'Chiot' Slayde a su qu'il voulait de Tackett Austin dès le moment où il a posé les yeux sur lui aux 'Gardes de Folsom'. Il veut toujours avoir raison, être pris en charge et prendre soin de son Dom – il veut lui faire entièrement confiance, vivre pour lui, lui appartenir. Pour devenir son tout. Micah est sûr que Tackett est l'élu. Le problème, c'est que pour être un soumis parfait, il a besoin de rester concentré et ce n'est pas chose facile pour Micah qui souffre de ce qu'il désigne comme 'un cerveau cassé'. Problème de concentration et trouble déficitaire de l'attention coexistent rarement ensemble.

Depuis la cérémonie de pose de collier entre Ty Callahan et Blake Henderson, Tackett pense trop souvent à sa propre solitude. Même si Ty lui présente Micah qui l'exhorte à lui accorder un essai, il n'est pas le genre de Dom à se laisser facilement convaincre. Il a passé toute sa vie à poursuivre une carrière aujourd'hui réussie, et les soumis qu'il domine n'apprécient presque jamais deux fois le baiser de son fouet. Ayant vingt ans de plus que Micah, Tackett n'éprouve aucun intérêt à prendre et à apprivoiser un si jeune soumis arrogant… Mais il est difficile de résister à un chiot aussi adorable lorsqu'il supplie.

www.dreamspinner-fr.com

SJD Peterson, plus connue sous le nom de Jo, est originaire du Michigan – qui n'est pas le meilleur endroit au monde pour quelqu'un qui déteste le froid et la neige. Jo passe beaucoup de temps à lire, à écrire, à consulter les derniers résultats de la National Hockey League près du radiateur et à regarder les Red Wings mettre la pâtée à d'autres équipes. Elle est incapable de cuisiner et rate le panier à linge neuf fois sur dix, mais elle est très adroite avec les outils électriques.

Par SJD PETERSON

Bad Boy
Chiot
Masters & Boyd

Publié par DREAMSPINNER PRESS
www.dreamspinner-fr.com